No volveré
a tener miedo

Pablo Rivero

No volveré a tener miedo

Primera edición: mayo de 2017

© 2017, Pablo Rivero
© 2017, Penguin Random House Grupo Editorial, S.A.U.
Travessera de Gràcia, 47-49. 08021 Barcelona

Printed in Spain – Impreso en España

ISBN: 978-84-8365-872-7
Depósito legal: B-6445-2017

Maquetación: MT Color & Diseño, S. L.
Impreso en Rodesa, Villatuerta (Navarra)

SL5872A

Penguin
Random House
Grupo Editorial

A mis padres.

PARRICIDIO: delito que consiste en matar a un familiar, en especial al padre, a la madre, a un hijo o al cónyuge.

La madrugada del 9 de abril de 1994 varios miembros de una familia fueron asesinados mientras dormían. El crimen conmocionó a la sociedad española por la brutalidad de los hechos y porque fue cometido a sangre fría por otro de sus integrantes. Estos son sus últimos siete días de vida.

Domingo, 3 de abril de 1994
Una semana antes de los hechos

No necesitaba hacer esfuerzos para concentrarse y hacer memoria; cada vez que cerraba los ojos o fijaba la vista en un punto, volvía el silencio. Aquel silencio que lo cambiaría para siempre. Las discusiones y los gritos constantes se habían diluido. Hacía tiempo que había conseguido abstraerse de ellos, pero aquel silencio movía a Mario hacia lugares en los que a él mismo le daba miedo adentrarse.

No recordaba el momento en que lo probó por primera vez, ni por qué lo hizo, pero gracias a su dedo los chillidos e insultos de su madre pasaron de aterrorizarle a formar parte de la banda sonora de su día a día. Lo que sí recordaba bien era la sensación que le producía: su dedo se humedecía, se ablandaba y con él todo su cuerpo. Se veía inmerso en esa sensación que le hacía salir de ahí y abstraerse por completo.

La tarde en la que su padre se fue, los golpes sonaron mucho más fuertes. Los insultos y los gritos resonaron afónicos, distorsionados, como si alguien los estuviera manipulando, como si las pilas de su madre se fueran acabando y su voz retumbara ralentizada y más grave que nunca. Como siempre que sus progenitores se encerraban en su cuarto para seguir discutiendo y que nadie presenciara el colofón final, Mario hacía guardia, justo enfrente, en el cuarto de baño que compartía con su hermano Raúl. Raúl le sacaba cuatro años y, como todo hermano mayor, hacía del cuarto de baño su segunda habitación. Las esperas eran interminables cada vez que él entraba y las súplicas para que saliera, sordas. Pero aquella tarde su hermano no estaba: siempre se las apañaba para largarse rápidamente cuando empezaban las broncas. El suelo del baño era de mármol y Mario, de cuclillas, se pegaba al radiador para entrar en calor. Odiaba el frío y sentirse desabrigado. Por eso se protegía las rodillas con la mano que le sobraba, a falta del abrazo que su padre le daría cuando todo acabara. El abrazo que le devolvería la calma que necesitaba. Mario, con los ojos cerrados, se chupaba el dedo con más y más intensidad mientras se concentraba en que todo pasara. Había dos puertas cerradas y un pasillo de por medio, pero, desde su pequeña fortaleza, podía percibir los restos de gritos y forcejeos que le indicaban la temperatura de la discusión.

Cuando parecía que la batalla había alcanzado su apogeo, de pronto, llegó el silencio. Nada de gemidos, de golpes contra la puerta o muelles chirriando, ni siquiera la saliva del dedo de Mario, que había dejado de chupárselo de golpe, extrañado ante aquel cambio tan brusco. ¿Qué había sucedido esta vez al otro lado del pasillo? Solo quedaba un silencio más afilado que todos los gritos y amenazas juntos. Mario, con los ojos abiertos de par en par, esperó unos segundos atento, mientras una sensación de pánico irracional se adueñó de él. De pronto escuchó la puerta de la habitación de sus padres abrirse de golpe devolviéndole a la realidad. Su padre había salido y andaba por el pasillo a grandes zancadas. Estaba claro que era él por la determinación de sus movimientos, pero era extraño. Nunca había ocurrido de aquella manera: no había tenido tiempo de reaccionar y esperarle a la salida para demostrarle que él estaba ahí apoyándole y llamar su atención. Todo se había precipitado. ¿Iba a quedarse sin sus caricias? Sin ellas la partitura era otra: la melodía cambiaba y a Mario no había cosa que más miedo le diera que los cambios, la incertidumbre, y más si eso implicaba directamente a su padre. Los pasos indicaban que estaba bajando las escaleras, así que se puso de pie y abrió con urgencia la puerta del baño. Pero antes de salir, asomó su cara y comprobó que su madre no estuviera en el pasillo. No había ni un solo ruido, solo el del ventilador colgado del techo que presidía las escaleras moviendo sus aspas a gran velocidad. Una vez fuera, el frío invadió todo su cuerpo en cuestión de segundos. Al pasar por la habitación de sus padres, Mario no pudo evitar lanzar una mirada furtiva al ver que la puerta estaba medio abierta. Al fondo, entre la penumbra, estaba su madre de rodillas con todo su cuerpo echado hacia adelante, estirando una mano. Movía sus dedos como garras al aire, como si su padre siguiera en la habitación y todavía pudiera retenerlo. Mario bajó las escaleras corriendo antes de ser visto, pero, cuando estaba a punto de llegar abajo del todo, se encontró a su padre parado en el hall de la entrada con su abrigo puesto, quieto, mirándole fijamente. El hombre no dijo nada, simplemente le mantuvo la mirada hipnótico. Frente a frente. Por un momento Mario sintió miedo, su padre parecía otra persona, no descifraba el tono de su mirada. ¿Qué quería decirle? No le reconocía. El niño lo miraba expectante, con cierta culpa por haberle fallado. ¿Estaría enfadado porque no estaba fuera esperándole? Su padre dio un par de pasos hacia las escaleras hasta llegar a su altura, muy cerca, nariz con nariz y siguió mirándolo fijamente hasta que le dijo:

—Tu madre me está volviendo loco.

Mario tenía los ojos húmedos por las lágrimas que asomaban. Su padre, con gesto serio, estiró uno de sus brazos para acariciarle en la mejilla y en el pelo. ¿Era una despedida? Mario suplicaba para sus adentros que no lo fuera, tratando de detener aquel instante en el tiempo, hasta que llegó un fuerte golpe, el portazo final. Su padre se había marchado y con él la banda sonora de su hogar. Desde ese momento el silencio invadió la casa por completo. Hasta una semana después, cuando reinaría el ruido de la muerte.

Aún parado en el borde de las escaleras, Mario intentaba procesar lo que acababa de ocurrir. Las lágrimas comenzaron a resbalar por sus mejillas incontroladamente. Fue a chuparse el dedo, pero se lo apartó de golpe antes de metérselo en la boca, no lo haría hasta que volviese. Respiraba con dificultad, superado por la situación y, pese a que permanecía totalmente inmóvil, el recibidor empezó a dar vueltas a su alrededor: la puerta de la entrada, las escaleras, la del salón y de la cocina, todo giraba sin parar, hasta que al pasar de nuevo la vista por la puerta abierta del salón, el enorme retrato de su padre que presidía la estancia hizo que todo frenara en seco. La imagen debía de tener unos diez años y mostraba al patriarca de la familia: moreno, fuerte, con rasgos armoniosos, mirando a cámara muy sonriente, con una felicidad absolutamente contraria al estado en el que se había marchado. Podría pasar por el capitán del equipo de fútbol de alguna hermandad americana o algún modelo de un anuncio. Su padre miraba de una manera que parecía que seguía ahí y le sonreía de verdad. Mario abandonó de golpe el vértigo, para devolverle la mirada ensimismado. Poco a poco se fue acercando a él, pero antes de que llegara a entrar en el salón, su madre, que había bajado las escaleras sigilosamente, como una serpiente, apareció detrás de él y dijo de golpe:

—¿Dónde está tu hermano?

Mario dio un brinco y se giró hacia ella. Su madre tenía el rostro totalmente desencajado.

—¿Que dónde coño está tu hermano? —repitió.

Nico intentaba concentrarse con los apuntes esparcidos sobre la mesa, pero le era imposible; los días pasaban lentos y sus miedos se hacían cada vez más presentes. Por eso, pese a que no solía beber, había terminado dando un par de chupitos a la botella de ron empezada, que guardaba en la estantería de su cuarto. No le gustaba tomar alcohol en compañía. Le aterraba la idea de poder perder el control y que asomaran todos sus males fruto de los remordimientos que le reconcomían. Pero, cuando de pronto sonó el telefonillo, todos sus pensamientos desaparecieron y el treintañero de aspecto angelical dejó la botella y subió las escaleras de dos en dos expectante ante la posibilidad de ser rescatado.

—¿Jugamos? —La voz de Raúl al otro lado del telefonillo fue suficiente para devolverle la sonrisa.

Nico abrió la puerta sin pensarlo, no le importaba que como siempre apareciera por sorpresa. Sabía que algo había pasado y que al menos durante unas horas sería todo para él. Bunny, el cocker spaniel de Nico, empezó a ladrar sin parar, como siempre que lo veía aparecer por el marco de la puerta.

—Ya estamos, venga ya, gruñón, que es Raúl, bobo, que viene a jugar a la Nintendo con nosotros —dijo Nico calmándolo mientras le sujetaba.

Raúl se apartó su largo flequillo moreno de la cara y pasó de largo ignorando al perro. Las peleas de sus padres cada vez eran más frecuentes y las visitas también. Nico sabía que de todos los que rodeaban a Raúl, él era al primero al que iba a ver cuando algo iba mal. Pese a que Raúl nunca se lo diría, cuando llamaba a su puerta siempre era porque estaba huyendo, pero no de sus padres, como él pensaba, sino de su adicción. La adicción de Nico era Raúl.

Aunque lo hubiera visto tan solo cinco minutos antes, tenía que hacer verdaderos esfuerzos para no abrazarlo. Cerró la puerta y le hizo un gesto con la mano para que bajara las escaleras. El chalet de los padres de Nico estaba en la misma urbanización, en la calle desierta próxima al parque y al descampado. Les separaban cuatro chalets adosados pero la disposición y proporciones de las casas eran exactamente las mismas. «¿No tienes ganas de independizarte ya y tener tu propia casa?», se cansaba de escuchar. Pero lo cierto es que Nico era un privilegiado, tenía su propio espacio, más grande que ninguna de las habitaciones del chalet, en la planta de abajo, junto al garaje. Originalmente era un cuarto de estar, pero Nico bajó su colchón y se acomodó en esa habitación en busca de mayor aislamiento e independencia. Las partidas podían darse a cualquier hora y a todo volumen que nadie en su casa oiría nada. Aquella tarde estaban solos, como de costumbre. Los padres de Nico eran dentistas y tenían su propia clínica, de ahí su sonrisa inmaculada. Si bien era un chico bastante agraciado, siempre tuvo muchas inseguridades: no le gustaba su nariz grande de corte griego, ni su pelo grueso y ondulado, que trataba de domar con gorros de lana que reducían su volumen. Siempre se había mordido las uñas, pero últimamente llegaba hasta los dedos. Su inquietud no le permitía parar, y después tenía que estar pendiente de esconder las manos cuando sentía que podía ser objeto de alguna mirada. Aunque ya no salía mucho, casi no tenía que ocultarse delante de nadie y, además, todo ello se compensaba con su maravillosa sonrisa. «Parece que tuvieras perlitas en lugar de dientes, de lo que te brillan», decían sus tías fascinadas cuando se reunían todos en Navidad. Su dentadura era el mayor trofeo de sus padres. Estaban realmente orgullosos del trabajo hecho y no perdían ocasión para que, delante de cuanta más gente mejor, tuviera que enseñarla, cual caballo de competición. Sin embargo, las cosas habían cambiado y lejos quedaron los halagos y el tiempo que solían pasar juntos en familia. Sus padres se pasaban la mayor parte del tiempo trabajando. Nico tenía mucha libertad para hacer lo que quisiera, pero, como no sabía cuándo podrían volver, tenía que esperar con ojo avizor si no quería ser descubierto. Sus padres eran imprevisibles, tan pronto se pasaban el día en la clínica y volvían a casa casi para cenar e irse a la cama, como cancelaban todo y se pasaban el día en casa, pendientes de la televisión y de la radio, sin levantarse de la cama o, como había optado su padre, saliendo a correr hasta caer rendido sin pensar.

Al llegar abajo, Raúl fue directo a la consola. La encendió, agarró el mando y empezó a jugar inclinado hacia adelante, muy concentrado, como si la vida se le fuera en ello. Podían pasar así mucho tiempo, uno junto al otro, sin hablar, despatarrados en el sofá. Todo el que necesitara Raúl antes de tener que volver a su casa. Nico se conformaba con tenerlo ahí, junto a él. Observarlo capturando el momento. Simplemente podían estar así, en silencio, sin preguntas. Eso era precisamente lo que a Raúl le gustaba de Nico, que no intentara impresionarlo ni sacarle información. Sus miradas furtivas siempre serían menos incómodas que tener que explicar nada. Nico estaba pendiente de él, sin escapársele detalle, deseoso por saber qué pasaba por su cabeza en esos momentos: la velocidad con la que apretaba el mando con sus dedos, enrojecidos al igual que su cuello, plagado de venas hinchadas, hacía evidente que no era en su contrincante del *Street Fighter* en quien pensaba cuando pegaba con tanta violencia.

—¿Seguro que no te esperan en casa? ¿Quieres llamar y les avisas? —preguntó Nico mientras que, como hacía cada medio minuto, vigilaba qué hacía Bunny.

Raúl no se inmutó y, como si de una venganza se tratara, dio un último golpe a su contrincante y le dejó K.O. Con la mirada aún en la pantalla disfrutaba de su victoria. Necesitaba descargarse y ese juego era una de las pocas cosas con las que conseguía hacerlo: le hipnotizaba y sacaba todo lo que llevaba dentro. Eso y su vicio, pero esa tarde intentaba quitárselo de la cabeza.

Al salir a la calle, el aire frío le golpeó en la cara, pero pensó que eso no era nada comparado con los bofetones que le daba su madre. Era finales de abril y las temperaturas habían caído en picado. Sin embargo, Raúl parecía inmune: vestía apenas una camiseta de rayas blancas y negras, de manga larga, y un pantalón vaquero roto que dejaba ver sus rodillas. Por muchas veces que pasara por la calle en la que había pasado sus dieciséis años de vida, no podía evitar observarla como si fuera la primera vez. Y es que su calle, casi siempre desierta, en lugar de familiar resultaba cada vez más sombría, incluso peligrosa. Había algo afilado en lo estrecho de sus dimensiones, en las sombras que dibujaban los árboles que sobresalían por las vallas de las hileras de chalets a ambos lados y, sobre todo, en aquellas farolas, enormes y alargadas, con esas cabezas que emitían una luz amarillenta y pobre. Aquellas que conforme andaba parecían estrecharse más y más, como el pasillo que formaban los hijos de puta de COU en su colegio para crecerse con el miedo de los chavales como él. Al llegar a la altura de su casa, estiró el cuello para ver cómo estaba el panorama a través de las ventanas. La cocina y las dos habitaciones, la suya y la de su hermano Mario, estaban a oscuras, con las contraventanas cerradas pero con las lamas abiertas formando franjas horiontales. Raúl sintió un escalofrío al ver que no había ninguna luz encendida. Abrió la puerta de la calle para entrar pero justo antes echó una mirada hacia atrás. No había nadie, tan solo una de las farolas alineada detrás de él.

—¿Hola? —dijo al abrir con cautela. La única luz que se colaba por la ventana de la cocina dejaba ver que no había nadie allí, ni en el salón, ni en el hall en el que estaba parado.

—¿Mario? —exclamó.

Al no recibir respuesta, Raúl sacó la cabeza por el hueco de las escaleras y miró hacia arriba y hacia abajo. El gran ventilador daba vueltas sin parar, las aspas se metían en su cabeza como un taladro, enfriando aún más el ambiente y emitiendo un sonido en bucle que se intensificaba conforme subía las escaleras. A medida que alcanzaba a la primera planta, la luz iba descendiendo. Casi a oscuras, Raúl observaba las puertas abiertas de las habitaciones. Aceleró el paso hasta llegar al cuarto que compartía, a su pesar, con su hermano pequeño. Al abrir la puerta lo primero que vio fue la enorme ventana con las contraventanas medio abiertas, que le permitían distinguir a Mario sentado en una de las esquinas. El niño se abrazaba las rodillas con fuerza mientras hundía su cabeza en ellas. Raúl dio un paso hacia su hermano, que no dejaba de temblar. Estaba acostumbrado a verlo muy asustado, era especialista en divertirse inventándose historias de terror basadas en sus propios miedos y Mario era un público muy agradecido, pero nunca antes temblando de esa manera.

—¿Qué ha pasado? —preguntó Raúl extrañado.

El niño levantó la mirada al escucharlo y abrió los ojos con expresión de auténtico pánico al ver algo a la espalda de su hermano. Raúl se giró rápidamente temiendo lo peor. Su madre estaba detrás de él, camuflada entre la penumbra.

—En diez minutos, a cenar —dijo en tono imperativo.

Antes de que Raúl se pudiera recuperar del susto, su madre ya había desaparecido en la oscuridad del pasillo. Los dos hermanos se miraron mientras recobraban la respiración.

La hora de la cena nunca fue el momento favorito de ninguno de los integrantes de la familia. Es más, cuando todos se sentaban en la mesa, parecían casi extraños obligados a hacerlo sin ningún vínculo que les uniera. Hablaban por encima de lo que había pasado en el colegio durante el día —unas veces era cierto y otras no—, de lo que había hecho Laura —en cuyo caso casi nunca lo era— y, por supuesto, de la actividad del padre —que siempre era recibida con verdadera devoción por Mario—. El niño escuchaba atento fingiendo no tener apetito para que su padre, al tiempo que contaba sus hazañas, le troceara la comida y se la fuera dando poco a poco. «Es que así no te vas a hacer nunca un hombre. Eres un bebé. Anda, abre la boca, ven», le decía al tiempo que empujaba un trozo de filete de pollo empanado. El niño sonreía a la vez que su madre, hastiada, negaba con la cabeza. Pero eso no se repitió la noche en la que se fue su padre, en la que los dos hermanos bajaron en cuanto su madre les avisó. Sentados cada uno en su sitio, esperaban en silencio la comida mientras en la televisión Carmen Sevilla despedía el *Telecupón,* el programa que presentaba. Su constante sonrisa y simpatía contrastaba con el gesto serio y ausente de los tres. Laura terminó de sacar unos sanjacobos de la freidora y se los acercó en un plato a cada uno. Estaban negros por uno de los bordes.

Los dos hermanos los miraron sin apetencia y no porque precisamente estuvieran quemados, sino porque estaban hartos de comerlos día sí, día no. Además, Mario tenía el estómago cerrado. Era la primera vez en años que el patriarca no presidía la mesa y eso enrarecía aún más el ambiente.

—Come —dijo Laura al sorprender a Mario mirando obnubilado al sitio vacío de su padre y añadió—: Raúl, si tanta prisa tienes en que desaparezcamos de tu vista, termina rapidito, guapo.

Raúl, que llevaba un rato mirando al plato sin probar bocado, volvió en sí y lanzó una mirada de hielo a su madre, pero Laura volvía a estar atenta al televisor porque empezaba su programa favorito. Un presentador con bigote, vestido de traje, miraba directamente a cámara e invitaba a los telespectadores a que le acompañaran en las próximas dos horas, en las que prometía desvelar las claves de los crímenes y sucesos más escalofriantes del momento:

«Estamos aquí para que ustedes sepan toda la verdad. Para que la próxima vez no sea demasiado tarde, para que entre todos podamos localizar estos casos y así evitar más tragedias como las que veremos a continuación —decía de una manera cercana—. Pero antes les recordamos el teléfono al que pueden llamar si saben algo de Jonathan García, el joven de dieciséis años que desapareció hace casi un año, mientras sacaba a su perro en la calle en la que vivía».

En la pantalla apareció un teléfono junto con la foto de un chico sonriente, rubio, de ojos claros. Laura observaba la pantalla muy atenta, mientras que Raúl apartó la mirada rápidamente y vio cómo Mario se encogía en el asiento.

—No empieces, eh, *cagao,* que luego me das la noche —le dijo Raúl, tratando de cambiar de tema, y además le empujaba con el codo para hacerse con todo el espacio de su lado de la mesa.

—Por cierto. Ni una palabra de lo que ha pasado esta tarde. ¿Me oyes? —dijo Laura mirando a Mario de forma tajante.

—¿Qué ha pasado? —preguntó Raúl.

—Nada —contestó tajante Laura, dando por terminada la conversación.

El presentador dio paso al primer vídeo, en el que se mostraba el caso de una chica que había sido violada y asesinada brutalmente mientras atravesaba un descampado de camino a su casa. Laura, sin casi probar bocado, cogió su cajetilla de tabaco y se encendió un cigarro. Raúl al verlo acentuó su gesto de asco: le repugnaba que le echaran el humo encima mientras comía, era aliñar la basura con más basura. Se habría levantado en aquel momento para hacerle tragarse el cigarro entero hasta que se ahogara. Mario, aprovechando que su madre estaba abducida por el programa, dejó de reprimir sus ansias de mirar al sitio de su padre. Ahí estaba todo colocado: su servilleta, sus cubiertos, sus platos y su vaso. Todo menos él. De pronto sintió cómo la tristeza se expandía por todo su cuerpo. Era como si hubieran cavado un hoyo muy profundo, de metros y metros, y le hubieran lanzado al abismo. Nadie podría volver a verlo. Sabrían que estaba ahí, pero nadie se molestaría en recuperarlo jamás.

«Lo más escalofriante es que cualquiera de los que nos están viendo ahora mismo podría ser el siguiente», dijo el presentador para despedir el programa. Laura estaba sola en la cocina, apoyada en la encimera, fumando con la ventana abierta. El cenicero junto a ella delataba la decena de cigarros que llevaba desde que sobrevino el silencio que intentaba quitarse de la cabeza sin éxito. Cuando empezaron los títulos de crédito, bajó corriendo el volumen para no escuchar la música tan tétrica que los acompañaba. Le ponía mal cuerpo, la asociaba a momentos pasados que trataba de borrar y, además, no le interesaba en absoluto lo que emitían a continuación. Aun así, no llegó a apagarla, de algún modo le hacía sentirse acompañada. Nunca se había sentido tan desprotegida. Estaba en su casa, en su territorio de confort y, sin embargo, se sentía más perdida que nunca. Trataba de no salirse de su coreografía habitual para no reparar en la evidente diferencia. Pero por debajo subyacía lo más parecido al pánico que había sentido nunca. ¿De verdad iba a dormir fuera de casa? ¿En serio iba a permitirse abandonarla de esa manera, dejarla sola con los niños, sin una mínima explicación? Era la primera vez en diecisiete años que todo se les había ido de las manos de aquella manera. Nunca antes sus armas de seducción se habían visto vulneradas y eso le hacía sentir débil y vieja. ¿Debería haber reculado esta vez? ¿Había hecho bien en decírselo? ¿Tendría que haber actuado por su cuenta para que no se hubiera sentido así de amenazado? ¿O había hecho bien en encararle de esa manera? No era su intención amenazarle así, pero ¿qué quería que hiciera? Tenía que saber al menos que no era idiota y que si iba a seguir por ese camino sería porque ella lo aprobaba, no porque fuera estúpida. A su mente vino su última mirada con los ojos en sangre. «No te atreverás», le dijo al tiempo que le soltaba bruscamente. Aquella mirada con sus dedos incrustados en su garganta dejaba muy claro que esa vez no pasaría por el aro, que algo se había roto para siempre. Por primera vez estaba expuesto. No fue fácil tomar la decisión de decírselo, resultaba doloroso, pero no pudo controlarse y acabó explotando. Habían llegado a un punto en el que era necesario hacerlo para poder continuar. ¿Acaso no se trataba de conocerse a fondo, incluidas todas las mierdas? Pero lo cierto es que, aunque todavía no pudiera creérselo, esa vez no había podido disuadirle aprovechando toda esa energía para terminar arreglándolo fuerte, gimiendo de placer, como siempre acababan haciendo. Se miró las manos, tenía las uñas destrozadas de arañarle. Resultaba curioso cómo en su relación había un hilo tan fino entre lo excitante que resultaba un arañazo algunas veces y lo doloroso que podía llegar a ser en otras. Esa tarde había arañado a su marido más fuerte que nunca. No había podido controlar su rabia, era consciente, pero ambos estaban fuera de sí y parecía la mejor opción. No quería pensarlo más, salió de la cocina hacia el salón, dejando un rastro de humo a su paso. Al entrar fue directa hacia el espejo enorme que ocupaba una de las paredes. Pegada a su reflejo vio que empezaban a asomar los moretones. «Mañana será otro día», pensó mientras se tocaba con las yemas de los dedos las marcas en el cuello. Le encantaba Vivien Leigh y disfrutaba observándose frente al espejo repitiendo su mítica frase de *Lo que el viento se llevó*. Aquella mujer incombustible le inspiraba como ninguna otra. Nunca se lo había confesado a nadie, pero la multioscarizada película tenía la culpa de que las cortinas de su salón fueran verdes, pese a no combinar con nada. «Esas cortinas no combinan con nada, entre el color y el terciopelo parecen de burdel», repetía sin parar su suegra cada vez que iba a su casa. Solo había alguien que le hacía sombra respecto a él, y esa era su suegra. Por eso desde la primera vez que escuchó lo horribles que le parecían las cortinas, utilizó la calma necesaria como para que le quedara bien claro que no habría más opción que esa. ¿Tenía los cojones de soltar todo lo que le venía a la mente solo porque era su madre y estaba hecha un vejestorio? Pues ella también los tendría para sonreír y omitir cualquier tipo de respuesta, consciente de cuánto le repateaba. Así comenzó la guerra que tuvieron durante años, hasta el verano que dejaron de hablarse. ¿Debería llamarla? La sola idea la revolvía aún más de lo que ya estaba, era pronto y sería como admitir su derrota, además estaba segura de que en ese estado su marido no tendría el valor de pasar por casa de su madre.

Le encantaba Vivien Leigh, pero también sentía adoración por Shirley MacLaine; *Irma la dulce* era otra de sus películas favoritas. Cuando era joven y su rostro conservaba todo su candor, en los castings le solían decir: «Me recuerdas a ella, tenéis los mismos ojos cristalinos». Y entonces Laura salía feliz, sin sospechar que su carrera de actriz no tendría mucho más recorrido. Pero ahora no quería pensarlo o caería en picado. Además, todo eso había sido hacía mucho tiempo, antes, incluso, de que se quedara embarazada por primera vez. Antes de los niños y de que todo fuera cambiando. Por un momento sintió una extraña calma, como una anestesia que dormía sus huracanes internos. Al despegarse del cristal se encontró con el reflejo del retrato de su marido, con su mirada penetrante y su sonrisa victoriosa. De pronto tuvo la sensación de que llevaba todo el rato observándola desde el mueble aparador que presidía, lo que le hizo sentirse aún más vulnerable y ridícula. Un segundo más y se desmoronaría, así que fue corriendo a poner la foto boca abajo. No podía verlo, no hasta que diera signos de arrepentimiento y volviera.

Después de tres cigarrillos más y unas cien vueltas en círculos, cual animal enjaulado, subió a su habitación y se sentó en su lado de la cama, con los pies en el suelo y las manos abrazadas al estómago. Estaba mareada, necesitaba relajarse, permaneció así un buen rato, sin hacer nada. «Ojalá fuera un sueño y ahora me girara y lo viera metido en su lado de la cama poniendo la alarma en el despertador y, al notar que lo observo, me lanzara una de sus miradas. Ojalá», pensaba mientras lograba el valor para meterse en la cama sola por primera vez en mucho tiempo. Hacía ya dos años desde que una tarde arrastrase con sus propias manos la cama de Raúl a la habitación de Mario: «Se acabó. Si tanto miedo tienes, no te preocupes, que tu hermano el gallito te va proteger bien», balbuceó aquel día llena de rabia ante la mirada atónita de los tres hombres de la casa. Desde entonces se acabaron las interrupciones en busca de atención, nunca más tuvo que verse sola en su cama, hasta ese momento.

Tomó aire, metió su cuerpo dentro de la colcha y se cubrió hasta arriba. Un escalofrío la recorrió de pies a cabeza al comprobar que las sábanas estaban muy frías. Normalmente, mientras ella recogía la cocina y terminaba de ver alguno de sus programas, él sacaba la basura y se acostaba antes de que ella subiera. Cuando por fin se desmaquillaba y se metía con él, la cama ya estaba caliente. Su marido tenía una temperatura corporal excesivamente alta y eso le encantaba. «Mi estufita», siempre le decía arrimándose a él. Abrió las sábanas de golpe y extendió el brazo acariciando con delicadeza el lado vacío. Esa noche, pese al frío, dormiría así, sin arroparse, desafiante ante la posibilidad de que pudiera regresar y tomarla, aunque fuera para siempre. Si volvía, tendría claro que seguía siendo suya, no harían falta las palabras, nunca lo hicieron. Cerró los ojos concentrándose en eliminar todo conflicto de su mente y entonces pudo verlo ahí tumbado junto a ella, los dos abrazados en la cama, fundidos con el calor de sus cuerpos. Hacía tanto tiempo que no estaban así, solos. Mucho que no dejaban a los niños en casa de sus padres en verano y hacían una escapada o simplemente se quedaban en casa disfrutando el uno del otro, como siempre habían hecho. Como debía ser. Pese a todo, su visión le devolvía la felicidad de cuando no necesitaba nada más. Cuando nada era realmente importante y todo se solucionaba follando fuerte. Después llegarían sus hijos, las peleas, los malentendidos, los desencuentros y las manipulaciones. Pero solo por esos momentos, por escasos que fueran, todo lo demás merecía la pena.

—¿Qué haces? —preguntó Raúl al entrar en la habitación y encontrarse a Mario de rodillas sobre su cama mirando por la ventana. Las contraventanas estaban semiabiertas y, a través de ellas, se veían los chalets de los vecinos y una de las farolas justo enfrente.

—Estoy esperando a ver si vuelve papá —contestó el niño.

Raúl podría haber aprovechado ese momento para sacarle qué había ocurrido para que su padre no estuviera en casa, pero no lo hizo. No le interesaban sus continuos conflictos. Prefería regodearse en el deseo de que se hubiera largado para siempre. Se acercó a su hermano y agarró su brazo para que se bajase de la cama.

—Venga, vuelve a tu cama y no hagas el tonto.

El niño se metió en su cama al tiempo que replicaba:

—Pero papá va a volver y si mamá no... —Antes de que terminara la frase su hermano se había girado hacia él y lo apuntaba con esa mirada suya que Mario odiaba.

Raúl sabía que Mario tenía miedo por todo y que tan solo con abrir un poco los ojos y mantenerle fija la mirada, provocaba en su hermano una reacción cercana a la parálisis. El pequeño sabía lo que venía a continuación: alguna historia que le impediría dormir en los días siguientes. Y no es que le molestase; al contrario, sin saberlo, en el fondo su hermano le daba la excusa perfecta para reclamar la atención de su padre y así no dormir solo, aunque fuera por un ratito. Su padre y él en la misma cama, calentitos, ese era su momento favorito. Pero todo se había acabado hacía ya dos años, cuando el ruido insoportable de las patas de la cama de Raúl les reunió a todos en el pasillo. «Aparta —le dijo su madre al pasar por su lado como poseída, mientras arrastraba su cama—. ¿No querías dar miedo a tu hermano? Pues, hala, todo para ti. Así podéis estar toda la noche, el uno contando idioteces y el otro lamentándose a su lado. Os lo vais a pasar muy bien los dos juntitos. Se acabó ya. Vuestro padre y yo nos merecemos un poquito de paz», sentenció Laura apretando los dientes. A partir de ese momento tuvieron que compartir habitación. Raúl seguía mirándolo con la cara de loco que ponía para darle miedo, pero enseguida hizo como si nada y giró la cabeza hacia la ventana. Mario no entendía nada, ¿no iba a asustarlo? ¿Por qué entonces había puesto su mirada de «te vas a cagar con lo que te voy a contar»? Raúl tenía la mirada fija en la calle, pero, de golpe, con el gesto de haber visto algo terrorífico ahí fuera volvió la vista hacia él. Mario no esperaba el cambio y se cubrió un poco más con las sábanas. Raúl volvió a repetir la acción varias veces, abriendo los ojos cada vez más, exagerando su interpretación. Mario se metió corriendo debajo de las sábanas, cuando por fin su hermano paró y dijo:

—Mira, incorpórate. —Mario, previniendo algún susto, lo hizo lentamente hasta llegar a apoyar el codo en el colchón.

Desde ese ángulo veía a su hermano sentado en la cama contigua y al fondo, por la ventana, el chalet adosado de enfrente y un trozo de calle. No había nada en especial, solo la puerta del otro chalet y la enorme farola. Raúl, con la vista clavada en él, continuó hablando lenta y misteriosamente.

—Imagínate que ahí enfrente, junto a la farola, hay un hombre vestido de negro, quieto, mirándote fijamente, sin pestañear, con los ojos muy abiertos. —Y tras un pequeño silencio, continuó—: Ahí parado, muy quieto, mirándote fijamente, esperando para entrar. ¿Lo ves? ¿Ves cómo te observa?

Mario sintió un escalofrío por todo su cuerpo. Pese al miedo que le producían las palabras de su hermano, se quedó congelado pendiente de lo que veía a través de la ventana, incapaz de reaccionar. Había algo que le impedía apartar la mirada.

—Míralo.

Mario buscaba con la boca abierta, pero no veía a nadie. ¿Por qué entonces no podía dejar de mirar? Sin quitar la vista de la ventana, como hipnotizado, asintió convencido de que había alguien.

—Pues como no te duermas le voy a decir al hombre que espera que entre a por ti —dijo Raúl mientras relajaba el tono y se metía en su cama.

Se puso los cascos y mirando al techo, mientras escuchaba en su *walkman* un casete con canciones de Nirvana, pensó: «Como no vuelva mi padre, va ser el fin de todos nosotros. Estamos muertos». Pero un dolor muy fuerte, como un latigazo en la cabeza que le quemaba, interrumpió sus pensamientos. Cerró los ojos tratando de aguantar el dolor. A su lado, Mario también los cerraba con fuerza, pero para borrar de su mente la imagen de aquel hombre que esperaba. ¿Seguiría ahí toda la noche? ¿Sería cierto o era invención de su hermano? Pero si era así, ¿Por qué tenía el pálpito tan fuerte de que el hombre estaba ahí frente a ellos? Y con el deseo de que su padre volviera durante la noche, se fundió en el sueño.

Laura daba vueltas dormida en la cama, estirando los pies y las manos por las sábanas, mientras soñaba que era una cometa que se deslizaba por el aire. El viento jugaba con sus formas y la elevaba para después dejarla caer hasta casi rozar las olas del mar que amenazaban con capturarla. Sentía la libertad a su paso, pero, de pronto, el cielo se tornó gris y el viento paró de golpe. No quedaba ninguna nube, tan solo un bochorno tintado de negro que podía llegar a precipitarla al vacío. Abrió los ojos de golpe y se encontró con que un objeto punzante penetraba en cada uno de ellos. Su propio grito le devolvió a una realidad aún peor. Estaba aturdida, empapada de sudor. Podía sentir todavía el impacto en sus ojos. Estiró el brazo y confirmó que el hueco de su marido seguía intacto. Aún no había amanecido, pero Laura cogió uno de los cigarrillos de la cajetilla que estaba sobre su mesilla y se dirigió al servicio.

Una vez en el baño, disfrutaba dando hondas caladas al cigarro. Había tanto humo que le era imposible verse en el espejo. Eso ayudaba. Tenía una fuerte sensación de vértigo: se ahogaba, le costaba respirar, sentía como si se le hundiera el pecho y le aplastara los órganos. De pronto sintió una punzada en la tripa seguida de fuertes náuseas. Se arrodilló y vomitó lo poco que tenía en el estómago. Al incorporarse se notaba aún más débil y vacía. Agitó el humo para verse en el espejo. Había envejecido diez años de golpe, el gesto de su boca y sus párpados estaban caídos. No se reconocía. Volvió a sentir otra náusea que se quedó en amago. Entonces empezó a apretarse las uñas cada vez más fuerte sobre su pecho. El dolor aumentaba, pero, aun así, las extendió y, presa de la rabia, comenzó a arañarse fuera de sí, como una gata en celo, dejando escapar gemidos de dolor. El reflejo le devolvía los restos de los arañazos en carne viva sobre su escote. Las gotas de sangre descendían por su piel. El dolor era muy profundo, pero mucho menor que el que la destrozaba por dentro.

Lunes, 4 de abril de 1994
Seis días antes de los hechos

Me niego a tener que dormir con las contraventanas abiertas para que me entre toda la luz —se quejaba Raúl, la primera noche que tuvo que dormir con su hermano.

—Es porque tiene miedo. Si no quieres que lo tenga, deja de metérselo —le respondió su madre a grito *pelao*.

Pero dos años después seguían igual. Raúl dio la batalla por perdida y tuvo que acostumbrarse a tardar en dormirse y a despertarse cuando empezaba a amanecer. El que parecía inmune a los efectos de la luz era Mario, que, como cada mañana, no se despertó hasta que sonó el despertador. La cama de su hermano estaba deshecha. Miró hacia la calle en busca del hombre, pero no había ni rastro, todo seguía igual de inhóspito, sin movimiento alguno. Dio un brinco y salió hacia la habitación de sus padres. Corriendo atravesó el enorme pasillo con todas las puertas abiertas. Mario odiaba que las dejaran así desde que su hermano bromeó con que un día al volver a su habitación alguien le estaría esperando detrás de una de ellas y le agarraría al pasar. Desde entonces, ya fuese de día o de noche, solo o en compañía, Mario hacía el camino lo más rápido que podía. Inquieto ardía en deseos de comprobar que todo lo ocurrido el día anterior había sido un mal sueño, una pesadilla. Su hermano estaba encerrado en el baño duchándose con la música a todo trapo. Enfrente, la puerta de la habitación de sus padres se encontraba abierta. Era extraño porque nunca lo estaba. Mario se asomó con cautela y vio que la puerta del baño de dentro se hallaba cerrada. Con cuidado de no hacer ruido fue entrando en la habitación, confiando en que efectivamente su madre estuviera arreglándose en el baño. Su visión era radicalmente opuesta a lo que esperaba: una humareda envolvía toda la estancia. El lado de la cama de su padre estaba casi intacto, solo un poco arrugado, mientras que el de su madre estaba todo revuelto. Había un montón de objetos tirados por el suelo, plásticos, botes de pastillas, la funda de las gafas, un cenicero lleno de colillas. Todas las fotos de la cómoda estaban puestas hacia abajo y la mesilla de su padre ya no tenía nada encima. Mario sintió una tremenda congoja al ver que su padre no había vuelto y que todo estuviera tan desangelado. Pero un ruido dentro del baño le alertó y salió corriendo de la habitación.

Su desayuno favorito eran galletas de chocolate troceadas dentro de un vaso de leche caliente. Dejaba las galletas un poco en remojo para que se ablandaran y el chocolate se fundiera con la leche, era delicioso. Después se entretenía rebuscando en el fondo del vaso los restos que se quedaban perdidos en forma de migajas, mientras veía cómo su padre terminaba de colocarse la corbata y metía las últimas cosas en el maletín. Pero la mañana después de que se fuera su padre, con la reciente luz del amanecer, Mario no tenía apetito y tomaba un vaso de leche a secas. A los pocos minutos, su hermano apareció por el marco de la puerta con su largo flequillo moreno mojado sobre la cara, cogió una magdalena y se colocó una mochila sobre los hombros.

—¿Qué haces? —preguntó Mario.

—Me piro antes de que baje —dijo al tiempo que desaparecía por la puerta.

—¡Espérame! —gritó Mario mientras se levantaba de golpe, acelerando su ritual.

Normalmente, para que no pasara frío, antes de irse su padre le ponía con cuidado su abrigo, sus guantes y su verdugo. «Anda que no eres *exagerao*, déjalo ya, que no se puede ni mover el niño con tanta cosa», decía Laura cada vez que presenciaba el momento. Pero su padre hacía oídos sordos y ponía con suma delicadeza todas las prendas a su hijo. Mario abrió el armario del recibidor, cogió sus cosas y salió corriendo tras su hermano cerrando la puerta de un portazo.

El golpe retumbó doloroso en la cabeza de Laura, salpicando su mente con distintos flashes: el portazo final, el silencio, las manos de su marido apretando su cuello con la sensación de que las órbitas se le iban a salir de los ojos, las palabras que se escurrían por su boca y que provocarían su marcha, su mano intentando retenerlo y sus ojos en sangre en aquella última mirada declarando el fin del romance. Sentada en la taza del váter, echada hacia delante con la cabeza apoyada sobre sus rodillas, Laura trataba de digerir lo ocurrido. ¿Realmente había sucedido? Resultaba imposible de creer, después de tantos años y tantas batallas vencidas. «Todavía es pronto, puede volver, seguro que lo hará», se repetía mientras hacía esfuerzos por levantarse.

Se acercó al espejo y observó cómo las marcas del cuello y del pecho empezaban a tornar de rojo a morado. De pronto cayó en la cuenta de algo, se cubrió con la bata y bajó las escaleras corriendo. Quería llegar antes de que sus hijos se fueran al colegio para advertirles de que no dijeran ni una palabra de lo que había ocurrido en esa casa, pero ya era tarde. Al abrir la puerta de la calle ya no estaban. Pensó en ir hasta la parada de la ruta, pero seguramente el autobús ya habría recogidoa sus hijos antes de que a ella le diera tiempo a ponerse presentable y llegar. Emitió un bufido y cerró la puerta. Sacó de la bata su pitillera, encendió uno de sus cigarrillos, dio una calada y exhaló el humo. Le gustaba regodearse mientras fumaba, aspirando y expulsando lentamente el humo con la boca bien abierta, arqueando las cejas, provocando con cada gesto. Cuando lo hacía, imaginaba que era Lauren Bacall o Lara Flynn Boyle en *Twin Peaks*. Había abierto la ventana de la cocina y el aire frío le daba de lleno. Un golpe seco y después vendría otro y un tirón de pelo y acabarían peleando, revolcándose en la alfombra hasta no poder más. Hasta correrse y acabar tirados juntos entre sudores y restos de lágrimas. Era difícil mantener esa intensidad, pero no era posible que algo tan fuerte pudiera ser ignorado. Tenían mucho a sus espaldas, habían aprendido a transformar cualquier adversidad en tensión sexual y crear así un lazo que les hacía estar más unidos pese a los mundos oscuros que florecían en el interior de cada uno de ellos. Habían ido creciendo juntos, de eso se trataba, pero después vinieron los secretos. Las puertas cerradas y el fin de la complicidad. Laura se vio relegada de amante a policía que solo recibía la versión oficial de las cosas y odiaba tener ese rol, sobre todo con él. Miró el contestador. No había mensajes, ni rastro de ninguna llamada. No quería echarle nada en cara, le respetaría, solo quería hacérselo saber y que volviera. Que supiera que estaba dispuesta a ceder siempre y cuando él respetara su decisión. Sería sencillo, simplemente seguirían como estaban. Por un momento se le pasó por la cabeza llamarlo al trabajo. En el fondo, sería algo normal; sin embargo, le conocía y sabía que eso le haría enfurecer, y no quería estropear aún más las cosas. Pero ¿y si él estaba esperando precisamente eso? ¿Y si actuando de esa forma lo que transmitía era que ya no tenía interés? Igual le estaba pagando con su misma moneda y la estaba poniendo a prueba. No, él no era así. Era consciente de que se había excedido en sus formas, en sus provocaciones y estaba dispuesta a recular. Tan solo quería volver a recobrar su complicidad. Quería gozar de nuevo de la confianza y apartar así los disimulos o esa incómoda impresión de sentirse evitada. Si tan solo pudiera mandarle un «Te espero» con una paloma mensajera. Pero de momento se haría la dura como siempre y esperaría a que él diera el primer paso. «Vamos, llama», suplicaba. Al apagar el cigarro Laura se percató de que Mario no había recogido su taza. La cogió de la mesa, la metió en el friegaplatos y acto seguido se agachó para coger del suelo un pequeño cuenco con agua. «Manda huevos que esto tenga que seguir aquí…», murmuró al tiempo que tiraba el agua a la pila de la cocina.

Odiaba tener que ir detrás de ellos. Nunca había querido tener hijos. «Yo no estoy hecha para los niños», le repetía constantemente a su marido, a sus padres, a sus amigas y a todo el que hiciera alusión al tema. «No quiero tener niños, al menos no ahora; más adelante, ya veremos… Soy actriz y esta profesión es muy dura. Tengo que estar preparada y en forma para cuando llegue mi oportunidad. No puedo pensar en niños ahora. A los cuarenta, ya veremos, pero ahora no. No», sentenciaba. En menos de un año empezaron las primeras náuseas y con ellas, para su sorpresa, nuevas oportunidades. Ese embarazo no deseado le dio más trabajo del que nunca habría conseguido si hubiera conservado su esbelta figura. Pronto se convirtió en un rostro común en anuncios, desfiles y catálogos para embarazadas. No había ensayado en el baño su discurso de ganadora de un óscar para acabar trabajando gorda como una vaca para Venca y C&A. Pero, al menos, a sus diecinueve años, se acercaba a ese mundillo que tanto le gustaba. A pesar de que esa fue su mejor racha, a partir del nacimiento de Raúl todo cambió, no hubo más trabajos. Se acabaron los sueños. Su carrera de actriz se detuvo por completo antes de arrancar siquiera. Sin embargo, su ímpetu porque todo estuviera perfecto hizo que siguiera actuando en el día a día. Fabricándose su propia realidad, con las dosis de glamour e imaginación que necesitaba. Era lo único que tenía para poder evadirse de lo que tanto la asfixiaba: convertirse en una gran actriz, la estrella de su casa, para poder olvidarse de los rodajes y de las cámaras. Pero Raúl fue creciendo y después llegaría Mario para terminar de robarle todo el foco. Ya no había nada que hacer. Sus hijos le mostraban la cruda realidad: ninguna actriz puede luchar contra la novedad.

Los dos hermanos esperaban en silencio en la parada de la ruta del colegio, ubicada en mitad de la acera que rodeaba el parque de su barrio. El autobús llevaba más de diez minutos de retraso. Mario, abrigado hasta arriba, observaba cómo su hermano, con solo una cazadora azul claro con borrego en el cuello, lanzaba miradas furtivas al descampado que había delante de él. Raúl tenía la mano metida en el bolsillo y disimuladamente se rozaba el glande sin parar, mientras suplicaba que llegara el autocar y terminara así su tentación. «No entiendo por qué cojones tiene que tardar tanto el puto autobús», pensaba con la mirada fija en los arbustos que daban paso al interior del descampado, situado entre su urbanización y el enorme edificio que habían construido enfrente y que era el culpable de que su casa estuviera siempre en sombra. «Vamos, coño», escupía para sus adentros. Normalmente trataba de contener su ira cuando les recogían tarde; sin embargo, aquella mañana el frío era llevadero, pero no su ansiedad. Aquella mañana no había tenido que esquivar a su padre por el pasillo, no había duda de que no había pasado por casa en toda la noche. Había visto por primera vez en mucho tiempo la puerta de la habitación de sus padres abierta, pero no había querido ni asomarse. Los signos de que todo estaba cambiando eran cada vez más notorios en su estómago. Si su padre se había ido, todo cobraba otra dimensión. ¿Tendría carta blanca para hacerse por fin con las riendas? La mala hostia le impedía pensar, odiaba esperar. Así que cuando el autobús abrió la puerta frente a ellos, el adolescente gritó enfurecido:

—¡Quince minutos, joder!

Pero al instante volvió a la normalidad. Subió al autobús y rebasó, con auténtica calma, al conductor y a la profesora de la ruta para dirigirse hacia los asientos del fondo. Mario, ya acostumbrado a los prontos de su hermano, subió detrás de él sin decir nada, con la cabeza baja.

—Quince minutos tarde pero al final hemos llegado al centro en hora, bien puntuales. Así que al final no habrá sido tan grave, ¿verdad? —dijo, con cierto retintín, doña Blanca, la profesora, cuando el autobús estacionó en la parada del colegio.

La mujer, de unos treinta y cinco años, tenía un ojo muy estrábico, lo que hacía que la mayoría del tiempo no supiesen bien hacia dónde estaba mirando. Eso no le importaba a Raúl, que en ocasiones había imaginado cómo sería pajearse en medio de la ruta y acabar sobre sus gafas.

—¡¿Vas a bajar o qué?! —exclamó Raúl al ver que Mario miraba ensimismado por la ventanilla sin moverse de su asiento.

Cada vez que llegaba al colegio, sentía la misma sensación de abandono que le invadió la primera vez, pero, además, aquella mañana se sentía especialmente desprotegido, como si fuera más pequeño de lo que era entre los enormes pabellones y la marabunta de niños que se cruzaban por delante y detrás de él, gritando y jugando. Sin embargo, la tristeza no se hizo latente hasta que vio a los padres despidiendo con besos y abrazos a sus hijos. Raúl, ajeno a la espiral en la que estaba metido su hermano, se puso los cascos y dio al *play*. Mientras escuchaba «Polly», de Nirvana, esquivaba a los cientos de niños de distintas edades que iban y venían vestidos con el mismo uniforme, salvo alguno que, como él, intentaba reafirmar su identidad añadiendo parches, chapas de grupos de música o cambiando sus zapatos por botas militares con punta de acero. Cuando la mirada de Raúl divisaba un par a lo lejos, sabía que estaba jodido y tendría que evitar levantar la vista o se encontraría con alguna cabeza rapada en busca de presa: su pelo largo, la cazadora que llevaba y su actitud le hacían el blanco perfecto. Cada vez eran más, y las oportunidades de evitarlos menos.

—¡¿Qué pasa, no vas a decir nada?! ¡¿Eh, nenaza?! ¡¿Eh, maricón?! —gritaban los malotes que siempre se ponían al lado de la parada del bus.

Raúl seguía andando a su ritmo, ni más lento, ni más rápido. Era un experto en evitar el conflicto aunque sabía que eso los enfurecía más. No necesitaba medirse constantemente con el resto. Canalizaba toda su violencia interna con su vicio, sin molestar a nadie.

—Baja la cabeza, sí, ¡maricón! Estás muy guapa con tu melenita —seguían diciéndole para que reaccionara.

Raúl no bajaba la cabeza por ellos, sino porque era su manera de caminar, con las manos en los bolsillos. No se sentía intimidado, sino orgulloso. Subió el volumen aún más, los insultos prácticamente desaparecían con la música que seguía sonando y le inspiraba. ¿Qué haría Kurt Cobain en ese momento? Probablemente sacaría una pipa cargada de su bolsillo y les apuntaría a la cabeza, aunque fuera solo para asustarlos. Eso sí que les haría callarse o quizá solo ignoraría sus insultos pidiéndoles un cigarrillo, pero Raúl no fumaba y si se lo daban tendría que controlarse para no apagárselo en un ojo. «Putos nazis», masticaba para sí mientras superaba el pasillo que habían improvisado para darle la bienvenida. Andaba directo a su destino con la vista al frente, obviando todo lo que había a su alrededor: el ruido constante, las cabezas giradas hacia él, los comentarios que podía leer en sus labios, los empujones o los roces en el hombro marcando territorio y que le irritaban hasta puntos desconocidos. Era evidente que no pertenecía a ese lugar. Cuando por fin llegó al hall, aceleró el paso hasta atravesar las dos puertas de acceso a su pabellón. Nada más sobrepasarlas se giró y les dio un par de patadas gritando de la rabia. El exceso de fuerza hizo que las dos se balancearan y le dejaran al descubierto, parado, al otro lado del pasillo, con la cara desencajada. Los alumnos que pasaban en ese momento se quedaron atónitos ante los golpes y el grito desproporcionado, por llevar los cascos puestos. Raúl les dedicó una breve mirada y se giró con total tranquilidad.

«Que os jodan a todos», pensó mientras se alejaba rumbo a clase.

La clase de Historia estaba más que empezada y don Manuel seguía con el tema que tocaba, la Reconquista:

—Estamos hablando de un verdadero proceso de liberación tanto en el territorio como en toda la población que permaneció sometida durante siglos en el territorio ocupado —explicaba el profesor.

Mario, sentado en uno de los laterales junto a la ventana que daba al patio común entre las aulas, trataba de mantener el hilo. Pero la voz del profesor sonaba cada vez más lejana e indescriptible frente a los insultos, los golpes y el portazo final que se entremezclaban y se repetían en su mente. Intentando espabilarse desvió la vista hacia la ventana. No había nadie. «Tu madre me está volviendo loco». Las últimas palabras de su padre regresaban a su mente con claridad. Seguía mirando fuera, pero ahora su padre aparecía serio ante él, observándolo de la misma manera que lo había hecho antes de marcharse. La voz de su hermano tomó protagonismo de forma repetitiva, como si la escuchara con eco: «Imagínate que ahí enfrente, junto a la farola, hay un hombre vestido de negro, quieto, mirándote fijamente, sin pestañear, con los ojos muy abiertos». Mario, sumergido en sus pensamientos, se esforzaba en sacar algo en claro. El hombre que esperaba los observaba, no había podido verlo, pero sí sintió sus ojos clavados en él. Sus párpados se cerraron y por un momento la imagen de su casa vista desde la calle apareció ante él: la fachada de ladrillo, el árbol de la entrada, las contraventanas de madera entreabiertas cuando, repentinamente, se vio a sí mismo sentado en su cama mirándose fijamente. Mario seguía fuera y, desde la calle, asombrado, continuaba mirándose sentado en su cama mirando hacia ahí, observándose a sí mismo. La imagen cambió de golpe y volvía a ser desde dentro de la habitación, su habitual punto de vista. Estaba sentado en su cama y desde ahí veía una silueta oscura plantada frente a su cuarto, en la calle, junto a la farola. Era aquel hombre, el hombre que esperaba, y tenía la vista clavada en él. Aterrado, abrió los ojos en el mismo momento en el que un niño plantaba sus dos manos en el cristal que había junto a él. Mario se asustó y dio un grito que interrumpió la clase.

—Esa debe de ser la campana —dijo don Manuel en tono sarcástico, mientras movía la cabeza hacia los lados riñendo al niño.

El resto de la clase se empezó a reír. La campana sonó en ese momento y, antes de que el profesor les dijera que podían levantarse, los niños ya estaban de pie recogiendo sus cosas. Mario no tenía ninguna prisa, odiaba el recreo y se quedó sentado unos minutos más mirando por la ventana, recomponiéndose.

Laura seguía encerrada en el cuarto de baño, había llenado la bañera y dejaba hundir su cuerpo dentro de ella. El agua estaba hirviendo y había empañado todo el espejo. Le encantaba ese calor, la anestesiaba. Su temperatura aumentaba y su piel se volvía roja como sus llagas y arañazos. Cerró los ojos y hundió también la cabeza. «Debéis sujetarlos bien con las dos manos, que se sientan seguros y, cuando os diga ya, soltarlos con suavidad. Lo importante es que no se pongan nerviosos, que noten que están protegidos y que en el momento en el que perciban que nadie los sujeta, no sientan pánico pero que intenten no hundirse. No van a poder evitarlo, pero estamos aquí para que se acostumbren a reaccionar ante el pánico y vayan perdiendo miedo». El monitor les hablaba desde el bordillo de la piscina. Aquel día Laura estaba contenta porque estrenaba bañador rosa y lila de una pieza, que le sentaba como un guante. No enseñaba demasiado para que su marido tuviese los celos justos, pero seguía resultando tremendamente sexi. No había duda de que estaba por encima de la media del resto de madres. «Aquellas gordas recién paridas», como ella las llamaba. Todos los padres que iban a ver a sus hijos se quedaban prendados al verla metida en la piscina hasta la cintura, sacando pecho. Ella, consciente, se crecía y se mantenía bien estirada sin dejar de sonreír. Pese a que no entendía por qué había que traer a Mario tan pequeño a clases de natación cuando casi no sabía ni andar y Raúl no había ido hasta los dos años. «¡Qué empeño en sobreprotegerlo de esa manera», pensaba cuando cada semana le llevaba sin falta su marido, jactándose de lo beneficioso que era para el niño y de lo mucho que disfrutaba en el agua. Pero para Laura lo único bueno que tenía ir con Mario a la piscina era que le permitía salir un poco de casa y dejarse ver. Por eso aquella mañana, cuando su marido le dijo que no podría llevar al niño, no dudó ni un instante en sustituirlo. «Cuando diga "ya" los soltáis con delicadeza, que no noten cambios bruscos», gritaba aquel día el monitor. Mario no dejaba de pestañear intentando sacar las pequeñas gotitas de agua que se metían en sus ojos. Era muy pequeño, pero mantenía el cuello estirado como por acto reflejo. Su cuerpo casi transparente era muy suave y resultaba aún más frágil al mezclarlo con el agua llena de cloro. Su mirada estaba fija en una cristalera enorme que separaba el patio de la piscina cubierta. Un rayo de sol, tan potente como cegador, atravesaba las gradas, dejando a su paso destellos de muchos colores. «¡Ya!», exclamó el monitor. Laura quitó sus manos dejando que se fueran sumergiendo lentamente. Mario se hundía poco a poco con los ojos bien abiertos, fijos en el rayo que les atravesaba, pero no mostraba ningún síntoma de nerviosismo, ni un ápice de miedo, ningún pataleo ni intento por evitar sumergirse. El movimiento más fuerte venía de los cientos de burbujas que salían de manera decreciente por su boca. Laura lo observaba atónita. Rápidamente miró a las otras madres. Todas sonreían al ver cómo sus pequeños trataban de mantenerse a flote, con un ligero pataleo. Laura volvió a mirar a su hijo que se hundía a la altura de sus rodillas, ahora con los ojos clavados en ella. Por un momento tuvo la tentación de dejarle caer hasta el fondo y observar cómo se hundía, pero finalmente estiró los brazos y arrastró al bebé hasta la superficie. Una vez fuera, Mario comenzó a llorar violentamente, como poseído. El resto de niños le imitaron al ins-

PABLO RIVERO

tante y la clase se convirtió en una competición de quién chillaba más fuerte. El teléfono empezó a sonar y Laura sacó la cabeza del agua mientras los gritos desaparecían de su cabeza. La esperanza de que fuera él los borró de inmediato. Salió corriendo de la bañera, directa al teléfono inalámbrico de su mesilla, desnuda y sin secarse, como si fuera arrastrada por un imán. El agua se escurría a su paso, dejando marcas en la moqueta que no eran nada comparadas con la hemorragia de aquella vez que empezaron a jugar a darse bofetones, a agarrarse las lenguas y morderse los pezones. «No me duele —decía su marido mientras trataba de controlar la sangre que le salía a chorros por la nariz—. Has debido de darme en un punto delicado porque no lo entiendo», continuaba entre risas. Mientras él se ponía papel para tapar el agujero, Laura se arrodilló y juguetona trató de meter la lengua entre sus nalgas hasta que finalmente él cedió y acabó corriéndose sobre ella.

«¡¿Qué coño querrá ahora?!», exclamó Laura al leer «Maribel» en la pantalla del teléfono. Maribel era una de sus pocas amigas. Laura no era una persona fácil a la hora de relacionarse y mucho menos con el género femenino: se sentía incapaz de dejar atrás su aire más competitivo cuando se juntaba con otras mujeres, aunque estas fueran su grupo de «amigas», y siempre que había algún problema la culpa, por supuesto, tenía que ser del resto y no suya. Pero ese no era el motivo por el que mantenía las distancias, sino porque así resultaba más fácil que no sospecharan nada. No obstante, solía hacer una excepción con Maribel, la más cercana literalmente. Maribel vivía en su misma urbanización, a tan solo un

51

par de puertas de la suya. Estaba realmente cerca, pero lo suficientemente lejos para no poder confirmar las sospechas de todo lo que guardaban esas cuatro paredes. Si Maribel había conseguido sobrepasarlas y entrar en su pequeña fortaleza era por dos razones principalmente: porque no suponía ninguna competencia y porque siempre estaba bien tener una cómplice que le diera información y difundiera la versión oficial que a ella le conviniera. Pero no tenía energía para inventarse ninguna excusa ni paciencia para escucharla. Aún era pronto para sacar conclusiones reales de su ausencia y el contacto con el mundo exterior le recordaba que todo era real y que si las cosas no cambiaban de rumbo, tarde o temprano tendría que inventarse algo. El teléfono dejó de sonar y saltó el contestador.

Cuando Mario volvió del colegio, cerró la puerta y dio dos golpecitos al pomo. No tenía ninguna razón concreta para hacerlo, pero era una de sus manías que ya se había convertido en hábito, y siempre que entraba lo hacía. Como el darse dos veces con cada talón en el talón opuesto nada más calzarse, nunca pisar en la línea de separación entre baldosas o que cada cosa que cogiera siempre fuera par: dos aceitunas, dos patatas fritas… Si alguna vez era consciente de que alguien se daba cuenta y lo observaba esperando a que volviera a caer, se las apañaba para disimular o esperar un descuido. Pero pocas veces interrumpía la rutina de pequeños rituales que se había creado y que le mantenía tranquilo. Después de los golpes vino un rápido barrido, en busca de alguna señal de que su padre hubiera vuelto, pero nada. Se asomó al hueco de la escalera: el ventilador en la última planta daba vueltas, creando una corriente que llegaba hasta su cara.

—¿Papá? —preguntó Mario, que tuvo como respuesta un bufido procedente del salón.

La puerta estaba cerrada y el resto de la casa a oscuras. Al abrir se encontró con todo el salón en penumbra. Su madre estaba sentada en una butaca frente a la tele, echada hacia delante con el mando apuntando al televisor, rebobinando la imagen de la pantalla.

—¿Tú has estado jugando con el vídeo? —le preguntó alterada al notar su presencia.

—No. Yo no toco el vídeo, no me deja Raúl —dijo Mario asustado.

—Dile que venga.

—No está, se ha quedado de camino —contestó Mario justificándolo.

—¡Genial! No sé qué coño hará todo el día por ahí. Pues hoy de limpiar no os libráis… ¡Aunque llegue a las doce de la noche, hombre!

La desesperación de Laura crecía conforme la imagen de la pantalla se perdía más y más entre las rayas blancas discontinuas.

—¡Es que estoy muy cansada ya de que lo destrocéis todo! —continuó—. Nada dura en esta casa… ¡Como si lo regalaran! Habrás estado jugando con el mandito y ahora esta parte no se ve. ¡Muy bien!

Mario no pudo contenerse al escucharla y replicó:

—Pero ¡que yo no lo he tocado, *joer*, que Raúl no me deja!

Su madre se giró al instante.

—La que no te voy a dejar soy yo; venga, para tu cuarto y ponte a recoger.

En los escasos minutos que duró la conversación, lo único que había querido Mario era preguntar dónde estaba su padre, pero no encontró el valor para hacerlo. Como consuelo pensó que quizá había regresado y que al encontrarse a su madre así se había vuelto a ir, o que directamente ella no le había dejado entrar. Al darse la vuelta para salir, tuvo una visión que le sacó de sus casillas: en el aparador la foto de su padre volvía a estar boca abajo. Sin dudarlo un instante fue hacia ella y la puso firme de nuevo. Su padre volvía a presidir la estancia, como debía ser. Su sonrisa brindaba a Mario cierta esperanza. Una esperanza que se desvanecía conforme iba subiendo los escalones hacia su habitación y volvía a la oscura realidad.

Raúl no podía llegar tarde a casa ninguna noche, pero sabía que esa en especial, menos que ninguna: si su padre había vuelto, le echaría la bronca con su aire soberbio de «yo lo arreglo todo» para desviar el foco de atención y todos tendrían que actuar como si no hubiera pasado nada, y si no había vuelto, sería aún peor, porque su madre estaría enloquecida. Pero a él le daba igual que estuviera jodida. Se lo merecía. Cuanto más pensaba que no debería estar ahí, más se excitaba. No pudo evitar ir en cuanto la ruta le dejó de vuelta. Llevaba todo el día muy alterado y lo necesitaba. Bajó del autocar con su hermano y al cruzar la carretera para subir la cuesta a su calle, fue aminorando el paso poco a poco. Mario andaba por delante de él mirando al frente, con ímpetu, deseoso de llegar a casa y comprobar si su padre había vuelto. Raúl también estaba excitado, su respiración se aceleraba en su pecho, pero por un motivo distinto. Siguió caminando cada vez más lento hasta que Mario giró la esquina. Entonces Raúl se paró y esperó unos segundos por si su hermano volvía a aparecer en su búsqueda, pero ya estaba acostumbrado y la idea de que hubiera vuelto su padre le hacía no querer perder ni un segundo. El rostro de Raúl se oscureció al lanzar una mirada turbia hacia el descampado que se encontraba a su espalda. Podía pasar de largo, pero la opción de ir a casa de Nico no sería suficiente, no aquella tarde. Quería estar solo y libre. Tras comprobar que nadie lo veía, entró apartando los matorrales que copaban el acceso. Se fue haciendo paso entre los hierbajos y restos de basura —botellas de plástico, paquetes de *kleenex* vacíos, restos de tabaco y condones usados…— hasta pararse en la mitad del camino entre su urbanización y el edificio de pisos.

Un par de horas después, seguía de pie en el mismo sitio, cansado pero incapaz de marcharse, ¿y si se iba y justo se encendía alguna otra luz? La posibilidad de aquello que se perdería siempre vencía a la opción de ser pragmático y abandonar a tiempo, sobre todo, después de que el otro día viera por segunda vez a los del séptimo follando en el salón. Lástima que no pudiera volar, porque habría subido hasta su altura para levantar la persiana medio bajada, que no le dejaba ver del todo. Le producía muchísima ansiedad e impotencia no conseguirlo ni siquiera cambiando de posición y perderse todos los detalles. Había probado de todo, incluso exponiéndose demasiado, con el deseo de ser descubierto y que, aun así, hubieran seguido follando para él, viendo cómo se tocaba mientras los observaba. Aunque parecía que esta vez tampoco habría suerte. Después de tanto rato se levantaba y daba vueltas, se volvía a sentar, buscaba a ver qué encontraba entre los restos esparcidos por todos lados, meaba y aprovechaba para dejársela fuera mientras miraba hacia las ventanas del edificio fantaseando con que alguien pudiera verlo. Pero nada. Se sacudía prolongadamente pero nadie parecía estar mirándolo. «Vamos», suplicaba. La sangre le subía a la cabeza mientras se frotaba con más fuerza, no podía pensar. Su piel estaba muy irritada, al rojo vivo, aunque no tanto como la vez que se hizo dos heridas que se transformaron en costras y después en cicatrices. Dos lunares de distintos tonos de piel que demostraban que a veces la cosa se le iba de las manos. Siempre había riesgos de volver a abrirlas, pero Raúl, ajeno a todo, continuaba dándole de forma automatizada. No podía parar pese a que no debía excederse, no en los tocamientos, sino en el tiempo: su madre ya estaría histérica, siempre lo estaba. ¿Qué pasaría si su padre no volvía? ¿Qué iba a hacer si no había trabajado en su puta vida y no paraba de gastar? «Ni para chacha sirve, porque para limpiar ya estoy yo», pensaba mientras hacía un nuevo barrido a las ventanas del bloque. Había

anochecido y las luces de las casas se iban encendiendo si-
multáneamente. Miró su reloj para confirmar que efectivamente ya era tarde. En su cabeza despotricaba por tener
que irse justo cuando empezaba a ver bien. Raúl comenzó
a contar en voz baja mientras aceleraba el movimiento de su
mano recorriendo las plantas del edificio con más ansiedad.

—Uno, dos, tres…

Si a la de cincuenta no había nada interesante, se mar-
charía. En su búsqueda, se encontraba adolescentes sentados
en sus cuartos, de espaldas, escribiendo o estudiando. Una
anciana veía la televisión en el segundo piso. En el quinto
una mujer acababa de aparecer, pero desapareció enseguida
por el marco de una puerta.

—Cincuenta —dijo frustrado.

Dejó de contar, mientras miraba al edificio enfadado.
No podía creer la mala suerte que tenía con todo. Se sentía
idiota, estaba peor de como había entrado. Siempre le pasaba igual. «Va, quince, quince más», pensó y comenzó a contar de nuevo. Al llegar al sexto piso, cuando iba por el número ocho, se encontró con una familia que se acababan de
sentar a la mesa. La madre servía la comida entre risas y
comentarios del resto de familiares: dos niñas y un adolescente que jugaba con un perro pequeño. Raúl dejó de tocarse en seco, aquella estampa no le resultaba real, era como ver
un anuncio de televisión o una película pastelona. Los miembros de la familia hablaban y sonreían mientras empezaban
a comer. Eso le hizo pensar en el menú que le esperaba al
llegar: quizá sanjacobo para terminar de rematar el día o
pizza congelada para variar, y, lo peor de todo, es que enci-

ma tendrían que agradecérselo. «Os he hecho pizza, para que luego os quejéis», decía casi siempre su madre, en lugar de admitir que lo hacía porque eran las más baratas y solo tenía que encender el horno. Con tanta pizza mala había conseguido lo imposible: que acabaran aborreciéndolas.

Finalmente se dio por vencido, cogió su mochila del suelo, la sacudió y salió del descampado. Mientras se dirigía hacia su casa, arrastrando los pies para no dejar rastro al pasar y que le cayera una buena bronca, como la vez que fue dejando arena por toda la casa, pensaba qué excusa podía contarle a su madre si al llegar, después del bofetón de cortesía con la mandíbula apretada, le preguntaba. En cualquier caso, cerraría los ojos nada más abrirse la puerta; cuanto antes pasara, mejor.

Su gato Mimi era su mejor amigo, pero un día se escapó y nunca más volvió. Cuando era más pequeño, Mario disfrutaba jugando con él. Le encantaba hacerle rabiar cogiéndole de la cabeza, obligándole a que lo mirara. Disfrutaba de su mirada penetrante y de la profundidad con la que sus pupilas le desafiaban. También, se divertía imitando todos los movimientos del felino como si fuera un espejo. Realmente el juego lo había aprendido en el colegio viendo cómo se divertía la gente de su clase de dos en dos, pero Mario era muy tímido, y le daba miedo que si tenía demasiado contacto visual se dieran cuenta de que estaba deseando que sonara la campana para volver a casa con su padre y le llamaran «mi-

mao», como cuando se hacía algún rasguño e iba corriendo a que se lo curara exagerando el dolor. Su hermano siempre le pillaba y se lo recriminaba a voces: «*¡Mimao,* que eres un *mimao!»*. Pero con Mimi era distinto. Mario seguía jugando con él: simulaba arañar al animal y después se revolcaba junto a él como si fuera otro gato más. Iba acorralándolo, poco a poco, estirando sus manos amenazante, hasta que en una de esas, el gato le arañó en el cuello para defenderse. Mario agarró al animal por el pescuezo y pensó en lanzarlo contra la pared. Se sentía traicionado, herido e invadido por el ardor que desprendía el arañazo. Estaba rabioso, desencajado y siguió apretando las manos hasta que se dio cuenta de que el gato se zarandeaba porque no podía respirar. Paró de golpe y lo abrazó con fuerza. Sin hacer caso de los esfuerzos del gato por liberarse, empezó a besarlo sin parar. Por un instante, Mario sintió miedo, pero no del animal, sino de lo que él habría sido capaz de hacerle. Unos meses después le dijeron que se había escapado. Al enterarse de la noticia, se puso a llorar como ahora al recordarlo. Su padre lo abrazó y le dijo:

—Tu madre se ha descuidado y el gato se ha escapado.

Mario no podía contener los sollozos al escuchar sus palabras.

—Ya sabes como es tu madre —continuó—. No le gustaba nada el animal, debió de dejar la puerta abierta y el pobre se ha escapado. Pero no llores más, que estoy seguro de que Mimi está bien… Ahora mismo estará pensando en ti. Si quieres que regrese, solo tienes que desear muy fuerte que vuelva.

Pese a que a su madre nunca se lo perdonaría, las palabras de su padre fueron suficientes para calmarlo: «Solo tienes que desear muy fuerte que vuelva». Mimi nunca volvió, pero Mario deseaba tanto volver a verlo que siguió actuando como si hubiera regresado. Podía verlo junto a él y, pese a los continuos reproches de su madre, le acariciaba y le cuidaba como hacía antes de que se fuera. Por eso aquella noche, mientras miraba hacia la calle a través de la ventana de su cuarto, recordó de nuevo aquellas palabras: «Solo tienes que desear muy fuerte que vuelva». Su padre tenía que volver, él mejor que nadie sabía cómo era su madre y no sería capaz de dejarlo con ella. Estaba convencido de que pronto volvería para llevárselo con él y esta vez no le defraudaría. Quería estar preparado, esperando atento desde la ventana.

Raúl abrió la puerta de su casa y se encontró de frente a su madre y detrás a Mario con la expresión de dos niños que van a buscar los regalos de los Reyes Magos. Cerró los ojos rápidamente previniendo lo peor, pero, para su sorpresa, Laura se dio media vuelta y volvió a la cocina. Mario seguía parado sin ocultar su decepción, haciendo evidente que no era a él a quien esperaban. Al pasar se dio cuenta de que seguía sin haber rastro de su padre: no estaba su maletín apoyado en la escalera en el recibidor, ni su abrigo colgado de la barandilla que su madre, entre gruñidos, siempre terminaba guardando en el armario para que no se le deformara. Su padre no estaba pero sus cubiertos, su plato, su servilleta y su vaso se encontraban perfectamente colocados presidiendo la mesa. Laura acababa de sacar del horno dos pizzas. «¡Bingo!», pensó Raúl entornando los ojos. Se quitó la cazadora, la dejó sobre la barandilla de la escalera y se sentó a la mesa.

Los tres comían en silencio. Raúl no pudo evitar fijarse en el cuello de su madre, en cómo, bajo la capa anaranjada de maquillaje, asomaba el incipiente moretón. La televisión estaba encendida, como todas las noches, y el presentador del bigote hablaba con un criminólogo especializado sobre uno de los sucesos.

«Este tipo de crímenes suelen darse en lo que nosotros denominamos familias disfuncionales, que se caracterizan porque los abusos son tan constantes que los miembros sometidos llegan incluso a acomodarse pensando que es lo normal», explicaba el especialista.

«Pero ¿cómo se dan estos comportamientos? ¿Cómo una familia puede llegar a crear estos hábitos?», preguntó el presentador.

El invitado miró prácticamente a cámara.

«Las familias disfuncionales son principalmente el resultado de adultos codependientes. En algunos casos, estos se ven afectados por adicciones, como el alcohol o las drogas. Otros orígenes son enfermedades mentales no tratadas o psicopatías», puntualizó con tono pedagógico.

Laura no perdía detalle de lo que decían, mientras con el tenedor daba vueltas a sus cuatro hojas de lechuga. Raúl observaba sus reacciones con rechazo, mientras que Mario comía, mirando muy serio los cubiertos intactos de su padre.

«Pero entonces ¿una familia disfuncional no tiene por qué ser una familia que se ha separado?», preguntó el presentador.

«No, no. Ese es uno de los errores más frecuentes, creer que estas familias están al borde de la separación o el divorcio. Aunque en algunos casos puede llegar a darse, la situación tiende a alargarse en el tiempo porque el vínculo matrimonial es muy fuerte y las faltas que ambos cometen son justificadas por el otro; pero esto no significa que la situación familiar sea estable, al contrario. Es solo que todos esos conflictos, que afectan directamente a los niños, llegan a normalizarse hasta que la cuerda se rompe y suceden hechos tan terroríficos como el que hoy nos ocupa», concluyó el invitado.

Laura seguía mirando el televisor, pero había dejado de comer por completo, atenta a las palabras de aquel hombre que se sentaba ahí tan tranquilo a juzgar a todo el mundo. «A ti te querría ver yo en tu casa, listillo», pensaba para sí. Raúl la observaba disimuladamente mientras terminaba su último pedazo de pizza.

—¿Ninguno de los dos va a decir nada? —les preguntó Laura. Los dos chicos se miraron sin comprender. ¿No era ella quien debía darles una explicación?—. No sé si os habéis dado cuenta —continuó—. No, no creo porque como aquí lo que se lleva es largarse rapidito y pensar en uno solo, como si esto fuera un hotel, no creo que os hayáis parado a pensarlo, no.

Los dos chicos escuchaban simulando interés, mientras la tensión crecía. Cuando su madre tomaba carrerilla solo había un final posible: bronca o bofetón.

—¡Tú! —dijo de golpe Laura mirando fijamente al adolescente—. Si quieres la aspiradora la paso yo también. Está todo lleno de mierda, ¿cuántos días hace que no limpias? —continuó.

—Dos como mucho —replicó Raúl.

—¡Me da igual! Coño, que siempre estoy detrás de vosotros con todas las cosas que tengo que hacer yo. ¿Se acuerda alguien de mí acaso? ¡A que no! Pues eso.

Ninguno de los chicos dijo nada, simplemente escuchaban con cara de circunstancia.

—¡Y tú! —siguió Laura mirando ahora a Mario, que se encogió en la silla—. ¿Qué ha pasado hoy con tu taza? Has pensado que era el mejor día para hacer también lo que te diera la gana, ¿no? Y te voy a decir una cosa: ¡no vuelvas a poner el agua ahí en el suelo! A ver cuándo te entra en la cabeza que ya no tienes gato, que por mucho que dejes el agua en su sitio nadie se la va a beber. Lo único que ocurrirá es que le vamos a dar una patada, como siempre, y luego me tocará limpiar toda la mierda a mí, si no te hundo antes la cabeza en ella, ¿me oyes? Entérate de una vez que Mimi se ha largado y no va a volver. ¡No vas a volver a ver al gato en tu vida!

Laura se fue cargando más y más conforme las palabras salían de su boca. Los dos chicos la miraban asustados, era evidente que no estaba hablando de Mimi. Laura, consciente de su irrefrenable impulso, dejó de hablar y tomó aire tratando de recomponerse. Mario no pudo contener las lágrimas.

—¿Dónde está papá? —preguntó, antes de recibir el bofetón en la cara que le haría mantenerse en silencio.

Ahí estaba. «Suerte que esta vez no me ha tocado a mí», pensó Raúl.

Los chicos habían subido a su cuarto hacía rato, pero Laura seguía sola en la cocina, sentada mirando al frente. En una mano sostenía un pequeño cenicero y en la otra un cigarro. «Veinticuatro horas ya», pensaba alarmada mientras daba una calada profunda. Humedecía el cigarro al entrar en contacto con sus labios y después dejaba salir el humo suavemente en dirección al sitio de su marido. Había recogido la mesa, pero había mantenido sus cosas intactas por si él regresaba. El humo formaba una pequeña nube sobre su silueta ausente y le recordó cuánto se enfadaba él cuando en mitad de una discusión, sin avisar, Laura se lo echaba en la cara dejándole con la palabra en la boca. Y cómo entonces se enfurecía y la tiraba del brazo para que se girara y lo mirara. Cómo a ella le gustaba aguantar, hacerse la difícil hasta que, cuando él estaba a punto de perder los nervios y darse por vencido, se giraba y lo besaba intensamente a distintos ritmos, lamiéndole la lengua como si fuera su polla. Entonces paraba de golpe para ver su cara de alelado, vencido por la situación. Volvía a besarlo y lo miraba fijamente, para que pudiera ver cuánto lo deseaba. Sus ojos ardían en llamas al recordarlo. Daría lo que fuera por volver a tenerle cara a cara, frente a ella en la habitación. Rebobinar a la tarde anterior y poder recular si eso impedía que se fuera. Había pasado solo un día, pero el silencio y aquella mirada cargada de rabia que se transformó en vacío le decían que pasarían muchos más. Pudo recobrar el aire cuando apartó sus manos de su cuello, pero la calma resultó ser el más terrorífico de los estados. Ojalá pudiera retroceder a aquella última conversación para intentarlo de otra manera. Estaba de su lado, todo había sido precisamente por eso, y quería demostrárselo. Le diría: «De acuerdo. No lo haré», y él se quedaría, fantaseaba, mientras aplastaba el cigarrillo en el cenicero de camino a las escaleras. Al apagar la luz vio que algo la iluminaba. La foto sonriente de su marido estaba otra vez colocada en vertical y reflejaba la luz que entraba por la ventana. Su sonrisa volvía a ser testigo de sus miserias. Fue directa al aparador y volvió a ponerla boca abajo. «Maldito Mario», murmuró apretando los dientes.

—Como te vea mamá haciendo eso, te la vas a cargar —dijo Mario al entrar en su habitación y encontrarse a su hermano recogiendo pelusas de la moqueta con la mano y tirándolas detrás de los muebles.

—¿Qué quieres, que me ponga a pasar la aspiradora ahora? Mejor esto a que venga y se las encuentre —respondió Raúl.

Raúl terminó y se metió en la cama. Se sentía especialmente apático y no tenía ganas de escuchar música, solo quería dormir. Se tapó hasta arriba y cerró los ojos. Mario los tenía abiertos, mirando el corcho que había colgado delante de él, plagado de dibujos suyos y fotos con su padre, con Mimi y el resto de la familia.

—¿Estás dormido? —preguntó susurrando a su hermano.

—¿Qué quieres? —respondió Raúl sin ni siquiera abrir los ojos.

—Es que no puedo dormir.

—Me emociona, de verdad; venga, duérmete.

—¿Tú crees que sigue ahí?

—¿Qué dices?

—¿Que si crees que estará ahí pensando en nosotros, esperando para entrar?

Raúl abrió los ojos extrañado por el tono de preocupación que utilizaba Mario, se incorporó y fijó la mirada en el pequeño:

—Claro que sigue ahí, ¿es que no lo ves? Mira, mira.

Mario se estremeció al escuchar el tono de su hermano y se cubrió con la colcha hasta la barbilla.

—Mira cómo te observa. Ahí, junto a la farola, muy quieto, mirándote fijamente, esperando para entrar.

La imagen del hombre que esperaba amenazante volvió de golpe a la mente de Mario acompañado de un escalofrío.

—¿Crees que se va a quedar ahí o va a entrar? —preguntó muy bajito, como si pudiera oírles.

—¡Claro que va a entrar! Cuando cierres los ojos sentirás su respiración en tu cara y al abrirlos lo verás ahí pegado mirándote fijamente.

Mario tragó saliva entre aterrado y confuso. Todavía no conseguía diferenciar si su hermano hablaba en serio o no. Raúl interrumpió sus pensamientos, al ver su cara de pánico.

—¡Que no, hombre, que no! ¡Oye, quita esa cara, que te lo he dicho porque me has preguntado tú si estaría ahí o no!

—Pero es que yo me refería a papá —respondió Mario haciendo un puchero.

Los dos se quedaron en silencio. Raúl no tenía palabras para calmarlo. No sabía cómo manejar esas situaciones, carecía de todas las respuestas y por eso él mismo huía de plantearse ciertas preguntas. Pese a que sabía que debería haberse levantado en ese momento para abrazarlo y prometerle que todo se arreglaría, no dijo nada y volvió a cerrar los ojos. Se negaba a asumir esa responsabilidad, prefería omitir cualquier explicación que le comprometiera. El silencio volvía a decirlo todo. Sin embargo, Mario conocía bien a su padre y, pese a que le desmoralizaba ver que se confirmaba el pálpito de que se había ido de verdad, sabía que volvería. Pero ¿por qué no lo había hecho ya? ¿Qué era lo que se lo impedía? ¿Y por qué justo estaba el hombre ahí fuera? ¿Qué esperaba? ¿Qué era lo que quería? Mario siguió haciéndose infinidad de preguntas mientras la imagen del hombre se iba haciendo cada vez más sólida en su cabeza.

Laura tenía que admitir que en alguna ocasión había fantaseado con la idea del divorcio. No porque hubiera querido separarse de su marido, ni mucho menos, sino porque *Kramer contra Kramer* era una de sus películas favoritas y disfrutaba viendo la interpretación de Meryl Streep. Pero lo cierto es que lo hacía con cierta distancia, intentando no entrar demasiado en la historia. No le venía nada bien plantearse siquiera que eso les podía llegar a pasar a ellos. Aunque, por horrible que fuera, no habría sido nada comparado con su situación actual, en la que, pese a que todo era extremadamente reciente, la esperanza se iba apagando: no había dado señales de vida y no podía llamarlo ni ponerse en contacto de ninguna manera con él. Había desaparecido por completo sin decirle que necesitaba tiempo o que ya no la quería. Ni siquiera se estaban divorciando, como la pareja del filme. ¿Qué era lo que buscaba? Se merecía al menos un adiós, ¿o es que temía volver por miedo a caer en sus redes?

Desde que dejó de ir a castings y estar en activo, su mejor terapia era pasar la mayor parte del día sola viendo películas sin parar. Películas con personajes de mujeres fuertes, poderosas, pasionales y luchadoras que luego se divertía imitando. Esa era la imagen de sí misma que se esforzaba en proyectar. Habría dado un ojo de la cara por verse interpretando el personaje de Meryl Streep en aquella película, aunque pensara que le faltaba mala hostia. «Debería haber puesto una pizca de Glenn Close en su composición», decía siempre a sus amigas haciéndose la experta. Le encantaba Glenn Close, sobre todo en *Atracción fatal*. No entendía cómo la gente podía no sentir empatía por ella, incluso cuando hacía de mala. «Es que no es la mala —justificaba siempre ante sus amigas—. Es una mujer enamorada a la que han engañado y lleva al límite su pasión. Pero todo lo que hace es por amor; o desamor, mejor dicho. No es ella la que engaña, en realidad es una víctima». «Sí, pero está dispuesta a matar, se le va la cabeza», le replicaron más de una vez. «Ojo, si no quieres quemarte, no juegues con fuego», zanjaba siempre ella, sin pestañear. ¿Habría jugado ella con fuego hasta quemarse? ¿Habría caído en lo que tan fácil sabía detectar en el comportamiento de otros? ¿Se habría tomado su represalia como un ultimátum, una amenaza y por eso había huido? ¿Habría sido ella quien le había echado con sus palabras o habría más motivos que desconocía?

Sentada en el borde de la cama, intentaba no mirar a los lados para evitar encontrarse con cualquiera de sus objetos, o caería de nuevo en el abismo. Bastante tenía con su olor impregnado por todos lados. Si volviese, podrían al menos pelear para llegar a un punto en común, como siempre habían hecho. Aunque si no lo conseguían, entonces, preferiría acabar a palos por toda la casa, como Kathleen Turner y Michael Douglas en *La guerra de los Rose,* demostrándose el uno al otro que su destino tenía que ser acabar juntos aunque fuera muertos. Desde el vacío que sentía sola a altas horas de la madrugada, invocaba a la muerte con tal de que él volviera.

Martes, 5 de abril de 1994
Cinco días antes de los hechos

C omo todos los días, antes de que sonara el despertador, los primeros rayos de sol recordaron a Raúl que un nuevo día comenzaba. Dio sus innumerables vueltas de protocolo intentando esquivar la luz que entraba por las contraventanas y cinco minutos más tarde se levantó de la cama. Como todos los días, maldijo a su hermano por llorar como una niña cada vez que trataba de cerrarlas y a su madre por obligarle a dormir con él, pese a todo. Y es que ni la historia del hombre que esperaba había sido suficiente para que Mario cambiara de opinión. Después de hacer todos los ruidos posibles para que su hermano se despertara también, agarró el uniforme del colegio y el loro que le regalaron por su decimoquinto cumpleaños y se fue directo al baño. Como todos los días, se cagó en la puta al recorrer el pasillo muerto de frío por el aire que levantaba el ventilador que nunca dormía. Ya dentro del baño, Nirvana sonaba a todo trapo. «Creo que nunca me he arrepentido tanto de un regalo como de haber comprado el aparatito ese. ¡Qué pesadilla! —se quejaba su madre cada vez que lo usaba—. Un día los vecinos nos van a llamar la atención porque no es normal». «Lo que no es normal son los chillidos que das tú, pedazo de loca», pensaba Raúl para sí. Escuchaba «Smells like teen spirit», una de sus canciones favoritas del grupo grunge. Aunque no entendía toda la letra, solo la manera desgarrada en que cantaba Kurt Cobain era suficiente para transmitirle todo lo que necesitaba para combatir la pereza y el odio que sentía en general. Admiraba el dolor con el que gritaba al mundo quién era en realidad, orgulloso de no pertenecer a ningún grupo o lugar. Así se sentía Raúl, después de que le arrebataran su niñez. Acostumbrado a vivir entre gritos, peleas y gente que nada tenía que ver con él. A sus dieciséis años lo único que buscaba era poder estar tranquilo sin que le molestaran. Que no le cuestionaran ni pidieran cuentas: si no le importaba a nadie, al menos que pudiera disfrutar de la libertad que eso conllevaba. Pero, desde que se fue su padre, algo se había desatado. Un inconformismo que hacía patente sus ansias de largarse de ahí o simplemente de terminar con todo lo que le oprimía y le provocaba ese hastío constante. Si todo iba a ser así, solo tenía dos opciones: intentar cambiar su realidad como fuera o acostumbrarse a ella y, aunque una de las dos opciones resultara mucho más factible, la otra se iba afincando cada vez más en su fuero interno. No llevaba ni diez minutos despierto y ya sentía que tenía que salir de ahí. La aversión hacia su madre crecía y la necesidad de atención de su hermano le ahogaba. Aún con el pelo mojado, aprovechó el estado catatónico de su madre para irse corriendo sin verla y ahorrarse el paripé de tener que escuchar «Portaos bien en el colegio» cuando sabía de sobra que lo único que le importaba era que no dijeran nada.

Como todos los días, salió seguido de su hermano, pero justo antes de cerrar la puerta escucharon un grito desgarrador. Su madre chillaba descontrolada. Por un momento pensaron que su padre había vuelto y ya estaban a la carga, pero era un grito de desesperación, no fruto del placer o porque estuvieran peleando. Aun así, Mario hizo un intento de subir las escaleras para cerciorarse, pero Raúl le agarró de la capucha del anorak y le arrastró hasta afuera. Cerró la puerta, intentando olvidar aquel sonido de pesadilla y, como todos los días, anduvieron hasta la parada del autobús. Sin embargo, al llegar al punto de la acera donde les recogían, algo diferente les esperaba: una chica de la edad de Raúl esperaba sola mirando hacia la carretera por donde subía siempre el autobús. La chica tenía el pelo muy largo y de color rojo fuego. Su piel era muy blanca, plagada de pecas. Tenía un aspecto extraño, enigmático, como una frágil muñeca de porcelana con un aire vampírico. Raúl se quedó fascinado nada más verla. Los dos hermanos cruzaron la calle justo cuando el bus de la ruta asomaba al fondo de la carretera. Aunque parecía increíble, por una vez el autobús escolar llegaba pronto, incluso algo antes de lo debido. «Parece que es mi día de suerte», pensó Raúl mientras se metía la mano en el bolsillo para disimular su erección.

Laura estaba encerrada en el cuarto de baño, de rodillas junto al retrete. No tenía fuerzas para ponerse de pie después de haber vomitado lo poco que le quedaba en el estómago. Como cada mañana desde que se fue, estaba en el limbo. Los relajantes que tomaba hacían un efecto sedante pero no conseguían dormirla del todo y no llegaba a descansar. La dejaban atontada, sin reflejos, y encima multiplicaban sus miedos y sus náuseas. No podía seguir así o, como ya había imaginado, acabaría dándose de cabezazos contra el bidé. La música dejó de sonar y los pasos acelerados de Raúl anunciaron lo que vendría a continuación. Por eso, cuando oyó las patas de la silla de la cocina arrastrarse, se echó las manos a los oídos lo más rápido que pudo y empezó a gritar desde las tripas para evitar escuchar el portazo que la arrastraría de nuevo a los infiernos. Chillaba tan fuerte que su voz desgarrada se iba rompiendo hasta que los gritos se transformaron en arcadas. Aunque él no llevaba ni cuarenta y ocho horas fuera, el silencio le decía a voces que no iba a volver. «La vida da muchas vueltas», escuchaba repetidamente a su madre desde niña, cuando reprochaba algo a alguien. Con los años y la experiencia, aquella frase que su progenitora utilizaba casi como una muletilla había ido cobrando mayor significado, pero ¿cómo había terminado así? ¿En qué momento empezó a vivir una vida que no era la suya? Sin él, sentía que nada de lo que veía a su alrededor era para ella, no le pertenecía en absoluto.

Desde pequeña se había acostumbrado a actuar movida por la envidia o admiración que sus acciones provocarían en la gente de su alrededor y no conforme a sus verdaderas necesidades. Conseguía que sus amigas quisieran todo lo que ella tenía y ese fue uno de sus motores a la hora de construir la fortaleza en la que ahora se sentía atrapada. Siempre tuvo que ser más que el resto y nunca se había sentido culpable por ello. ¿Por qué prescindir de tenerlo todo cuando no le costaba ningún esfuerzo conseguirlo? Su cabello largo y rubio llamaba la atención y supo sacarle todo el provecho. Se comportaba como una rubia tonta que parecía no enterarse de nada, pero en realidad tenía muy claro lo que quería. Después, cuando apareció su futuro marido, ya sería tarde para prescindir del rol que le garantizaba todo cuanto se le antojaba, incluido él. Tenía la vida que todos deseaban. Pero ¿era lo que ella quería? La habitación llevaba cerrada desde que él se había ido y, entre el humo y la humedad, el olor empezaba a ser insoportable incluso para ella, pero tenía miedo de que, si abría las ventanas, los restos de su esencia se desvaneciesen al entrar en contacto con el aire fresco. Aunque era obvio que abrirlas o cerrarlas no cambiaría las cosas, no podía evitar sentir que en ello iba implícita la decisión de dejarle ir o no. Parada frente a la ventana se daba cuenta de cómo una acción tan tonta de pronto tomaba una dimensión tan trascendental.

Mario se echaba a temblar nada más poner un pie en el vestuario del colegio y no porque odiara la clase de educación física, sino porque ese semestre le tocaba natación. Desde que abría los ojos por la mañana, un miedo irracional comenzaba dentro de él al pensar que tendría que meterse en el agua, y se agudizaba aún más cuando cruzaba la puerta que comunicaba el vestuario con la piscina y el fuerte olor a cloro se mezclaba con el calor y la humedad golpeándole en la cara. Quería salir corriendo, huir del ruido y las voces de sus compañeros, que gritaban, crispándole aún más. Mario observaba el panorama sin moverse, como si por no hacerlo, nadie fuera a verlo. Todos corrían excitados, poniéndose los gorros, deseosos de tirarse al agua. «Por favor, que no haya que tirarse de cabeza», pensaba. No quería volver a escuchar «¡No sabe tirarse de cabeza! ¡No sabe tirarse de cabeza!» una y otra vez. Efectivamente, no sabía tirarse de cabeza, pero tampoco sabía nadar y lamentablemente ninguna de las dos cosas era un secreto. Gracias a la clase de natación todos sus compañeros estaban al tanto y pronto empezarían las bromas de todo tipo.

—Vamos, vamos. Id haciendo los grupos y os colocáis en fila detrás de cada trampolín —gritó el profesor mientras los niños le obedecían.

Por la cabeza de Mario rondaban todo tipo de excusas para no tener que meterse en el agua, pero ya era tarde. Rafa, el profe de natación, ya le había echado el ojo. Heredero del estilo de *Sensación de vivir*, Rafa iba descaradamente igual peinado que Brandon Walsh. Estaba tan obsesionado con su tupé, que el semestre que tocaba natación siempre daba las clases fuera del agua, salvo que no hubiera más remedio. En ese caso, se metía solo hasta la cintura y así mantenía su peinado intacto. No había cosa que más le molestara que los niños al tirarse o ya dentro del agua salpicaran, por eso desde el primer día de clase tenía crucificado a Mario.

El primer día que tuvo clase con Rafa, Mario acabó confesando que no sabía nadar ante la mirada atónita de sus compañeros, que no lo podían creer. Era su último intento para no tener que pasar por el aro. Para su desgracia, Rafa quería colgarse la medalla y no iba a permitir que en su trayectoria quedara constancia de que no había sido capaz de enseñar a nadar al niño. Su enorme ego era mucho más fuerte que el deseo de Mario, que, sin darse cuenta, cuanto más se negaba a meterse en el agua más provocaba que Rafa quisiera lograrlo, y no porque le importara el niño, en absoluto. De hecho, el profesor normalmente ponía toda su energía en los alumnos que tenían verdaderas aptitudes para el deporte, los líderes que menos le necesitaban, e ignoraba a los menos aptos, tratando de disimular lo torpes que le resultaban, pero ya se había convertido en algo personal y no pensaba parar hasta conseguir que el niño nadara delante de todo el mundo.

—¿Cómo no te han enseñado a nadar tus padres? ¿No lo has intentado antes en la piscina o en el mar? —le preguntó desconcertado.

—Mi padre me ha dicho que cuando era un bebé él me llevaba a natación y que me encantaba el agua, pero que no sabe por qué de pronto me entró el miedo —intentaba explicar Mario poniendo cara de bueno.

—Pero, vamos a ver, ¿miedo a qué?, ¿a ahogarte?, ¿a que haya algo en el agua? Porque no lo puedo entender. Si yo voy a estar sujetándote y vas a llevar protección. Aunque te soltara nunca te hundirías, aunque te quedaras quieto —insistía el profesor tratando de ganarse la confianza del niño.

—No es eso, no sé qué es pero… —Sus palabras fueron interrumpidas por el profesor, que ya estaba metido en la parte que no cubría, para empezar poco a poco como con los niños más pequeños.

Mario se puso muy nervioso y se negó en rotundo a entrar en la piscina cuando Rafa le agarró con fuerza y le obligó a meterse. Al sentir que su cuerpo entraba dentro del agua empezó a patalear violentamente, como loco, intentando arañar al profesor para evitar sumergirse. Rafa, con todo el pelo mojado, controló las ganas de ahogarlo ahí mismo y le sacó del agua para evitar más escándalo. Una vez fuera, tuvo que llamar a su padre para que el niño dejara de temblar y reclamarle entre llantos. Su padre vino y con mucho mimo hizo todo lo posible para que entrara en calor. «Vamos a darnos una ducha caliente para que se te pase el susto y veas cómo no pasa nada, bobín», le dijo mientras le quitaba el gorro de piscina y después, en el vestuario, aprovechó que había más niños para hacer hincapié en que entendieran lo que le había pasado. Una vez más, él lo había arreglado. Aun así, Mario no quiso volver a meterse en el agua.

Por eso la mañana del 5 de abril de 1994, Rafa se quedó impresionado cuando delante suyo y sin avisar, Mario aprovechó que todos sus compañeros estaban alienados en los trampolines para tirarse solo a la piscina. Fue hasta el bordillo, cerró los ojos y recordó a su padre mirándolo con ternura mientras le decía: «Solo tienes que desear muy fuerte que vuelva». El profesor tuvo que darse prisa en lanzarse a la piscina para impedir que se ahogara.

—Es que quería que viniera mi padre —dijo Mario cuando consiguieron reanimarlo.

—¿Cómo que para que fuera su padre? —exclamó Laura, sin dar crédito a las palabras de doña Amparo, la tutora de Mario.

Llevaba más de dos horas encerrada en la cocina viendo a María Teresa Campos en *Pasa la vida,* su programa de por las mañanas. Ya se había restaurado las heridas y, entre cigarro y cigarro, escuchaba los cotilleos del corazón, los testimonios y los consejos de salud. En ese momento una colaboradora, maquillada y vestida como para una boda, movía sus manos con unas uñas larguísimas que cortaban el aire, mientras charlaba con la presentadora dando las claves para ser una mujer de éxito.

«El éxito no es solo el profesional, como el tuyo, María Teresa. El éxito también es el personal. En nuestras casas. Las mujeres tenemos que reinar en nuestro hogar, es nuestro hábitat, aquello que construimos y que nos hace felices».

¿Felices? Laura tenía muy claro que si su marido no estaba, su felicidad no sería estar encerrada en esas cuatro paredes con sus hijos. No quería que lo fuera, no sin él. Se sentía traicionada como si le hubieran tendido una trampa.

¡No tenía ningún sentido! ¿Cómo iba a cuidar de ellos si no podía ni levantarse cada día y cuidar de ella misma? Su marido disfrutaba bañándoles, vistiéndoles y dedicándoles el tiempo de ocio que solía dedicarle a ella. Laura presenciaba cómo poco a poco se iban haciendo con todo, cual chupópteros. Mientras que ella aún era muy joven y quería viajar, ver mundo, conocer gente de muchos lugares, que la sedujeran y seducir. Quería ser especial a toda costa. La aterraba pasar desapercibida, que nadie se fijara en ella y acabar convirtiéndose en alguien corriente. Desde entonces se había marcado ese objetivo: dejar huella, que el mundo supiera quién era. Cuando se ponía triste, los días que llovía y él se iba con Mario por ahí, le gustaba cotillear las revistas del corazón y ver a todas las grandes actrices y princesas, como Grace Kelly, maquilladas y vestidas a la moda en sus yates y mansiones. Se imaginaba cómo sería vivir así y que algún *paparazzi* escondido la retratase para que el resto de mujeres la envidiaran al igual que hacía ella con todas aquellas estrellas que tenían vidas de película. Y cómo cuando ya fuera mayor publicarían un libro de memorias en el que se recopilarían todas esas fotografías, con los testimonios de aquellos que la conocieron, que la amaron. ¿En qué momento había bajado la guardia? ¿Cuándo dejó de ser quién era? ¿Quién decidió lo que era mejor o peor para ella? Estaba bloqueada, incapaz de decidir nada.

—Debería decidir si quiere que Mario vaya a clase de natación o no porque está claro que el niño no está respondiendo bien, ¿me oye? —preguntó doña Amparo interrumpiendo sus pensamientos.

Doña Amparo era una de esas mujeres pausadas que siempre presumían de coherencia y que no tenían ningún tipo de pudor en decirle qué es lo que tenía que hacer con sus hijos. A Laura no había cosa que más la sacara de quicio que una mujer tratando de darle lecciones. Para eso solo había un remedio: cortar de cuajo. Hacerle ver bien rapidito que con ella no tenía nada que hacer.

—Por supuesto —contestó inmediatamente Laura—. Pero algo le habrán tenido que hacer al niño para que se tire al agua con el pánico que le da —continuó.

—No, no. Nos ha dicho que se ha tirado solo porque quería que viniera su padre. Nadie le ha hecho nada —aclaró la mujer.

—¿Cómo que para que fuera su padre? —exclamó Laura al tiempo que una alarma se disparaba en su cabeza.

Había confiado en exceso en que sus hijos la obedecerían y no dirían nada, pero Mario era muy infantil aún y podría soltarlo todo. ¿Cómo explicaría lo ocurrido? ¿Cuál sería su visión? Esperaba que los profesores no le dieran mayor importancia. Aun así, no podía correr riesgos. «Maldito Mario», masculló.

—Mientras vienen a buscarlo hablará con él don Eulalio, el psicólogo del colegio, para confirmar que está todo bien y le calme un poquito.

Laura saltó como una leona al escuchar la palabra «psicólogo».

—¿Está el niño ahí con usted? —preguntó.

—Sí, sí, aquí está, conmigo.

—Pues dígale que se ponga.

La mujer pasó el teléfono a Mario que agarró el auricular temiéndose lo peor.

—Ni se te ocurra decir ni una palabra más de tu padre, ¿me oyes? —le susurró.

Mario no dijo nada, disgustado porque sus acciones habían causado el efecto contrario al que pretendía. No solo su padre no iría a por él, sino que además tendría que dar explicaciones a su madre.

—¿Me oyes? —insistió Laura—. Ahora te quedas ahí y te portas como Dios manda y si te habla un señor preguntándote cosas le dices que estás bien, que solo te querías bañar, ¿estamos?

Mario contestó un tímido «Sí, mamá». Y pasó el teléfono a doña Amparo, que le hacía gestos para que se lo diera.

—Al principio no decía nada por el susto, pero, vamos, que el niño está bien —informó la profesora mientras se ponía de espaldas a Mario—. El profesor se ha tirado al agua enseguida y no ha sido más que eso. Pero en cuanto hemos conseguido que se tranquilizara es lo que nos ha dicho: que era porque quería que viniera su padre para verlo. Estaba empecinado, llorando como un loco, así que he llamado a su trabajo, pero su secretaria me ha dicho que ya no trabajaba ahí y por eso la llamo a usted para ver si podía avisarlo o venía usted misma a por él.

Laura sintió como si la apuñalaran en el estómago. No daba crédito ¿Cómo que ya no trabajaba ahí? Eso daba una dimensión diferente a todo. ¿Habría cambiado de ciudad asustado por sus amenazas? En esos momentos se arrepentía de haberle hecho la vida imposible a su familia política. Si hubiera mantenido mínimamente la compostura con ellos ahora podría llamar a la madre o a la hermana de su marido y salir de dudas, pero sabía lo que ocurriría si reunía el valor para hacerlo. «Te lo mereces», le diría su suegra con aire altivo, o al menos lo pensaría, y no estaba dispuesta a darle el gusto. No después de haber conseguido que dejara de hablar con ella al escuchar aquel «¡Tu madre lo que tiene que hacer es meterse sus consejos por el culo!» que marcó el punto y final de su relación. Todo ocurrió el último verano que pasaron juntos en la casita frente al mar que tenía la familia de su marido en Agua Amarga, Almería. Era una casa muy pequeña y tenían que verse las caras las veinticuatro horas del día. Así que, cuando llevaban una semana de convivencia, pese a que se esforzaran en disimularlo, querían matarse los unos a los otros. Su suegra se había empeñado en que debería dedicar más tiempo a Mario, porque no era normal que fuera tan asustadizo y no quisiera meterse en el agua. «¿Por qué no vas poquito a poquito metiéndole en la piscina, jugando para que pierda el miedo?», le sugirió. Laura estaba en plena rutina: después de hacer su repaso a todas las revistas del corazón, tomaba el sol con los ojos cerrados «hasta que saliera humillo», como bromeaba su marido al verla pasarse horas en la misma posición. Abrió un ojo al escuchar a su suegra, sin poder creerlo. ¿Por qué no iba ella a intentarlo si tan claro lo tenía?

—Encarni, para eso ya está su padre, que disfruta de lo lindo, pero es que Mario es muy miedoso, no hay nada que hacer. Es así —zanjó volviendo a cerrar los ojos.

Un rato después, mientras se extendía *body milk* por el cuerpo después de la ducha de rigor, su marido intentó mediar para que hablara de mejor manera a su madre. Estaba claro que la muy zorra había ido a contárselo después. Sin embargo, antes del tercer «deberías» Laura le dijo tajantemente: «Tu madre lo que tiene que hacer es meterse sus consejos por el culo». La mujer, que estaba al otro lado de la puerta para no perderse detalle, escuchó sus palabras, pero a Laura no le preocupaba en absoluto, de hecho era su intención, como también quería que oyese los gritos contenidos cuando su marido la agarró del pelo y le hizo levantarse de la taza del váter. Probablemente no escuchó el «No hables así de mi madre» susurrado, pero sí los gemidos que siguieron después de que se le cayera la toalla y dejara al descubierto su cuerpo bronceado. Pese a que su marido le tapara la boca con la mano, gemía fuerte mientras se la follaba subida en la pila del baño. Las batallas se ganaban en la cama y obviamente ella tenía una clara ventaja.

—Sí, sí, ha hecho bien en llamarme —continuó Laura mientras maquinaba una buena excusa—. Es que la oficina de mi marido es nueva y aún están dando de alta todo el tema de telefonía y demás.

—Entonces ¿viene usted a buscarlo o se lo dice a su marido?

—¿El niño está bien, verdad?

—Sí, se ha llevado un buen susto, pero está bien.

—Pues mejor que se quede tranquilo ahí, sin psicólogos ni nada que le llene la cabeza. Ahora en cuanto pueda me acerco yo y hablamos nosotros con él que para eso somos sus padres. ¿No le parece?

—Sí, claro, lo que ustedes consideren mejor, pero don Eulalio es especialista en niños y creo que le ayudará.

—Prefiero que seamos nosotros los que hablemos con él, muchas gracias.

—De acuerdo, pues ya me dirá entonces si va a seguir yendo a la clase, cuando lo hable con su marido —dijo doña Amparo dándose por vencida ante la contundencia de Laura.

—Tenga por seguro que así lo haré —respondió ella.

Colgó el teléfono y se dejó caer deslizándose por la pared hasta desplomarse en el suelo. La pesadilla cada vez se volvía más real. ¿Dónde estaba? ¿Por qué habría dejado el trabajo? ¿Habría puesto tierra de por medio? Cada vez era más evidente que no pensaba volver y encima ahora ella tenía que parar los pies a Mario o lo estropearía todo. No debería crear sospechas o su marido no volvería jamás. Eran demasiadas cosas de golpe, comenzó a tirarse del pelo intentando contener el llanto. Arrancándose mechones enteros de raíz, mitigando el dolor que la hacía llorar, que la angustiaba y le cortaba el aire. El dolor físico actuaba como medicina. No quería llorar más, estaba harta. Tirada en el frío suelo se maldecía por haber dado el paso, por no haber aguantado más. ¿Ya no había vuelta atrás? La mataba no saber dónde estaba o qué había hecho. La llenaba de celos. ¿Se habría ido solo o con alguien? ¿De verdad sería capaz de seguir sin ella? Si no iba a volver, ¿debería seguir adelante con su decisión, aquella que lo precipitó todo? ¿O debería aguantar un poco más como reclamo por si volvía? La incertidumbre acababa con ella, le abrasaba el estómago y la cabeza. Dejó de tirarse del pelo y se incorporó poco a poco emitiendo los últimos mugidos de dolor. Se negaba a dejarse superar por la situación. ¿Quería desaparecer? Pues lo iba a conseguir. Si no deseaba estar en casa, no lo iba a estar de ninguna de las maneras. «Por encima de mi cadáver», pensó mientras subía las escaleras rápidamente. Entró en su habitación como un huracán, giró la pequeña llave del armario de su marido y desplegó las puertas de par en par. Se dio media vuelta y cual depredador a la caza, empezó a buscar todo lo que ya no tenía dueño. Sus gemelos, su libro de la mesilla, su bolsa de deporte…, fue metiendo todo apelotonado dentro del armario, sin ningún orden ni cuidado. Como él la había tratado. Su excitación aumentaba conforme iba guardando las cosas. La adrenalina calmaba el dolor. Le resultaba placentero subir y bajar escaleras a la carrera agarrando todo lo que se cruzaba en su camino. «¡A la mierda!», pensaba cada vez que se topaba con algo que había pertenecido a su marido o le recordara a él. Sus zapatillas de andar por casa, su caja de puros, sus libros, sus discos de Bruce Springsteen, su radio para escuchar los partidos…, una pila de recuerdos amontonados unos encima de otros. Se daba toda la prisa que podía, para no tardar mucho y arriesgarse a que Mario fuera a hablar con don Eulalio mientras esperaba. En menos de una hora, a primera vista, no quedaba nada importante por guardar, solo el último trago, el más difícil: sus fotos. Lo había dejado para el último momento consciente de que si flaqueaba era mejor que lo hiciera al final y no a medio camino. Fue abriendo los álbumes echando un primer vistazo. Seguía nerviosa, pero a la vez su ritmo interno aminoraba sin quererlo, todo resultaba muy lento: sus dedos al pasar las páginas, sus ojos recorriendo las fotografías, sus lágrimas asomando poco a poco hipnotizada por ver toda su historia en imágenes: su primera comunión, el viaje que hizo a Benidorm con sus amigas, las de la entrada al zoo en las que en una salía sola con su marido y en dos más que mostraban cómo la familia había ido creciendo. Poco a poco sus retratos y fotos de escapadas en pareja iban siendo relegadas por decenas de instantáneas de su embarazo y de todas las etapas de sus dos hijos, desde que eran bebés. Presa de la rabia empezó a despegarlas. Cada foto era como si se arrancara una costra y volviera a abrirse la herida. En menos de dos minutos, tuvo que parar y cerrar el álbum para tomar aire. Por mucho que quisiera, no estaba preparada para enfrentarse a tantos recuerdos de golpe. Así que, sin pensarlo más, los agarró todos y los fue metiendo uno a uno con el resto de cosas. Todos los recuerdos quedaban bajo llave. Completamente exhausta abrió el armario de la entrada, sacó su abrigo de pieles, se cambió las zapatillas de andar por casa por unos zapatos de tacón y cuando casi iba a salir cayó en la cuenta de los moretones. Agarró uno de sus pañuelos de seda y entró en el baño de servicio para revisar el maquillaje. Todo seguía intacto, era toda una profesional, pero aun así se ató el pañuelo al cuello. Se acomodó un poco el pelo y entonces volvió a ocurrir. Al salir de nuevo al hall recibió la bala que terminó de rematarla: el retrato sonriente de su marido volvía a estar de pie en el aparador del salón. Laura, fuera de sí, corrió hacia él. ¿Por qué coño no había visto antes que volvía a estar de pie y no boca abajo como ella lo había dejado? ¿Habría sido Mario? «Maldito Mario», masculló. Al llegar hasta la foto se paró frente a ella, vencida por la nostalgia. Por furiosa que estuviera, siempre le pasaba igual cuando miraba esa imagen. Así recordaba al hombre del que se había enamorado. Ese era él, el que se había marchado dejándola sola. Agarró el marco y lo tiró al suelo acompañado de un chillido. El cristal de la foto se rompió en pedazos, pero desde abajo su mirada seguía posada en ella. Al levantarla llena de odio se cortó con uno de los bordes. La sangre comenzó a gotear por su palma llegando hasta la foto. Su marido tenía ahora una de sus mejillas teñida de rojo, pero la sonrisa seguía intacta. Laura enfurecida se chupó la mano al tiempo que salía del salón hacia su habitación. De camino comenzaron de nuevo las supersticiones: su corazón suplicaba que volviese y para eso debía dejar fuera la fotografía. Sin embargo, su cabeza le ordenara lo contrario. Él había tomado la decisión, ella solo actuaba en consecuencia, pensó mientras la posaba boca arriba, encima del resto de sus cosas. Lo miró por última vez y cerró las puertas con decisión. Ya estaba hecho, se quedó mirando el armario mientras pensaba un lugar seguro donde esconder la llave. Aunque estaba consumida, el hecho de actuar le hacía sentir fuerte y poderosa. Hasta que, cuando se paró para tomar aire, la tormenta asomó de nuevo: el anillo de boda seguía colocado en su dedo. Había reunido el valor para apartar todas sus cosas, pero tendrían que arrancarle el dedo de cuajo antes de que se quitara ese anillo. Además, era implanteable que la vieran sin él en el colegio. Agarró su bolso y salió hacia el coche con la determinación de ir a buscar a su hijo y dejarle bien claro que si volvía a mencionar a su padre ya no habría una siguiente vez.

Mario dio un respingo cuando vio entrar a doña Amparo seguida de su madre. Nada podía ir peor. Llevaba una eternidad sentado en una silla contra la pared, en el despacho de la tutora, observando las tres fotografías colgadas delante de él: una del cuerpo de profesores posando junto al director del colegio, otra del papa Juan Pablo II y otra del rey don Juan Carlos. Las dos últimas eran fotos oficiales, enmarcadas y colocadas junto a un crucifijo colgado justo encima del escritorio que presidía el cuarto. Al ver el gesto seco de su madre, Mario se puso de pie sin poder aguantarle la mirada. Así estuvieron todo el camino hasta llegar al coche. Laura caminaba decidida, como siempre, moviendo las caderas, dando por hecho que todo el mundo la miraba. Unos pasos por detrás, Mario la seguía con la mochila puesta sobre los hombros y la bolsa de deporte en la mano. Lo único que le dijo en todo el viaje fue: «Me tienes contenta. Luego hablamos». Justo antes de arrancar el coche. El resto del trayecto permanecieron en silencio. Mario en el asiento trasero miraba por la ventana, decepcionado y triste por no haber logrado su objetivo. Sin embargo, prefería esperar a su padre en casa que estar en el colegio sin saber lo que se perdía. ¿Y si volvía a buscar el cariño que no pudo darle la última vez y se encontraba con que no estaba en casa esperándolo? Nunca se lo perdonaría. Viendo pasar las farolas de su calle, deseaba llegar y estar en su cuarto para darle la bienvenida junto a Mimi.

—Bájate —le dijo su madre al llegar al chalet.

Mario se bajó del coche, mientras ella abría las puertas del garaje con el mando para dejar el coche en la rampa de entrada. El niño esperaba en la puerta con la cabeza gacha, cuando de pronto sintió que alguien lo miraba. Levantó la cabeza pero delante de él no había nadie: tan solo la verja del chalet y la farola. Entonces las palabras de su hermano retumbaron de nuevo en su mente: «Imagínate que ahí enfrente, junto a la farola, hay un hombre vestido de negro, quieto, mirándote fijamente, sin pestañear, con los ojos muy abiertos». Mario tragó saliva, contrariado. ¿Por qué volvía a sentir la presencia del hombre que esperaba si no podía verlo y si ni siquiera había pensado en él?

—Vamos —interrumpió su madre.

Mario fue detrás de ella, no sin antes lanzar una última mirada a la farola.

Al entrar en el hall, vio que no había ningún símbolo de que su padre estuviese en casa. Sin esperar a que su madre le dijera nada sobre lo sucedido, subió las escaleras. Tenía tantas ganas de llegar a su cuarto que, con las prisas, se olvidó de dar la luz y a mitad de camino, cuando el gris se volvía negro, ya era tarde para dar la vuelta. Mario aceleró el paso. Odiaba ese tramo de pasillo, con el aire frío, el sonido de las aspas y las puertas abiertas. Al llegar a su cuarto la puerta estaba medio abierta, como marcaban las normas desde el día en que su madre llevó la cama de Raúl a su cuarto:

—No me gusta que os encerréis en vuestro cuarto, quiero que dejéis la puerta al menos un poco abierta —les dijo aquel día su madre.

—Pero si no vamos a hacer nada malo —replicó Mario mientras su hermano enfadado salía escaleras abajo.

—Pues por eso no habrá problema en dejarlas abiertas, ¿verdad? A partir de ahora nadie cerrará ninguna puerta en esta casa. Solo se cerrará la nuestra, ¿estamos? Esto va también por ti —le dijo a su marido al pasar junto a él.

Así que, como dictaban las normas, al entrar volvió a dejarla sin cerrar del todo. Dio la luz y comenzó su rutina para comprobar que todo estaba en orden. No era capaz de encontrarse solo en un sitio sin pensar que alguien podía estar escondido en alguno de los rincones. Así que, siempre que llegaba a un espacio en el que iba a estar él solo, inspeccionaba todo al milímetro, con la cautela del que puede ser sorprendido en cualquier momento. Mario, con cuidado, abrió las puertas de los dos armarios, no había nadie dentro. Después fue a mirar detrás de las cortinas, tampoco. Y, por último, debajo de la cama. Se puso de rodillas y poco a poco fue levantando la colcha, después se agachó y vio a Mimi escondido, durmiendo en la moqueta.

—¿Qué hacías ahí escondido? —le dijo mientras le agarraba y le hacía carantoñas.

Laura apareció en ese momento detrás de él.

—¿Qué haces? —le preguntó al verlo sentado en el suelo hablando solo y acariciando al aire.

Mario dio un bote del susto. Antes de que pudiera contestar, Laura dio unos pasos más hasta acercarse tanto a él que por un momento parecía que fuera a pisarle.

—Mario, cariño, no puedes hacer más cosas como la de hoy en el colegio. ¿Tú crees que a papá le habría gustado el número que has montado?

Su madre le hablaba con una extrema delicadeza que contrastaba con la manera amenazante con la que lo miraba. Mario la escuchaba atento, disgustado porque no quería molestar a su padre, nada más lejos de sus intenciones.

—¿Tú crees que a él le gustaría saber que estás contando las cosas que son de casa por ahí? No, ¿verdad? Porque las cosas de casa son de casa y no queremos que mamá se enfade más, ¿verdad? —insistió su madre inclinándose más y más hacia él conforme hacía las preguntas retóricas en el tono infantil que hacía sentir a Mario más pequeño de lo que era.

—Pero papá quería que yo nadara —contestó el niño con un hilo de voz.

Y de la nada su madre le propinó un tortazo seco en la cara, dejándole bien claro que no era una buena idea cuestionar nada relacionado con su padre. A partir de ese momento sería mejor asentir y obedecer. En cuanto su madre salió por la puerta tuvo unas ganas locas de echarse a llorar. Quería hacerse una bola para que le abrazara su padre y apretarse contra él, chuparse el dedo con los ojos cerrados, mientras le rascaba la cabeza y sentirse seguro. Necesitaba verlo, miró al corcho que tenía colgado en su escritorio y entonces se dio cuenta de que faltaban las fotos que tenía colgadas. No quedaba ninguna. Mario no entendía nada, se acercó al corcho para cerciorarse de que era cierto lo que veía: efectivamente, solo estaban las chinchetas, no había ni rastro de las fotografías. Salió al pasillo y al dar la luz vio que en el radiador tampoco estaba ninguna de las fotos enmarcadas que lo decoraban. Bajó las escaleras corriendo y al llegar al hall se quedó blanco. Tampoco estaba el retrato enmarcado de su padre. ¿Dónde estaba todo? Se giró y abrió las puertas del armario de la entrada: también faltaban sus zapatillas de andar por casa y las cazadoras que guardaba ahí. ¿Habría vuelto a por sus cosas? ¿Había venido y se lo había perdido?

—Cierra eso —le dijo tajante Laura.

Mario volvió a asustarse, pero se giró enseguida hacia ella.

—¿Dónde está papá? —le preguntó a la vez que cerraba los ojos como acto reflejo. Pese a que le había quedado claro que no podía hablar de ello, no pudo evitarlo.

Sin embargo, Laura no se acercó a él, ni siquiera subió el tono de voz.

—En cuanto venga tu hermano quiero hablar seriamente con los dos —sentenció antes de darse media vuelta.

La ruta escolar siempre se le hacía interminable: cuando no venía con retraso, había atasco y era aún peor. Aunque Raúl lo odiaba con todas sus fuerzas, aquella tarde disfrutó del trayecto como nunca. Al terminar las clases, salió de los primeros al hall del colegio para averiguar de cuál salía la chica pelirroja, pero había demasiado follón como para verla bien y se fue hacia los alrededores del parking de los autobuses de vuelta. Prefería esperar ahí tranquilo y estar preparado para ponerse detrás de ella cuando fuera a subir y descubrir lo que escondía bajo su falda tableada de cuadros. A los cinco minutos de espera, entre varios grupos, apareció sola abriéndose paso camino del autobús. Raúl seguía atrapado por el magnetismo que desprendía. Aceleró el ritmo cuando la chica se acercó al autocar para subir. Su plan iba viento en popa hasta que Jorge y Miguel Moratín se cruzaron en su camino. Los Moratín eran dos gemelos muy pijos y regordetes, que no se despegaban ni un segundo el uno del otro. Eso desesperaba a Raúl, que a veces intentaba pasar entre los dos, pero nunca lo lograba porque siempre andaban en paralelo, como esas parejitas del centro comercial a las que parecía que habían unido con pegamento. «¡Qué empalague!», pensaba Raúl cada vez que veía una. No podía entender cómo dos hermanos que tenían que estar todo el día juntos en casa lo estaban también fuera. Los dos niños se pusieron en medio y subieron delante de él, impidiendo que viera nada, lo que hizo que sus objetivos cambiaran al instante: ya no quería ver las pantorrillas de la nueva alumna, se conformaba con tirar de la mochila de esas dos bolas de sebo para que se cayeran hacia atrás, desde lo alto, y se quedaran en el suelo boca arriba moviendo las patitas como las cucarachas que eran.

—Buenas tardes, Raúl —dijo doña Blanca, con ironía, al verlo pasar sin decir nada, como siempre—. Tu hermano no viene con nosotros, ha venido tu madre a por él —continuó.

Raúl se quedó extrañado: era muy raro que su madre hubiera movido el culo por Mario y más estando como estaba. Seguro que le acabaría cayendo a él también una gorda en casa. Aunque, al menos, no tendría que jugar al despiste y podría meterse en el descampado sin problema. La chica se sentó a la mitad del pasillo, en un asiento pegado a la ventana. Raúl pasó por su lado, para sentarse unas filas más atrás. No muy pegado, para que no sospechara nada. Desde ahí, solo veía sus rizos pelirrojos sobresaliendo por el hueco entre los dos asientos, aunque de momento le era suficiente. Raúl fantaseaba con cambiarse de asiento ya en marcha y ponerse detrás de ella pegándose mucho para oler su pelo y respirar en su oreja. Como no se sentiría observada, ella tendría libertad para expresar su placer e incluso acabar tocándose.

La ruta llegó a su parada cuarenta minutos después y, al despedirse la chica con un simple «Adiós», Raúl pudo escuchar su voz por primera vez, asombrado por la timidez extrema que denotaba el tono tan bajo que había utilizado. Al apearse del autobús, no pasaba ningún coche y la chica cruzó la calle. Raúl quería ver adónde se dirigía, así que hizo como que esperaba a alguien mientras la veía caminar calle abajo hasta meterse en la entrada del edificio pegado al descampado. No podía creerlo, ¿cuánto tiempo hacía que vivía ahí? Nunca la había visto antes. ¿Sería nueva en el barrio o iba a ver a alguna amiga? No era creyente, pero mientras cruzaba la calle rezaba para que, si vivía ahí, su habitación diera al descampado y pudiera verla en la intimidad. Al llegar a los matorrales de la entrada chequeó que nadie lo viera. Debía ser precavido porque justo al lado estaban los contenedores de la urbanización y podía coincidir con que alguien fuera a tirar la basura. Su corazón palpitaba más y más fuerte conforme se adentraba apartando ramas y piedras de su camino, sin perder de vista el edificio, intentando percibir hasta el mínimo movimiento en sus ventanas.

«Vamos, vamos», se repetía mientras hacía zigzag tratando de encontrarla. Raúl llevaba un buen rato ahí plantado y la tarea no resultaba fácil con las luces apagadas, a pesar de que ya casi no hubiera reflejo del sol. Sentado en una piedra, entre los matojos y restos de basura, cruzaba los dedos por tener más suerte que la noche anterior. El fuerte olor se mezclaba con un aroma a verde, a campo, y la humedad de los muros de las dos urbanizaciones que lo delimitaban. ¿Por qué habría ido su madre a buscar a Mario? Esperaba que no fuera por algo que hubiera hecho o acabaría pagándolo él también. Al final, siempre todo terminaba siendo culpa suya. «Si no le hubieras enseñado eso… Si no le hubieras dicho eso… Es que quién te manda a ti…». Siempre la misma cantinela. Intentaba calmar su desesperación estirando su brazo pálido como el de un vampiro, dejándolo colgar relajado con todas las venas marcadas. Muy concentrado recorría piso a piso con la mirada, avanzando y volviendo en todas direcciones. En menos de dos segundos era capaz de observar, enfocar y distinguir perfectamente lo que ocurría en cada marco que miraba, como un águila de presa. Pero el tiempo corría. Quería encontrarla antes de que se hiciera de noche y encendieran las luces. Con la luz apagada nadie sospechaba que era observado y podía saborear más su libertad. Aunque no podía estar mucho tiempo más o su madre tendría motivo doble para el bofetón. Sin embargo, el mero hecho de imaginársela entrando en una de las habitaciones y que empezara a quitarse poco a poco el uniforme le hacía imposible marcharse. Empezó a abrir y cerrar el puño para templar su excitación. Las venas del antebrazo se le marcaban aún más y se acordó de la polla del negro de la última peli que vio de madrugada en Canal +. Los viernes y sábados por la noche ponían películas X y cuando las rayas que codificaban la imagen impedían que viera del todo, subía sigilosamente a la buhardilla donde tenían el aparato descodificador y la veía en abierto, hasta que se corría en un *kleenex* que se guardaba para tirar al día siguiente. Entonces se acordó del día que al sentarse en el sofá de Nico descubrió dos usados. Lo mal que lo pasó su vecino tratando de excusarse y lo mucho que se divirtió él. ¿Qué diría Nico si lo viera ahora mismo y descubriera lo que hacía cuando no iba a su casa? Igual le pillaría observándolo en silencio, o le entraría la vena paternal y le diría que dejara de hacer el tonto. Seguramente fingiría que le daba igual, pero él sabía que no era así, consciente del poder que ejercía sobre él. Por eso, tenía que mantener las distancias. Si no quería que acabara aún peor de lo que estaba por su culpa. Seguían pasando los minutos y ni rastro de la chica, tan solo la imagen que había recreado su cabeza en la que se pegaba a su oído saboreando su aroma. Raúl siguió fantaseando, tocando la oreja de la chica con su lengua. Abrió la bragueta de su pantalón y se sacó el miembro fuera. Por un momento cerró los ojos mientras se recreaba en su fantasía, en la que, aún detrás suyo, estiraba el brazo por el hueco pegado al cristal hasta que, por fuera del polo del uniforme, le acariciaba un pezón. Con un suave movimiento conseguía ponerlo tan duro como su polla a punto de explotar. Estaba muy nervioso y cuando estaba nervioso, se pajeaba sin parar. Entraba en trance y no podía pensar en nada más hasta que la última gota de semen se deslizaba por su mano. Habría deseado tener otro vicio, pero no tenía elección: se encendía y lo hacía sin más, sin importarle dónde estuviera. Sus dedos rozando sus pechos y su lengua en su oído. Entonces Raúl abrió los ojos y se imaginó que ella lo estaba viendo mientras se tocaba. Siguió pajeándose más fuerte hasta que se corrió en la arenilla del descampado. Raúl se inclinó para agarrar una hoja del suelo y empezó a limpiarse con cuidado, recreándose, imaginando que ella seguía observándolo atentamente. Volvió a mirar hacia las ventanas para ver si tenía suerte, sin advertir que justo había una rama cruzada que le arañó toda la mano. Empezó a sentir un picor inmediatamente, debía de tener alergia porque, en cuestión de segundos, los arañazos cogieron volumen de color rosado.

—¡Joder! —exclamó rabioso: no había dado con la chica misteriosa y encima se hacía una herida. Agarró su mochila, se apartó un mechón de pelo de la cara y abandonó el descampado justo cuando se encendían las primeras luces de la noche.

De vuelta a casa, se paró para comprobar que no tuviera barro en las suelas de los zapatos y dio un par de golpes con el pie en la acera para que cayeran los restos y quedara libre de sospechas. Al pasar por la puerta de la casa de Nico vio que había un coche de policía aparcado. Hacía tiempo que no los veía, ¿habrían encontrado algo? Una pareja de agentes salió de la casa en ese momento y Raúl continuó andando como si nada, acelerando el paso, esquivando las miradas. Al llegar a su casa, desde fuera observó que aunque la luz de la cocina estaba encendida, no se veía a nadie. Se aseguró de que ya no quedara nada de barro y abrió la puerta con cuidado. Su madre estaba esperando, plantada frente a él. Raúl cerró los ojos rápidamente. Sin embargo, tampoco le abofeteó aquella vez.

—Venga, rico, que te estamos esperando. ¡Mario! —gritó Laura.

Al mirar hacia arriba para llamar al niño se encontró con que este ya había bajado corriendo al escuchar la llave.

—¡Venga! —Y mientras Mario llegaba a la altura de su hermano, continuó diciendo—: Ahora que estamos todos, vamos a hablar claro: papá se ha marchado, eso ya lo sabéis, se ha marchado y no va a volver. Mira por donde, papá, el que tanto os quiere, no va a volver.

Mario se tapó con las manos los oídos para no seguir escuchando. Laura era consciente de cuánto afectarían al niño la dureza de sus palabras, pero, por prematura que fuera su decisión, prefería tomar cartas en el asunto y aparentar que estaba por encima de la situación.

—Quítate las manos y escucha, que esto es importante —continuó.

Raúl no podía más y empezó a sudar por la frente, las manos, las axilas, las muñecas y la nuca. No sabía cómo reaccionar. ¿Qué esperaban que dijera? ¿Debía actuar como el hermano mayor que era? ¿Debía echarse a llorar por la pérdida o sonreír y calmar a su hermano para que no se preocupara? ¿Por qué si le daba igual que se hubiera ido reaccionaba así? Odiaba que le afectaran las cosas. Se empezó a agobiar, quería salir de ahí y volver al descampado o ir a ver a Nico. No quería pasarse lo que quedaba de noche pendiente de no decir nada inapropiado o de las preguntas de su hermano. Si su padre pudo elegir esa familia y esa casa y, aun así, se había ido, ¿por qué entonces tenía que quedarse él, al que le había venido todo dado?

—No sé si lo habéis notado pero, antes de que preguntéis, he guardado todas sus cosas en su armario. Si veis algo más por la casa, me lo dais y lo guardo yo, ¿de acuerdo? Ni se os ocurra acercaros a ese armario, ¿me oís? Porque como me entere de que intentáis abrirlo os juro que… —Los dos chicos, sin abrir la boca, veían cómo su madre se iba calentando—. Ni se os ocurra, ¿queda claro? —preguntó Laura amenazante.

Ambos asintieron. Mario no pudo contenerse y empezaron a caer lágrimas por sus mejillas. Raúl, consciente de la reacción de su hermano, apretó los dientes. Odiaba las amenazas, le bloqueaban y le provocaban una ira infinita. Con la mirada puesta en su madre, comenzó a maldecirla. Apretándose todo él: la mandíbula, los dientes, el cuello y los puños hasta hacerse heridas con las uñas clavadas en las muñecas. Todo con tal de reprimir lo que le gustaría hacer y decir a su madre.

—Pues ya está todo hablado, en cinco minutos a cenar —concluyó Laura como si nada hubiera pasado, mientras entraba en el salón.

Mario se quedó quieto sin reaccionar. ¿Cómo que todas sus cosas estaban ahora en un armario? ¿Por qué? ¿Se había ido o le estaban echando? ¿Y si se había perdido y no podía volver porque no podía entrar? ¿O si finalmente lo conseguía y se encontraba con que sus cosas ya no estaban? Él mismo presenció aquel silencio ensordecedor y el portazo final, pero también la pelea en la que su madre, como siempre, le había insultado a gritos y seguramente también le habría arañado como tantas veces en que después él le daba besitos en los arañazos para que se le curaran. A lo mejor había ido a buscar ayuda, sí. Sin poder moverse, con las lágrimas cayendo por sus mejillas, intentaba asimilar lo que acababa de escuchar. Tenía que abrir el armario y devolverle todas sus cosas. Raúl lo miró un instante, sabía que las palabras de su madre le habían destrozado. Su madre les había dado cinco minutos antes de cenar así que mientras Raúl entraba en la cocina, Mario empezó a subir los escalones uno a uno, sin dar la luz ni hacer ruido. Estaba tan concentrado en no ser descubierto que su miedo a la oscuridad y al pasillo de su casa quedaron en un segundo plano. Cuando llegó a la primera planta, aceleró el paso y abrió con mucho cuidado la puerta de la habitación de sus padres, la única que debía permanecer siempre cerrada. Al pasar sintió un fuerte impacto: estaba todo desértico, solo el mobiliario y algún objeto suelto de su madre, pero ni rastro de todas las fotos de los viajes, ni de sus cosas. La ventana estaba abierta y hacía mucho frío. Tuvo la tentación de cerrarla, pero no podía tocar nada. Su corazón latía a mil por hora, se giró hacia la puerta para comprobar que nadie subiera cuando vio que estaba a punto de cerrarse por la corriente. Fue corriendo hacia ella y la alcanzó justo antes de que diera un portazo. Había faltado muy poco. Pasado el susto, se acercó al armario e intentó abrirlo, como si fuera a salir su padre de dentro, pero era imposible, estaba cerrado. Mario, muy agitado, miró hacia los lados intentando averiguar dónde estaría escondida la llave. La habitación de sus padres había pasado de ser un cuarto de torturas a un calabozo sellado. No quedaba rastro de él en toda la casa. Aunque todas las cosas de su padre hubieran desaparecido dentro de su armario blindado, él estaba más que nunca, en todos ellos, en cada rincón.

Raúl entró en la cocina directo al fregadero para lavarse las heridas de las uñas y el arañazo, que cada vez le escocía más. No le gustaba nada sentir que se quebraba, como hacía un momento, cuando creía que emocionalmente ya empezaba a hacerse inmune. ¿Dónde viviría la chica misteriosa? Ella sí merecía su atención. Abrió el grifo y metió debajo las muñecas y después el antebrazo. El agua caía sobre las heridas calmando el dolor. Raúl se quedó ensimismado mirando los cortes, pasando las yemas de los dedos sobre ellos. Al subir la vista, en la calle, delante de él, estaba Nico. Parado, observándolo con Bunny sujeto con la correa. Desde la tarde en que se fue su padre, no había vuelto a verlo. Nico estaba en mitad de la calle, como hacía casi un año, cuando se acercó a hablar con él por primera vez. Aquella tarde, sus padres habían discutido, como siempre. Era fin de semana y Raúl se fue de casa con la excusa de que iba al centro comercial, pero no llegó a ir. Estuvo dando vueltas por el parque intentando evitar entrar al descampado. No es que se sintiera mal por hacer lo que hacía, solo que no le gustaba sentirse tan dependiente: no lo podía manejar y perdía la noción de la realidad y del tiempo. Ya de noche, esperaba sentado en la acera enfrente de su casa. La luz de la cocina estaba dada y veía a su madre ir y venir. Prefería esperar en la calle aunque se quedara helado de frío con tal de que pasara tiempo y con suerte le cayera menos bronca. La calle estaba desierta hasta que vio aparecer a Nico sacando a su perro. Lo conocía Nico desde que era muy pequeño; sin embargo, nunca había mantenido ninguna conversación con él, apenas un par de frases de cortesía. Andaba lento, sin ganas, y conforme se aproximaba pudo apreciar cierto aire triste y nostálgico en su gesto.

—¿Está todo bien? —le preguntó al llegar a su altura.

Raúl abandonó su posición encorvada para encontrarse con Bunny, que le sacaba los dientes gruñendo ligeramente.

—¡Bunny! —exclamó Nico tirando de la correa para que no llegara hasta él.

—Ojalá yo pudiera llorar —le dijo Raúl al ver que los ojos de Nico mostraban todos los signos de haber estado llorando.

—Las lágrimas no curan el dolor —contestó Nico esbozando una leve sonrisa.

Pese a ser casi dos extraños podían sentir la conexión que se establecía entre ellos. Necesitaban hablar o simplemente estar en silencio, en compañía, sin sentir que eran juzgados; pero Raúl odiaba cuando las conversaciones tomaban un rumbo demasiado profundo y esquivó el tema huyendo de los sentimentalismos.

—Echo de menos las partidas a la Nintendo.

Nico lo miró con ternura.

—Eso tiene solución, ¿no tienes consola?

—Qué va, mi padre iba a regalarnos una a Mario y a mí por Reyes, pero, al final, me compraron un *walkman* y a Mario ni me acuerdo. Mi madre puso el grito en el cielo porque ya me regalaron un loro por mi cumpleaños y se supone que ya teníamos una minicadena para todos. Aunque realmente solo la usa mi padre, porque si él está en casa no deja que la toque nadie, y si no está, mi madre hace guardia para que tampoco lo hagamos porque: «Vuestro padre no quiere que la toquemos por si se estropea» —dijo imitando la voz de su madre—, así que…

Raúl miró a su casa con miedo de que le hubieran escuchado, pese a que aquello era materialmente imposible. Sus padres siempre les insistían en que no querían que se hablara de lo que ocurría en su casa y en cuanto decía la menor cosa entraba en pánico.

—Aunque, bueno, tengo la Gameboy, pero, ya ves, no sé qué coño ha pasado que tiene un líquido verde en la pantalla y no se ve nada, así que corrijo: tampoco tengo Gameboy de los cojones.

Los dos se quedaron en silencio. Nico aprovechó que Raúl seguía mirando hacia su casa para observarlo en detalle. Su ropa, su pelo en la cara y sus rasgos aniñados en contraposición a la autosuficiencia impostada con la que hablaba.

—¿Quieres saludar a la Nintendo? Seguro que ella también te echa de menos —dijo Nico volviendo a romper el hielo.

Laura entró a la cocina y Raúl volvió a la realidad. Al mirar al frente Nico se había esfumado, la calle volvía a estar desierta.

—Cierra ya el grifo, que hay sequía —ordenó su madre, dejando su cajetilla de tabaco donde siempre se sentaba—. ¡Mario, venga, a cenar!

Mario bajó las escaleras a los pocos minutos, con la cara que ponía cuando había hecho algo que no debía. Su madre le pillaba enseguida porque sus mejillas se ponían rojas del calor que le entraba por los nervios. Al entrar en la cocina, lo primero que hizo fue fijarse en si estaban puestos los cubiertos de su padre, pero también eso había desaparecido, lo que le entristeció aún más.

—¿Qué hacías? —le dijo su madre nada más verlo aparecer por la puerta.

—Nada, he subido un segundo a mi cuarto —contestó sin mirarla, sentándose en la mesa.

—No habrás subido a mi habitación, ¿verdad? —preguntó Laura amenazante.

—No, mamá, te lo juro —respondió inmediatamente.

—Has ido a ver a Mimi, ¿no? —continuó Laura—. Te digo una cosa: te estás pasando ya con tanta tontería. A ver si se te mete en la cabeza que ya no tienes gato, que no está. Céntrate en hacer los deberes y en limpiar tu cuarto. ¿O quieres que te lleve a ver al don Eustaquio ese?

—Don Eulalio —corrigió Raúl, que observaba el grado de crueldad que podía alcanzar su madre sin proponérselo.

—Me da igual, como se llame. Y tú, cállate y empieza a cenar, que entre unos y otros me tenéis harta. Mañana no vas a ir a clase, ¿me oyes? —dijo tajante a Mario, que levantó la vista del plato sorprendido—. Ya le he dicho a tu tutora que…

—Doña Amparo —interrumpió Raúl sabiendo la reacción que iba a provocar en su madre.

—¿Tú eres idiota o qué te pasa? ¿Qué te crees, que soy tan boba como tú y que no me acuerde de su nombre? ¿Eh, listillo?

Pero lo cierto es que no se acordaba. Tenía un serio problema para aprenderse los nombres, las calles, las direcciones y los números… Al principio por falta de interés, pero luego más bien por falta de entrenamiento. Por eso Laura odiaba cuando Raúl la corregía para ridiculizarla, como cuando sacaba en alguna conversación algún tema de actualidad que había memorizado a conciencia para demostrar que estaba al día de lo que ocurría, cuando era todo lo contrario.

Mario los miraba sin creer aún que fuera a poder quedarse en casa. Así tendría más posibilidades de encontrar la llave y conseguir abrir el armario de su padre y dejarlo todo listo para cuando volviera.

—A ver si tu hermano me deja seguir —continuó Laura—. Ya he hablado con doña Amparo —dijo con retintín mirando a Raúl— para que mañana te quedes y pienses bien en lo que has hecho.

—¿Qué es lo que ha hecho? —interrumpió Raúl, con un trozo de comida en la boca.

—Tu hermano y yo sabemos bien lo que ha hecho, ¿verdad, Mario? —continuó buscando la complicidad del niño, que afirmaba con la cabeza.

Todas las alarmas habían saltado. Laura prefería que se quedara en casa hasta que se calmara y desapareciera la amenaza de que se fuera de la lengua. No le gustaba nada el rumbo que estaba tomando la cosa y menos aún cuando acababa de contarle lo del armario y que su padre no iba a volver. Igual tendría que habérselo dicho con más tacto, pero ellos funcionaban bien con el miedo; cuanta menos opción de réplica, mejor lo entendían y antes acababan.

—Y ya hablaremos de qué hacemos con las clases de natación, ¿vale? —Por primera vez Laura sonaba comprensiva: si las clases le ponían al límite de esa manera, por supuesto, era mejor evitarlas.

En ese momento empezó el programa de sucesos en la televisión. Laura se incorporó para subir el volumen, mientras Raúl ponía los ojos en blanco. Por si no había sido suficiente, ahora sí que tendría una cena de mierda.

«Buenas noches, queridos telespectadores —dijo el presentador nada más terminar la siniestra cabecera—. Una noche más les invitamos a que nos acompañen en estas tres horas de programa en las que intentaremos dar las claves de los crímenes más recientes en nuestro país. ¿Por qué cada vez hay más casos? ¿Cómo podríamos evitarlo? ¿Cuáles han sido las causas? —El presentador lanzaba las preguntas robando la atención de los tres—. Juntos conoceremos todos los detalles de los nuevos sucesos que han amenazado la tranquilidad de nuestras familias, pero, antes, nuevamente a punto de cumplirse un año desde la desaparición de Jonathan García, hacemos un llamamiento para que desde sus casas presten atención a todos los detalles y, así, entre todos, logremos dar con el paradero del joven».

En la pantalla comenzaron a aparecer imágenes del niño desaparecido subido a una bici, jugando con una cometa en la playa y en todas ellas llamaba la atención su pelo rubio y sus ojos claros, que le daban un aire angelical. Las fotos iban acompañadas de una voz en off:

«El joven de dieciséis años desapareció hace casi un año en el barrio en el que vivía. Los hechos ocurrieron sobre las once de la noche, cuando Jonathan salió de su casa para sacar a su perro y tirar la basura. Una hora después su familia se alarmó cuando vio que no volvía. Al salir a buscarlo, la basura estaba en el contenedor, pero no había ni rastro del joven. Lo único que encontraron fue al perro solo en mitad de la calle con la correa puesta».

Las fotografías del niño dieron paso a imágenes del lugar. Laura, Mario y Raúl presenciaban atentos cómo su calle aparecía en televisión, aún más siniestra de lo que era, y cómo, de alguna manera, formaban parte de una de esas historias que a ellos mismos les aterrorizaba. El presentador volvió a aparecer hablando directamente a cámara, acompañado de un número de teléfono en una de las esquinas de la pantalla.

«Pues ya lo han oído, aquí tienen el teléfono al que pueden llamar en el caso de que sepan algo del paradero de Jonathan. Cualquier detalle, por pequeño que sea, será de gran ayuda».

Aunque ya se hubieran acostumbrado a verlo en la televisión, los tres permanecieron en silencio unos segundos, sin disimular cierta tristeza.

«Y recuerden que en estos casos el culpable la mayoría de las veces suele ser un familiar o alguna persona cercana a su entorno: algún vecino o conocido», dijo el presentador para finalizar.

«Podría ser cualquier vecino o familiar». Laura se levantó y se encendió un cigarro, Raúl se quedó unos segundos pensando en lo que acababa de escuchar, pero Mario estaba cada vez más compungido por el miedo y antes de tener que ocuparse de él, se armó de valor y preguntó a su madre:

—¿Puedo volver esta noche a mi habitación?

Mario miró a su madre temiendo que la respuesta fuera positiva. No entendía por qué su hermano seguía sin querer estar con él, precisamente ahora que tenía tantas preguntas que hacer: ¿Por qué no aparecía Jonathan? ¿Dónde estaba? ¿Por qué nunca quería hablar de ello y si él lo hacía siempre evitaba el tema? ¿Tendría algo que ver el hombre que esperaba con su desaparición? El perro apareció solo en su misma calle. ¿Y si el hombre que esperaba ya acechaba a Jonathan antes que a él? ¿Se lo había llevado? ¿Sería ahora él su siguiente víctima? Además, tenía que convencer a Raúl para que le ayudara a recuperar las cosas de su padre antes de que este volviera y pensara que ya no lo querían con ellos.

—¿Qué? —contestó Laura matándolo con la mirada.

«Lo que has oído», quiso contestar Raúl que finalmente solo dijo:

—Que si puedo volver ya a dormir en mi cuarto.

—No, si te he oído, pero he pensado que no podías ser tan inoportuno, por no decir imbécil, de preguntarme eso justo ahora. ¿De verdad crees que es buen momento? Mira a tu hermano.

Su hermano lo miraba ahora con cara de cordero degollado. Raúl odiaba con todas sus fuerzas que lo utilizara como excusa cuando era evidente que los dos le importaban una mierda.

—¿Para qué está entonces mi habitación? ¿Para qué tanta casa? ¡Menuda gilipollez! Además, si papá se ha pirado. —Antes de terminar la frase, su madre ya le había cruzado la cara con más fuerza que nunca.

Mario miraba atónito, no tanto por el bofetón como por escuchar la seguridad con la que también su hermano afirmaba que su padre se había ido.

Laura se levantó bruscamente y recogió el plato y los cubiertos de Raúl, dejando otro hueco vacío en la mesa.

—Largo.

Raúl le mantenía la mirada, con la cara roja por el golpe, los ojos chispeantes y los dientes apretados del dolor. El mensaje estaba muy claro: su padre se había ido y parecía que tenían que actuar como si nunca hubiera existido. «Ojalá te mueras», pensó Raúl mientras salía de la cocina.

Cuando Mario volvió a su habitación después de lavarse los dientes, Raúl estaba tumbado sobre la cama todavía vestido, escuchando música en su *walkman*. Colgó en el perchero la bata que llevaba puesta y se metió corriendo en la cama para que no se le quedaran los pies helados. Dentro de la colcha, mirando al techo, podía escuchar la música de su hermano distorsionada, baja pero con el suficiente volumen como para saber cuándo acababa una canción y empezaba la siguiente. Raúl tenía los ojos cerrados y no parecía percatarse de su presencia; sin embargo, Mario necesitaba recuperar su atención y compartir todas sus inquietudes.

—Raúl —dijo mirando a su hermano, que parecía no inmutarse—. ¡Raúl! —insistió el niño, subiendo el tono de voz.

Su hermano se quitó uno de los cascos de la oreja y lo miró de lado, con aire dejado.

—¿Tú crees que el hombre que espera sigue ahí?

Raúl lo miró con cara de cansancio. No podía creer que fuera a empezar de nuevo con la misma historia. Se maldecía a sí mismo por habérsela contado.

—¿Tú crees que el hombre que espera se ha llevado a Jonathan? —continuó Mario, susurrando.

Raúl lo miraba atónito, no estaba de humor para explicarle nada y menos con Jonathan de por medio. La noticia le había devuelto de golpe a las catacumbas y no quería pensar más en nada de eso, pero, aunque no le diera ninguna respuesta, el hecho de que tampoco le parara hacía que Mario se sintiera libre para compartir sus pensamientos.

—¿Crees que por eso está esperando ahora, para llevarme a mí?

—El hombre que espera no existe. Quítatelo de la cabeza. ¡Qué pesadez!

—Y entonces ¿por qué puedo sentirlo ahí fuera? —dijo Mario muy en serio.

Raúl se asombró por la convicción con la que hablaba. Realmente pensaba que no estaba bien y, en parte, se sentía responsable: él le había contado la historia del hombre y ahora su hermano la vivía como si fuera real, al igual que ocurría con su puto gato maloliente. Debería ayudarle aclarándole las cosas, pero no tenía paciencia, quería dormirse cuanto antes y olvidarse de todo.

—¿De verdad crees que papá se ha ido?

—¡A mí qué me cuentas, pregúntaselo a mamá! —contestó Raúl, harto de tanta presión.

Mario, ajeno al mal tono, intentaba aprovechar la ocasión para saciar todas sus dudas.

—Pero ¿tú crees que va a volver?

—No va a volver, no. Ojalá se pudra en el infierno —dijo mientras se quitaba los cascos, se levantaba y salía de la habitación, malhumorado.

Mario no pretendía que la conversación acabara así, quería contarle también lo que había hecho en clase de natación para que viera que confiaba en él y no quisiera irse de nuevo a su habitación, pero la respuesta de su hermano le dejó sin palabras: Raúl le hablaba igual de rabioso que su madre. ¿Por qué le hablaban con tanto desprecio? ¿Por qué no querían hablar de su padre? ¿De dónde nacía todo ese odio hacia él? Mario no entendía cómo alguien que siempre estaba pendiente de dar afecto podía recibir ese trato. Se incorporó y miró por la ventana, la historia del hombre que esperaba tenía que tener un porqué. ¿Habría amenazado a su hermano con llevárselo a él si seguía avisándole de su existencia? Volvió a mirar hacia la calle, pero todo estaba tranquilo y, aunque seguía sin poder verlo, tuvo el mismo pálpito de que aguardaba fuera. Fue a recostarse de nuevo cuando de pronto se asustó al ver una silueta negra a su lado, junto a la puerta. ¿El hombre que esperaba había entrado y por eso no lo veía? Se metió de golpe debajo de la colcha, con la esperanza de que fuera su hermano intentando asustarlo, como siempre. Estuvo bajo las sábanas unos segundos y, después, poco a poco, fue sacando la cabeza. Efectivamente, había alguien parado delante de él. Cuando estaba a punto de gritar, de pronto se dio cuenta de que se trataba de la silueta de su bata colgando del perchero junto a la puerta. Era increíble cómo, desde ahí, realmente parecía alguien plantado observándolo. Aun así, Mario volvió a meterse corriendo debajo de la colcha y cerró los ojos para que la visión desapareciera cuanto antes de su mente.

Raúl subió los peldaños de la escalera de dos en dos, muy cabreado, tanto que al llegar a la buhardilla pensó con qué podía dar golpes al ventilador para que dejara de funcionar de una puta vez. Por más que lo intentara, en esa casa era imposible tener un poco de calma, siempre acababan sacándole de sus casillas. Su madre seguía en la cocina pero, aun así, cerró la puerta para poder estar tranquilo sin dar más explicaciones. «Como Mario se ponga a llorar lo mato», pensó. Él también estaba triste, joder, todo era una mierda, pero no se sentía culpable por no echar de menos a su padre. La ausencia paterna resultaba liberadora: siempre sería mejor lidiar con su madre, por repugnante que fuera, que convivir de nuevo con él. Al menos a ella se la veía venir y sabía a qué atenerse. Su padre era muy distinto, todo encanto pero también misterio. Nunca sabía qué se escondía bajo esa sonrisa constante. «El lobo disfrazado de corderito», como escuchó llamarle una vez a su abuela materna cuando era pequeño. Estaba muy nervioso, no sabía cómo controlar toda la impotencia que sentía y que se transformaba en violencia. Mientras daba vueltas en círculos, se fijaba en todos los libros que había en las estanterías y que estaba seguro de que nadie había leído. Tuvo el impulso de empezar a tirarlos todos al suelo, coger el abrecartas del escritorio y apuñalar a mansalva todos los cojines hasta esparcir sus plumas por toda la habitación. «Ojalá no vuelvas nunca», mascullaba mientras golpeaba sin parar uno de los respaldos del sofá, cada vez más fuerte, conteniendo las ganas de gritar, hasta que, exhausto, se dejó caer sobre él. Aunque estaba agotado, todavía tenía mucho que sacar. Necesitaba salir de ahí pero no podía escaparse. Tenía que encontrar la manera de descargar su rabia ahí dentro o acabaría con él.

Empezó a buscar alguna película de terror entre las cintas VHS. Las de terror eran sus favoritas, cuanta más sangre y vísceras mejor, eso conseguiría abstraerle al menos un rato. Sentado en el sofá con el volumen casi al mínimo, veía cómo un psicópata enmascarado ataba a una de las protagonistas a la pared y empezaba a lanzarle cuchillos que se clavaban por todo su cuerpo. Raúl disfrutaba viendo a la chica rubia gritar ensangrentada, pese a que debía de ser la única peli de miedo en la que a la víctima no le arrancaban la camiseta para que se le vieran las tetas. Siguió observando cómo la punta afilada de los cuchillos la perforaba cuando, de pronto, supo lo que necesitaba: algo para lanzar..., ¡unos dardos! Ya tenía plan para el fin de semana. Compraría también una buena diana, algo simbólico porque su objetivo lo tenía muy claro. Solo tendría que visualizarlo, ser preciso y lanzar fuerte. Raúl fue excitándose más con la idea y se imaginó cómo sería arrancar de cuajo la camiseta rajada de la chica para ver los pezones ensangrentados que se marcaban por debajo, pero, antes de averiguar si el asesino haría lo mismo, un barrido de rayas horizontales empezó a atravesar de arriba a abajo la imagen, que en un segundo pasó a ser en blanco y negro.

—¡Joder! —exclamó Raúl, mientras agarraba el mando del vídeo para ver qué coño pasaba.

De pronto las franjas dieron pasó a una imagen borrosa que en unos segundos volvió a ser nítida: un grupo de niños andaban por una isla, con la cara pintada de negro y vestidos como si fueran de una tribu, con ropas rotas y palos en la mano. Había visto esa película, era la de los niños que se salvaban de un accidente de avión y tenían que sobrevivir en una isla. Tenía unos años ya. *¡El señor de las moscas!* Sí, su padre les llevó a él y a Mario a verla un domingo al cine. «Anda, que menuda peliculita les has llevado a ver», le echaba en cara su madre, celosa de que no hubiese podido ir también ella. Al año siguiente, cuando tuvieron que coger un avión para ir de vacaciones, Mario lloraba a lágrima viva, temiendo que le pasara algo a su padre. Ya no quedaba rastro de la chica y el tipo con la máscara. No podía creer que le hubieran jodido la película, ahora tendría que volver a pillarla en la tele y sería casi imposible. Las películas de serie B de asesinos y gore brillaban por su ausencia en la parrilla televisiva.

—Su puta madre —dijo mientras sacaba la cinta del vídeo y la dejaba a mano por si tenía que grabar algo de golpe—. Es que es imposible tener un poco de paz, coño —refunfuñaba mientras bajaba sigilosamente las escaleras de vuelta a su cuarto.

Nico se incorporó y dio la luz de la mesilla. Estaba harto de dar vueltas en la cama, tratando de luchar contra sus demonios. La tristeza crónica que sentía se había intensificado esos días sin sus visitas. Se le estaba yendo de las manos y lo que empezó como un consuelo se había convertido en dependencia. «Jodida calle», pensaba. Todo había comenzado ahí, su oscuridad era la culpable. Agarró un abrigo de su armario y, seguido de Bunny, subió las escaleras para sacarlo. Al llegar al hall había mucho jaleo y sirenas procedentes del exterior. Abrió la puerta de la casa extrañado por el bullicio. Bajó las escalerillas del porche hasta llegar a la verja y cuando abrió la puerta se encontró a un montón de vecinos amontonados a la altura de la casa de Raúl, murmurando, muy nerviosos, a la espera de algo que desconocía. Nico los miraba incrédulo intentando entender qué había pasado. De entre todos ellos, un policía vestido de uniforme se giró hacia él. Nico sintió verdadero pánico sin saber por qué. El hombre abrió mucho los ojos y movió la boca gesticulando como ralentizado, como si gritara algo que quería que todos escucharan, pero que extrañamente solo iba dirigido a él. Sin embargo, no podía escucharlo, no emitía ningún sonido. El hombre trataba de comunicarse con mayor desesperación, pero, de pronto, se quedó quieto sin hacer nada y levantó un brazo señalando a Nico con el dedo. Parecía que estaba en *La invasión de los ultracuerpos,* la película que le contó Raúl de humanos que eran sustituidos por alienígenas exactamente iguales que ellos, que señalaban con el dedo a los que trataban de sobrevivir. Todos los vecinos giraron de inmediato sus caras hacia él, acusándolo con la mirada. Nico se despertó empapado de sudor y muerto de frío. Todavía impactado por el sueño, miró su reloj y vio que eran las dos de la madrugada. No podía recordarlo todo, solo pequeñas ráfagas, pero la expresión de sus vecinos esperando en su calle permanecía intacta, cómo le decían con la mirada que sabían lo que había ocurrido aquella noche. Nico sentía que no podía mentir, que ellos conocían su culpa. ¿Qué hacían todos ahí? ¿Sabrían lo que había ocurrido con Jonathan? ¿Le habrían encontrado? Quería respuestas porque se había levantado con la certeza de que algo horrible había ocurrido. El sentimiento era tan real que le entraron unas ganas incontrolables de llorar. Había pasado mucho tiempo, pero todavía le quitaba el sueño. Vivía en una constante incertidumbre, una pesadilla tanto despierto como dormido y encima Raúl no aparecía, lo que complicaba las cosas aún más. «Jodida calle que has traído todos los males», pensó mientras volvía a cerrar los ojos.

Miércoles, 6 de abril de 1994
Cuatro días antes de los hechos

Desde que se fue su marido, Laura no había vuelto a coger el teléfono ni a hablar con ninguno de sus familiares y conocidos. Tenía una necesidad extrema de esconderse hasta poder procesarlo todo. Por el momento había conseguido que sus hijos no abrieran la boca y nadie conociera su situación. Le daba igual que se perdieran horas en la calle o se quedaran encerrados en su habitación todo el día, con tal de que no mencionaran el tema. Era obvio que los vecinos de al lado habrían notado algo, acostumbrados a sus juegos y batallas. Pero todavía no habían asomado las narices, estarían tan contentos disfrutando del silencio que tanto reclamaban. No había cosa que más la violentara que, en mitad de una pelea o en la cama, empezaran a dar golpes a la pared. Odiaba que les interrumpieran de aquella manera: siempre se asustaba y, como estaba en caliente, le entraban unas ganas locas de bajar como si estuviera poseída las escaleras hasta plantarse en la puerta de su casa sin maquillaje, con el pelo enredado y casi desnuda y apretar sin cesar el timbre del telefonillo hasta hacerles salir y decirles: «¡¿Qué coño os pasa a vosotros?! ¿Cuál es vuestro puto problema?».

Pero su amiga Maribel no se daba por vencida. Sus llamadas y mensajes se amontonaban en el contestador: «Cariño, oye, que te llevo llamando ya varios días. ¿Qué pasa? ¿Está todo bien? ¡Dime algo para que no me preocupe, anda, que además tengo un regalito para ti!».

Maribel sonaba cercana y sin ningún doblez, pero el mero hecho de que preguntara si pasaba algo hizo que saltaran las alarmas y tuviera que tomar cartas en el asunto. Una vez borrado todo rastro de su marido, tenía que pensar en cómo enfocar la versión oficial, que justificara su ausencia, y contársela cuanto antes para evitar suposiciones. ¿Cómo actuaría Gena Rowlands o Ellen Burstyn, la madre de *El exorcista,* en una situación así?

Aún era muy pronto para pensar con claridad. Encendió otro cigarro, el quinto en lo que llevaba de mañana. Tenía que vencer ese hastío que la amargaba por dentro y que ya no podía disimular. Si no encontraba una solución pronto, correría el peligro de cambiar otra vez los muebles de sitio en el salón o ir a comprar otros nuevos, y eso no podía ocurrir, al menos hasta ver cómo se desarrollaban las cosas, o acabaría también sin un duro. Mejor se probaría la ropa que tenía en el armario de la habitación de invitados, la que a su marido no le hacía gracia que se pusiera. Así, si volvía de improvisto, vería que le hacía frente y su fragilidad no sería tan evidente. Se ponía como una moto solo de pensar en su vuelta, pero tenía que encontrar una buena historia que resultara creíble y no flaqueara por ningún punto cuando se difundiera entre el resto de vecinas y llegaran las preguntas y rumores. Maribel no era peligrosa, pero el resto eran unos buitres. Los años de aparentar frente a ellas habían surtido efecto y no habría nada que les hiciera más felices que ver cómo su imperio se desmoronaba hasta no quedar nada. Pero no permitiría que eso pasara. Tenía que pensar algo rápido y llamarla para que fuera a verla. La vida de una actriz resultaba muy dura cuando además tenía que inventar su propia historia, pero su personaje necesitaba un giro de ciento ochenta grados y ahí estaba ella para dárselo. Había llegado el momento de acabar con los encasillamientos y demostrar lo polifacética que podía llegar a ser. Solo tendría que concentrarse en recuperar su infalible antiguo «Yo» y conseguir lo que se proponía.

Al abrir el armario lo primero que vio fueron sus botas rojas dobladas, Laura las sacó y las contempló con nostalgia. «Ni loca te doy dinero para que te compres esas botas, hombre», le dijo su madre cuando se las enseñó en el escaparate de Zapatos Gloria. Pero una vez más Laura no se dio por vencida y después de mucho ahorrar se hizo con ellas. El día que conoció a su marido las llevaba puestas. Salió de casa con sus bailarinas rojas, pero pasado el portal, en la esquina del parque, se sentó en el banco más escondido y se las cambió por las botas que llevaba dobladas en el bolso. Esa tarde, había quedado con las dos Martas, sus mejores amigas. Las dos se llamaban igual y eso la llenaba de celos, tanto que en la confirmación pensó, incluso, en cambiarse el nombre también por Marta, pero su padre nunca lo habría consentido: Laura era una tradición familiar. Se conocían desde niñas, las llamaban «El trío la-la-la» porque eran como hermanas, y lo utilizaban para vacilar y camelar a los chicos haciéndoles creer que lo eran, intercambiándose los nombres y juegos por el estilo. Hacía dos meses que habían terminado el colegio. Ya eran unas mujercitas, como les dijo su tutora el último día de clase, en la misa de despedida: «Están hechas todas ustedes unas verdaderas mujercitas. Cuídense, cultívense y traten de ser aquella mujer que hayan querido siempre ser. Cuiden de su hogar, de su marido y de su familia. Vayan en paz». Las palabras de la hermana sonaban lejanas para Laura que desde niña tuvo muy claro que ella iba a ser una estrella. Las familias se las dejaba a sus amigas, ella no tenía ningún interés. Desde que tenían permiso para salir solas, lo que más les gustaba era dar una vuelta por Gran Vía, jugando a ser mujeres de ciudad, como en esa película antigua de Concha Velasco que había visto un millón de veces, *Las chicas de la Cruz Roja*, donde las protagonistas pedían donativos a la vez que buscaban el amor. Eso y después ir a Pasapoga el día que tenía suerte y le dejaban quedarse en casa de alguna de ellas a dormir.

El día que conoció a su marido fue la primera en llegar y sabía que la harían esperar. Siempre era ella la que se retrasaba, y eso las desesperaba. «Es que en estos quince minutos me habría planchado bien el pelo o habría meado, que he salido a toda leche para no haceros esperar, y mira ahora», le recriminaban cuando por fin aparecía. «Es el autobús. Qué le voy a hacer si mi hermano no me deja el coche», se excusaba Laura. Pero lo cierto es que disfrutaba haciéndose esperar, llegar tarde y hacer su aparición estelar, mientras que ellas enfadadas intentaban disimular el asombro por su nuevo modelito. Pero la última vez se habían mosqueado de verdad y sabía que se lo harían pagar. Seguramente quedarían antes en otro sitio y tardarían aposta para torturarla. Pero no le importaba, le daba totalmente igual, de hecho había salido antes para esperar: estrenaba las botas y estaba ansiosa por que todo el mundo la viera con ellas. Le encantaba actuar como si estuviera acostumbrada a desenvolverse con soltura entre la multitud del centro. Al cuarto de hora de espera, mientras intentaba divisar a sus amigas, empezó a pensar en alto, hablando como si tuviera una conversación con alguien: «No es porque llegue tarde, lo que les jode es que estoy más delgada que ellas. Seamos realistas». Siempre le pasaba igual, pensaba para ella misma, pero sin darse cuenta acababa hablando sola en voz alta. No sabía cómo lo hacía, pero siempre había alguien que pasaba en ese momento y alucinaba. A lo que ella respondía con una sonrisa y un «Qué coño miras». Sin embargo, el día que conoció a su marido, recibió una respuesta inesperada: «Es cierto, seamos realistas, son algo exageradas; no todo el mundo puede ponérselas, pero tú pareces una princesa». Laura se sorprendió al escuchar una voz masculina que le hablaba de esa forma. Se giró y entonces lo vio a su lado. Un chico alto y guapo esperaba junto a ella y, pese a que acababa de hablarle, miraba al frente sin mostrar interés. Lo primero que pensó al verlo es que aquel «morenazo» debía de ser vasco. Le encantaban los vascos, tan de la tierra, tan masculinos. Le miró las manos: eran enormes, cómo le gustaban, con los dedos anchos como los de los pies, para poder agarrarla bien. Entonces utilizó su misma táctica y mirando al frente, como si nada, contestó: «Y tú un princeso». Él no pudo evitar girarse hacia ella, sorprendido porque se hubiera puesto al mismo nivel. Laura, consciente del efecto que producía, dejó escapar una sonrisa pilla y le devolvió la mirada. Los dos se quedaron examinándose unos segundos sin decir nada. Y pese a que eran unos completos desconocidos, Laura no dudó en acabar aceptando su invitación para pasar la tarde con él. Había una complicidad especial, era innegable. Era su «princeso». Sus amigas jamás le perdonarían el plantón, pero eso ya no sería un problema, a partir de ese momento Laura no se separaría de él. Él se convertiría en su prioridad, tanto como para estar dispuesta a matar por su amor.

La velocidad con la que habitualmente se levantaba de la cama, se duchaba y salía disparado de su casa no era nada comparada con la que Raúl empleó aquella mañana, deseoso de llegar cuanto antes a la parada. Mario estaba castigado, así que no tendría que esperarlo de camino. Cruzaba los dedos para que la chica misteriosa hubiera llegado ya y la ruta se retrasara, mucho, y los dos tuvieran que esperar, notando el calor del otro en contraste con la corriente de aire que siempre había en la cuesta. Mientras cerraba la verja de su casa, fantaseaba con que la demora fuera larga y que ella no opusiera resistencia cuando acabara arrastrándola hasta el descampado. La empotraría contra la pared, entre las ramas, y la miraría muy de cerca para que ella pudiera leer en sus ojos la infinidad de fantasías que se le pasaban por la cabeza. Raúl ya había estado con alguna chica, se había dado algunos besos en el cine, roces por encima de la ropa, pero nunca había pasado de los tocamientos. Tiró la toalla dos veranos atrás, el último que pasaron con sus abuelos paternos en Agua Amarga. La casa de sus abuelos era una casa independiente que daba al mar, pero alrededor había muchas otras muy similares. Todos los años pasaban al menos una semana ahí, con lo que él y su hermano habían ido creciendo a la par que muchos de los vecinos que también repetían. Cada año se encontraban con los estirones y cambios físicos. Dos casas a la derecha, veraneaba Cecilia. Cecilia era una chica rubia de ojos azules, con cara de saber mucho más de lo que realmente sabía. Sus cejas curvas daban un toque gélido a su mirada, que nada tenía que ver con su actitud real. Pero eso Raúl no lo intuía y tardó tres veranos en atreverse a hablar con ella. Cuando por fin lo hizo, ya no eran tan pequeños, sus cuerpos dejaban al descubierto los adultos en los que pronto se convertirían. Fue el verano en el que Raúl por fin consiguió que sus padres accedieran a que se dejara el pelo largo. «Vas a parecer una niña, como el del pelo sucio ese que te gusta», decía su madre cada vez que lo veía. Se refería a Kurt Cobain, su ídolo. A Cecilia también le gustaba Kurt, de hecho ese verano su estilo había cambiado y podría ser perfectamente una mini Courtney Love en versión sana. Con el pelo siempre alborotado, vestía pantalones anchos y rajados y solo usaba unas Converse bien gastadas. A Raúl le encantaban también esas zapatillas, porque eran las que llevaba siempre el líder de Nirvana. Él también tenía unas, pero limpias. Nada más comprárselas se las pisaba con el pie contrario para que no parecieran nuevas, pero después venían las broncas de su madre que le obligaba a quitar las manchas. Por mucho que lo intentase, hasta que no pasasen años, no llegarían a alcanzar ese grado de usado, propio del estilo grunge. Cecilia tenía un aire desaliñado que no impedía que siguiera resultando tremendamente sexi. Eso era lo que le gustaba de ella, que no fuera la guapa evidente. Era distinta, tenía carácter y sentido del humor, como pudo comprobar la primera vez que hablaron. Raúl llevaba todo el día con su familia y ya no podía más, así que salió a dar una vuelta. Al llegar a la playa se encontró a Cecilia tocando la guitarra sola, al atardecer. Estaba sentada con las piernas en posición de yoga, con el pelo tapándole la mitad de la cara, cantando con una voz aterciopelada. Raúl la miró, quieto, imaginando cómo sería verla de igual manera pero sin ropa. Por aquel entonces fue cuando comenzó su obsesión por ver a la gente desnuda. Se había enterado de que había playas donde la gente no llevaba nada de ropa y ya no podía pensar en otra cosa. Cecilia descubrió enseguida que la estaba observando y le mantuvo la mirada. Raúl se sintió intimidado, pero por mucho que le impusiera tenía que decirle algo o quedaría como un niño pequeño. Así que se acercó lo justo como para que le oyera y le dijo:

—¿Te importa si te escucho tocar?

A lo que ella respondió:

—Solo si cantas conmigo.

Raúl no había cantado en su vida más que en la ducha y bastante mal, como le recordaba su madre cada vez que escuchaba música muy alta en el *walkman* y desafinaba sin ser consciente de que estaba cantando en alto. Desde luego no era lo suyo, pero no podía echarse atrás, sobre todo cuando le hizo un gesto para que se sentara a su lado en la arena. Raúl se fue acercando mientras ella comenzaba a tocar «Rape me» de Nirvana. Lo adivinó desde el primer acorde y suspiró aliviado, al menos empezaban bien dentro de todo, la canción estaba en su *top three* de temazos. Ella le sonrió cómplice, estaba claro que no era casualidad, sino un cumplido. Por aquel entonces, Raúl sabía menos inglés, pero lo suficiente como para entender que el título de la canción, que se repetía en el estribillo, significaba «viólame». Los labios finos de Cecilia dejaron escapar las palabras por primera vez, mientras le lanzaba una mirada. ¿Le estaba mandando un mensaje o era una señal para que cantara? Al segundo estribillo, volvió a hacerle un gesto, esta vez más claro, con la barbilla animándolo a que se uniera y así lo hizo, pero con la mala fortuna de soltar un pequeño gallo nada más abrir la boca. «Cantas igual que el chihuahua de mi madre», le dijo juguetona, provocando que se pusiera rojo al instante.

Una semana después las vacaciones se acababan para Raúl. Su madre y su abuela no se hablaban y tenían que volver a Madrid. «Podían matarse entre ellas y dejarnos al resto en paz», pensó nada más enterarse, antes de pedir a Cecilia que se reuniera con él en la playa y poder despedirse, muy a su pesar. Su relación había avanzado mucho, al igual que sus cantos. Ya no le daba vergüenza lanzarse con algún estribillo y las sonrisas habían dado lugar a besos de tornillo y frotamientos inofensivos. Todavía no habían hecho nada más. Estaba claro que esa debía ser «la noche» porque posiblemente ya no habría más. Así que después de la pertinente conversación en la que se juraron que se llamarían y se escribirían cartas, se tumbaron en la arena y empezaron a darse besos casi sin respirar. Raúl, a cien, bajó la mano hasta su cintura. Llevaban un buen rato y la intensidad de los juegos crecía tanto como su calentón. Pero se le estaba haciendo eterno: ninguno de los dos paraba, pero tampoco avanzaban y empezó a impacientarse mucho. ¿Estaba esperando a que él diera el paso? Igual era eso, era el chico y debería darlo él. Lo que estaba claro es que alguno de los dos tenía que hacerlo. Pese a tener miedo de recibir una negativa, Raúl quitó la mano para posarla sobre su gemelo. Ella seguía besándole con intensidad, sus respiraciones cada vez eran más exageradas y Raúl fue subiendo lentamente la mano, con suavidad y mucho cuidado, hasta llegar a la altura de la ingle. Pero ella le agarró la mano de inmediato, al sentir el calor tan arriba. El gesto resultó seco y tajante, como cuando iba a picar directamente de alguna fuente de comida y de golpe su madre le daba fuerte en la mano para que no lo hiciera. Cecilia lo miraba escandalizada, como si ella no hubiera tenido nada que ver y le hubiera tocado porque sí. Si había llegado hasta ese punto, era porque ella le había dado pie. No estaba loco, ni era ningún violador. Se sentía violento, engañado, como si le hubiera manipulado a propósito para humillarlo: si no quería hacer nada más, ¿por qué entonces actuaba exageradamente su deseo, con señales que transmitían todo lo contrario? Sentía que había estado todo el tiempo actuando, como su madre, y lo detestaba. Se levantó, le dio las buenas noches sin mirarlo a la cara, y se fue dejándola sola con su guitarra. Había pasado de ser una persona especial a sentirse casi un violador. Pero la vida era así, como siempre decía su abuela. «¡Cómo es la vida: unas veces estás aquí, otras estás ahí!». Y así fue, al día siguiente volvieron a Madrid y nunca más volvió a ver a Cecilia.

Desde aquella noche, decidió que la vista sería suficiente para recrearse en sus fantasías. No había vuelto a querer tener contacto real con alguien, hasta que apareció la chica misteriosa. Pero esa vez Raúl estaba dispuesto a mantener la tranquilidad que ella respiraba, esperaría a que ella diera el primer paso y después actuaría.

Llegó a la parada cinco minutos antes, pero no había nadie. Tampoco a la hora de recogida, ni cinco minutos después. Diez minutos más tarde Raúl divisó el autocar a punto de pasar la esquina del parque cuesta arriba. Lanzó una mirada hacia la entrada del edificio, pero seguía sin haber rastro de la chica. Si subía a ese autobús en el estado en el que estaba y la cuatro ojos le daba los buenos días con su sarcasmo habitual, temía lanzarse sobre ella y que el conductor diera un volantazo y acabaran todos boca abajo. Una señora mayor que intentaba levantar la tapa de uno de los contenedores de la basura, junto al descampado, llamó su atención en ese momento. ¿Qué iba a hacer? No podía ir así a clase, pero tampoco entrar en el descampado a plena luz del día. Podrían verlo desde cualquiera de las ventanas del edificio o desde las de atrás de su urbanización que daban al jardín y a la piscina y, además, tampoco vería nada debido al reflejo del sol en los cristales. Aun así, Raúl siguió su instinto y, antes de que alcanzaran a verlo desde el autobús, cruzó la calle directo a la señora. «Las pellas si son por una buena causa no son pellas», se decía mientras se ponía de espaldas a la parada para ayudar a la anciana a levantar la tapa del contenedor.

Maribel tenía un par de años menos que Laura, pero su exceso de peso le hacía parecer mayor, lo cual le encantaba. Le recordaba a su tía Toñi la del pueblo, siempre saludable, con los dos coloretes marcados y hablando sin parar. «Buena gente», como la describía su madre. «Pero la buena gente es buena hasta que deja de serlo», pensaba Laura. Por eso se puso un cuello vuelto que cubriera bien las marcas y la recibió con una enorme sonrisa, dispuesta a dar la rueda de prensa que tenía preparada. La versión oficial que quedaría para los restos. Al abrir la puerta su vecina parecía cambiada: se había cortado el pelo con una melenita corta con flequillo y puntas metidas hacia adentro.

—¡Hola! —exclamó contenta Maribel nada más aparecer por la puerta.

—Pero bueno ¿y ese corte de pelo? —exclamó Laura calentando el terreno.

—¡Como Belén Rueda! ¡Bueno y fíjate bien en el color!, que también me he dado una especie de reflejos rojizos como ella —aclaró Maribel crecida porque se hubiera dado cuenta—. Mira, mira, es que se nota más a la luz —dijo retrocediendo unos pasos para captar la luz natural de la calle.

No llevaba ni un minuto con ella y ya le iba a estallar la cabeza. Aunque tanta energía le resultaba arrolladora, si quería conseguir que todo fuera sobre ruedas, tendría que hacer un esfuerzo.

—Ah, sí, ahora sí —dijo Laura fingiendo interés a la vez que la invitaba a pasar a la cocina. Maribel recibió el gesto con una sonrisa y entró.

—Pero no hablemos de mí, cuéntame. ¿Qué pasa, me tienes preocupada? —dijo Maribel mientras hacía un rápido reconocimiento a la cocina.

—¿Quieres un té? ¿Café? —preguntó amablemente Laura, recuperando el mando de la conversación.

—Café está bien, gracias —contestó Maribel—. Pensaba que te habías mudado de casa o que te había tragado la tierra —dijo volviendo a la carga.

—El café…, ¿cómo lo quieres? —preguntó Laura haciendo oídos sordos.

—Como siempre, con una manchita de leche. ¿Alguna novedad? ¿Has estado muy solicitada, o qué? —insistió sin quitarle ojo.

Por un momento Laura se vio desde fuera: ¿Qué hacía ella intentando aparentar normalidad delante de la perdedora de su vecina cuando su marido acababa de abandonarla y no sabía qué sería de su vida? La realidad superaba siempre a la ficción. Las historias de sus películas se quedaban en nada comparadas con la suya. Mientras tomaba fuerzas para darle la noticia, suplicaba que él apareciera de pronto y todo hubiera sido una pesadilla.

—Ahora te cuento —respondió, manteniendo la calma.

Le sirvió el café y, pese a que sabía que su amiga era asmática y el tabaco la ahogaba, se encendió un cigarro. Maribel tosió varias veces tratando de que captara el mensaje, pero Laura no se inmutó y siguió fumando, buscando el camino hacia donde quería dirigir la conversación. Tenía que crear la atmósfera oportuna para lo que tenía que decir. Hizo una pausa dramática, provocando un silencio. Maribel estaba desconcertada, como había planeado. La miró fijamente y con los ojos vidriosos y la voz engolada dijo:

—Le he pedido que se vaya de casa.

Maribel se quedó de piedra, no sabía qué decir. Laura y su marido parecían la pareja perfecta, pese a los rumores sobre sus continuas peleas o «travesuras», como siempre aclaraba Laura, dando una connotación sexual a sus prácticas.

—Cariño, no me lo puedo creer. No me extraña que estuvieras desaparecida. Bueno, bueno, bueno, es que de verdad… pero ¿cómo no me has dicho nada antes?

—Ya me conoces, no quería alarmar a nadie y como tampoco estaba segura de que no fuera a ser algo momentáneo… —contestó Laura.

—Ya verás como sí. Esto son etapas, pero ¿qué es lo que ha pasado?

—Es que no quiero hablar de ello. Está muy reciente y aunque he tomado yo la decisión, todavía no estoy bien del todo...

—Normal, normal, pero yo creo que te vendría bien hablarlo. Para eso estamos las amigas, ¿no? —insistió.

—Lo sé, si por eso te he llamado, pero mejor cuando pase un tiempo. Ahora prefiero no pensar demasiado en eso, no me viene bien.

—Si lo digo porque me preocupo por ti.

—Lo sé, lo sé. Estoy bien, de verdad, va a ser solo al principio, hasta que nos acostumbremos.

Maribel trataba de disimular su decepción.

—Si él también está empeñado en hablar para arreglarlo, pero yo necesito un poco de aire, ya lo solucionaremos cuando tenga que ser —continuó Laura.

—Claro, porque piensas perdonarle lo que haya hecho, ¿no? Arreglar las cosas... —dijo Maribel tratando de tirarle de la lengua.

—No lo sé, seguramente... —Laura no pensaba picar el anzuelo y entrar en detalles—. Es una decisión que he tomado deliberadamente y al menos vamos a estar así una temporada. Yo lo siento por los niños, porque esto les afecta, y a mí no hay nada que me duela más que ver a mis hijos pasarlo mal, pero tendrán que entenderlo. —Y tras una pausa añadió—: De esto ni una palabra a nadie, ¿eh?

—No, no, por favor, ¿cómo voy a decir algo? ¿En serio que no quieres que hablemos de lo que ha pasado?

—No, no, de verdad, está todo bien. Estoy convencida de que será para mejor —dijo firme siguiendo con su actuación—. Además, me viene bien tener tiempo para dedicarme a mí.

—Ay, pobre, yo me vengo aquí contigo cuando quieras y te hago compañía.

—No te preocupes, si yo entre los niños y la casa estoy entretenida. Me pongo la televisión de fondo y ya está, que anda que no hay programas nuevos; y si no, me pongo películas que tengo pendientes.

La cara de Maribel se iluminó de repente.

—¿Qué? —preguntó Laura intrigada.

—Es que no pensaba decirte nada porque estando como estás..., pero es que estoy tan contenta...

Laura la miró invitándole a que continuara.

—Es que he hecho un casting para un programa nuevo y me ha salido genial. Mi representante me ha dicho que les he gustado mucho.

—¿En serio? ¡Qué bien! Cuenta, cuenta —dijo Laura afinando los sentidos.

—Es para presentar un programa todas las tardes. Un nombre en inglés..., de entrevistas o no sé qué que en América hay muchos y por lo visto están triunfando. Parece que quieren una nueva estrella para la cadena, pero una cara nueva, no alguien conocido... ¿Te imaginas?

Claro que se lo imaginaba: si saliera en televisión todos los días, él no tendría más remedio que verla. Aunque no quisiera, seguiría presente en su vida. Saldría en los anuncios, en las revistas y se lo mencionaría cada conocido que se encontrara. Aunque se negara en principio, al final seguramente acabaría poniendo el programa, aunque solo fuera por curiosidad. Y ella estaría imponente, segura de sí misma, sexi, hablando a los espectadores como si le hablara a él, provocándole como le gustaba. Eso le sacaría de quicio y le haría volver a por lo que era suyo. Era el plan perfecto: solo tenía que conseguir el trabajo.

—Suena bien —dijo conteniendo su excitación.

—Ya sé lo que opinas de presentar... —Laura siempre había defendido que ella era actriz y no presentadora. «Es que aunque quisiera no sabría, qué horror tener que hablar desde mí misma y no desde un personaje. Yo necesito un texto, una historia... ¡Además, que no estudié para acabar de presentadora, hombre!», decía cada vez que alguien sacaba el tema—. Pero ¡está relacionado! —continuó Maribel—: Y además, cada vez hay más actrices que presentan, mira la Verdú y Emma Suárez en Canal +, si ahora hasta las grandes lo hacen. Y oye, que al final es un trabajo y muy bien pagado. Un sueldecito siempre viene bien, ¿no? Por cierto, ¿qué piensas hacer ahora si él ya no...? —preguntó Maribel.

—Eso no me preocupa, la verdad —dijo Laura mintiendo descaradamente. Por supuesto que le preocupaba el dinero. Sin embargo, no estaba interesada en absoluto en empezar de cero, sino en recuperar lo que tenía, pero, obviamente, eso no se lo podía decir.

—¿Cómo te has enterado tú? ¿Cómo has hecho? —preguntó Laura cambiando de tema.

—Por Pepe. —Pepe era el representante que habían compartido ambas durante años—. Me dijo que estaban buscando periodistas o actrices. ¡Yo sé que les he encantado, pero seguro que quieren a una presentadora más delgada! —matizó.

Laura sonrió para sus adentros.

—¡Anda ya! Si tú estás estupenda.

—Bueno, mira, igual tengo suerte porque estaban desesperados y lo tenían que cerrar ya. Estoy con una ansiedad por ver si me llama mi representante… ¿Puedo coger una? —dijo señalando un paquete de magdalenas de la encimera.

—Claro, coge las que quieras.

Laura se quedó pensativa. Pepe. No había utilizado buenos términos cuando se enfrentó a él echándole en cara que no le salieran trabajos. Estaba harta del «Tienes que ir a tal o cual casting de publicidad para que te vean, te conozcan y luego te llamen para las pruebas buenas, por algo hay que empezar». Y que luego las pruebas importantes nunca llegaran. Además, empezaron a llamarla menos porque después de los embarazos tardaba mucho en recuperarse y no solo físicamente. Se volvía irascible, no dormía y dar el pecho la consumía. No tenía energía y lo pagaba con la gente de su alrededor. Hasta que un día se pasó de la raya y consiguió que Pepe nunca más contara con ella. No habían vuelto a hablar desde entonces, pero, pese a que odiaba la idea de tener que bajarse los pantalones y asumir que se había equivocado, era evidente que no le quedaba otra. Lo necesitaba.

—¡Anda! —exclamó de repente Maribel.

—¡¿Qué?! —preguntó Laura temiendo que viniera el «pero» que echara abajo sus expectativas.

—¡Que hoy es fiesta! La agencia está cerrada. Vamos, que hoy tampoco me llaman. ¡No me lo puedo creer! ¡Qué tortura!

¿La agencia estaba cerrada? ¿Tendría que llamarlo a su casa? De pronto se puso nerviosa, la situación no podía ser más incómoda, pero no podía cundir el pánico. Tenía que mantener la mente clara. Cambiar el chip y enfocarlo no como un favor, sino como un trueque. Daba el perfil, eso lo sabía. Solo tenía que asegurarle que había cambiado, hacerle ver que no perdía nada y convencerle de que no se arrepentiría.

—Es que estoy un poco psicótica con que se lo den a otra, que sé que todavía iban a ver a alguna más —continuó Maribel.

—Que no, cariño, ya verás cómo no…, seguro que es para ti.

Maribel sonrió a Laura con dulzura cuando de pronto dio un bote de la silla al ver una silueta en el marco de la puerta. Mario, despeluchado y en pijama, los observaba en silencio. Al ver que se asustaba dio un paso al frente.

—¡Uy! Madre mía. Mario, casi me matas del susto. No sabía que estabas en casa. Pero ¡qué estirón has dado! Estás enorme, ¿te hemos despertado? —dijo Maribel con la misma voz infantil con la que le hablaba desde que era un bebé.

«¡Qué estirón has dado!». Era la frase que Mario escuchaba más veces al día desde su vuelta de veraneo. Seguía siendo un niño, no llegaba ni al hombro de su hermano, pero era cierto que crecía a pasos agigantados. Sin embargo, aunque ya era todo un hombrecito, Mario pasaba como una ráfaga delante de los espejos y no era tan consciente de sus cambios físicos. No obstante, había algo que le hizo darse cuenta de que el resto debía de estar en lo cierto: cada vez que volvía a un sitio al que hacía mucho que no iba, todo le parecía mucho más pequeño. No podía creer que el castillo de juguete que hasta hace dos días le parecía enorme, al encontrarlo de nuevo revolviendo en el garaje, le resultara enano. Como su primera bici de pedales, que le parecía casi un triciclo. Y el patio de jardín de infancia de su colegio, en el que siempre se perdía, ya no le daba ninguna impresión. Se estaba haciendo grande, pero él se sentía más pequeño e indefenso que nunca. Mario fue a contestar a la vecina, pero Laura se adelantó.

—Es que hoy no tiene colegio.

—Claro, con la fiesta… —Laura afirmaba sonriente—. Si estaban los niños de Carmen y Alba en el jardín dando la lata desde bien prontito, pero estoy cayendo que tu colegio no está en Madrid capital, sino en Alcobendas, ¿no?

Laura odiaba profundamente cuando su amiga jugaba a ser Jessica Fletcher, Angela Lansbury en *Se ha escrito un crimen*. «Como está acomplejada se las da de lista», pensaba.

—Sí, sí. No tienen fiesta, pero estaba medio malito y le he dejado quedarse en casa, ¿verdad? —Le sonrió cariñosamente desde la distancia.

Mario asintió, conocía bien el acercamiento que forzaba de puertas hacia fuera.

—¿Puedo salir a la parte de atrás a jugar con Felipe y Sergio? —dijo aprovechando.

—Pero ¿no estabas malo? —preguntó Laura, siguiendo con el juego.

—Como te pongas malo vas a crecer más aún y ya si que no te voy a poder hablar con esta voz —dijo Maribel con el mismo tono infantil—. Estás enorme. ¡Si casi estás como yo, mira! —La vecina se puso a su lado para compararse, Mario prácticamente la alcanzaba en estatura—. ¿Ves?, ¡gigante!

Mario sonrió agradeciendo que alguien le prestara atención y le hablara con ternura.

—Por favor —insistió haciendo un puchero. Sabía que su madre terminaría cediendo con tal de quedar bien con Maribel.

—Haz lo quieras, pero a mí no me des la lata, ¿eh? Si quieres salir, sal, pero abrígate, no te vayas a poner peor.

—Gracias —dijo contento y corrió a bajar las escaleras.

—¡Que te mejores! ¡Y no crezcas más! —exclamó Maribel a modo de despedida.

Las dos mujeres se quedaron mirando a la puerta por la que había salido.

—Pobre, qué mala suerte tiene este niño, que siempre está pachucho. Desde pequeño, siempre ha estado débil.

—Mala suerte la mía. Lo que está es raro desde lo de su padre, hasta que se adapte.

—Normal, es un niño… Y con lo empadrado que ha estado siempre, madre. ¡Qué grande está! La próxima vez que le vea ya no le voy a conocer.

—Bueno, si estuviera tan grande sería capaz de dormir solo. Y su hermano todo el día con que no quiere dormir con él, que quiere volver a su habitación, me tienen…

—Normal, si es que Raúl sí que es un hombre ya.

—Sí, pero es lo que le faltaba para volverse insoportable del todo: tener su propio cuarto.

—Pero si es igualito que tú, tenéis el mismo carácter rebelde, por eso chocáis. —Laura escuchaba solemne—. Además, está en la edad, ya se le pasará el pavo. Acuérdate cuando era pequeño, que también estaba todo el día detrás de su padre. Luego se le pasó, pero menudas perras se cogía cuando se iba a trabajar.

—Pues ahora está todo el día por ahí. No quiere ni vernos, vamos —dijo Laura ansiosa por dar por finiquitada la visita.

Pese a que la mañana estaba muy avanzada, Nico estudiaba encerrado en su habitación con la única luz del pequeño flexo que tenía sobre la mesa. Estaba tan oscuro que era como un agujero en el tiempo donde resultaba imposible diferenciar qué hora era. En su guarida las noches se hacían eternas al no distinguirse con los días, pero eso favorecía el estudio. La desconexión total le venía bien para concentrarse en sacar su oposición de trabajador social, después del desajuste del último año. Había tenido que repetir, ya llevaba tres años y no podía permitirse más retrasos o no terminaría nunca. Aquella mañana estaba agotado, la pesadilla de la noche anterior le tenía en vilo. Sobre su mesa había una taza casi vacía de café solo, libros de texto y varios periódicos que sobresalían de una carpeta. Raúl llevaba días sin aparecer y temía que dejara de necesitarle. Igual tenía nuevos amigos de su edad, sería lo normal, pero necesitaba verlo, aunque fuera solo un instante. Únicamente para saber que estaba bien, con eso le bastaba. El timbre del telefonillo le devolvió a la realidad. Era extraño que llamaran a esa hora, ya habían dejado el pan y rara vez venía nadie. ¿Sería la policía? Subió las escaleras temeroso, pero al descolgar el telefonillo y escuchar la voz de Raúl, supo que sus súplicas habían sido escuchadas.

Cuando abrió la puerta, Nico lo vio llegar hasta él, con el flequillo en la cara, como siempre, y el gesto pasota que le caracterizaba. Era evidente que se esforzaba por parecer más duro de lo que era, pero, para Nico, seguía siendo un chavalín que necesitaba atención y afecto y él estaba des⸗ do dárselos.

Al llegar junto a él, Raúl se fijó en la p⸗ llón que tenía Nico con las gafas de ver ⸗ Enseguida apareció Bunny y empez⸗ en posición de ataque. Raúl se echó pa⸗ larse y no darle una patada, odiaba profu⸗ chucho.

—¿De dónde sales tú, eh? Aparta, hombre, que no te va a hacer nada.

—¿Bajamos? —preguntó Raúl sin pudor.

Al bajar las escaleras, Raúl disfrutó del olor a hun⸗ que le recordaba al descampado y que tanto le gustaba.

—¿Tú no tendrías que estar en clase? —dijo Nico a⸗ entrar en la habitación detrás de él.

—Ya, pero la mayoría de gente tiene fiesta…

—Pero digo yo que si llevas el uniforme, es porque ibas a clase, ¿no? —preguntó con humor, buscando su complicidad.

—Sí, pero he decidido no ir. Además, mi hermano tampoco va. No es justo que vaya yo, ¿no?

Nico hizo caso omiso a su instinto paternal de echarle la bronca por hacer pellas. Se alegraba de tenerle ahí y le hacía gracia el tono chulito con que siempre se explicaba, queriendo llevar la razón y decir la última palabra. Raúl empezó a caminar por el espacio como si lo viera por primera vez.

—Tus padres no están, ¿no? —preguntó Raúl.

—Qué va, están en la clínica. Va por días, pero casi nunca están.

—Qué suerte —dijo Raúl fijando la vista en el escritorio.

Se acercó hasta la carpeta de la que sobresalían recortes de periódicos. El corazón de Raúl dio un vuelco cuando vio que en todos aparecía la foto de Jonathan. Nico, a sus espaldas, se percató de que le había descubierto. En ese momento le habría empujado y habría guardado todas sus cosas. Se sentía violado, no era justo que él le ofreciera su casa, su espacio y Raúl se lo pagara con ausencias cada vez más largas y su coraza constante. Así era muy fácil juzgar al otro, como hacía en ese preciso momento. Sin embargo, por mucho que quisiera, con solo mirarlo se le pasaba, no podía enfadarse con él.

—¿Qué tal estos días? —preguntó Nico, tratando de cambiar de tema.

—Normal —respondió Raúl, apartando la mirada de la carpeta y tratando de no dar importancia a la pregunta.

—¿Está todo bien? ¿Ha pasado algo? —insistió.

Raúl empezaba a sentirse incómodo, no le gustaban los interrogatorios y podía notar el bofetón que se llevaría si su madre se enterara de que se lo había contado. Hasta el momento Nico era una tumba, pero ¿por qué tenía ahora tanto interés en saber qué le pasaba? ¿Intentaba cambiar de tema porque sabía que no era sano que guardara esos recortes?

—No pasa nada, en serio.

—Como has estado días sin venir…

—¿Y qué pasa? —contestó Raúl, cada vez más cortante.

—Nada, pues que pensé que igual tenías algún problema o te había pasado algo.

—Ya te he dicho que no.

Raúl siguió mirándolo. Estaba muy cabreado, ese no era el trato. Él debía ayudarle a olvidarse de todo, no a enfadarse más, joder. ¿Tenía que pirarse de ahí también?

—Tienes mala cara —le dijo Raúl, tomándose la revancha.

—Es que no he pasado buena noche —contestó Nico ante la mirada perturbadora de Raúl, que parecía querer leer dentro de él.

—¿Hoy o siempre? Porque no duermes mucho, ¿no?

Nico le escuchaba sin apenas responder.

—¿No crees que deberías salir un poco? Estar todo el día aquí encerrado con esta luz no tiene que ser bueno. Te van a salir hongos.

—Sí salgo, voy al cine, saco a Bunny…

Nada más nombrar a su perro, Nico empezó a mirar a los lados buscándolo, nervioso, como cuando llevaba rato sin verlo.

—Tranquilo, que al perro no le va a pasar nada. ¿Dónde quieres que se vaya si está aquí encerrado contigo?

Nico cada vez se molestaba más, pero, pese a que solo fuera un niñato, no tenía el valor de pararle los pies. No quería correr el riesgo de que se fuera y no volviera más. Raúl observaba la pasividad de Nico y se crecía, disfrutando de la sensación de ser libre en sus provocaciones.

—Porque tú, estando aquí todo el día, no follas, ¿no? —preguntó Raúl.

¿A qué venía hablarle con ese exceso de confianza? Nunca habían tenido ese tipo de conversaciones. Nico se sentía violento pero a la vez contrariado, llevaba tiempo esperando que se creara un vínculo especial entre ambos, se lo merecía, pero, de pronto, no sabía bien cómo comportarse. Raúl fue hasta el sofá y se dejó caer despatarrado. Desde la penumbra de esa zona del cuarto, apartándose el flequillo de la cara, decidió seguir demostrando que no era ninguna mosquita muerta.

—¿Tú cuántas pajas te haces al día? —preguntó sin tapujos.

Nico lo miraba atónito, sorprendido por la naturalidad con la que había soltado el comentario. Era la primera vez que utilizaba ese tono de vacile que no conseguía descifrar. No es que tuviera un pudor especial con esos temas pero hablarlos con un adolescente le daba cierto apuro y, además, aunque estuviera bromeando, tampoco le gustaba la vena cruel que aparecía en él. ¿Qué debía hacer en esa situación? ¿Actuar como si nada, como si fuera lo más normal? Lo cierto es que se habían saltado unos cuantos temas antes de llegar a ese de golpe. Sin embargo, Raúl esperaba la respuesta disfrutando de la incomodidad que había creado.

—No sé, depende del día —contestó.

Era una manera de no ser borde pero mantener la compostura. ¿Sería consciente de la reacción que causaba en él? Le importaba Raúl, quería cuidarle y que no se jodiera la relación tan especial que tenían.

—Vamos…, pero ¿cuántas más o menos? ¿Qué pasa, que eres un pajillero o qué? Por mí no te avergüences, eh, que a mí todo me parece bien.

Raúl le hacía sentirse idiota, como si el niñito fuera él, cuando los dos sabían que le llevaba bastantes años de diferencia.

—Y tú, ¿cuántas te has hecho hoy? —preguntó finalmente Nico, sin dejarse apaciguar.

—De momento ninguna. Como no he ido en la ruta todavía no he tenido ocasión… —Nunca se había masturbado en la ruta del colegio, pero quería ver su reacción.

Nico le mantenía la mirada sin achantarse, no pensaba entrar al trapo.

—¿Tú tienes pelis porno? —volvió a preguntar como si nada.

—Sí, claro.

—¿Aquí?

Nico asintió con la cabeza con la misma naturalidad con la que se comportaba Raúl.

—Del Plus, ¿no? —preguntó Raúl.

Nico le respondió con otro gesto afirmativo.

—¿Dónde las escondes?

—No las escondo, están con las demás cintas. Grabo una peli normal que no llame la atención y a la mitad la porno. Cada vez que la veo la rebobino hasta la parte que se puede ver y ya está. Lo importante es no dejarla en el momento en el que la imagen se resquebraja y salen las rayas hasta que aparece la otra. Eso te delataría.

Mientras Raúl escuchaba su explicación, vino a su mente lo que le pasó la noche anterior, cuando descubrió que habían grabado *El señor de las moscas* encima de su película de terror.

—Pon alguna —propuso Raúl.

Nico se quedó sin decir nada.

—No me voy a sacar la polla, tranquilo. Pon una, solo para ver un segundo.

Nico fue hacia la balda de la estantería donde tenía a la vista todos los VHS, contó hasta llegar a la tercera empezando por la izquierda, la cogió y la introdujo en el vídeo. Encendió la tele y apareció una película de Richard Dreyfuss, que era uno de sus actores fetiche desde que vio *Tiburón*, su película favorita de la infancia. Llegó a estar tan obsesionado con ella que en su baño tenía el cartel enmarcado tamaño poster. «¿Qué pasa, que tienes hambre?», bromeaba Raúl para sí, cuando se paraba frente a la mandíbula del gran escualonblanco para mear. Nico se inclinó hacia el vídeo y apretó el botón para hacer avanzar la cinta, las imágenes pasaban a toda velocidad hasta que aparecieron las rayas… ¡Ya estaba! Raúl sonrió al ver que de pronto era una pareja la que aparecía en la televisión. Ella era una rubia, con las tetas enormes de silicona, que abría las piernas para que él, un tipo de pelo en pecho con pinta de gigoló perdonavidas, le metiera la mano hasta el fondo. Nico estaba colocado estratégicamente, de pie detrás del sillón, porque desde ahí Raúl no podía verlo a menos que se girara, y así se sentía menos expuesto.

—¿Qué haces ahí? —preguntó Raúl sin girarse, iluminado por el reflejo del televisor.

—Nada, es que prefiero estar alerta para controlar si vienen mis padres, no vayan a entrar por el garaje. Tienen que llegar ya en breve.

Nico no quería bajo ningún concepto que sus padres supieran de sus encuentros con Raúl. Ya le habían avisado, sabía lo que pensaban y no quería tener que dar ninguna explicación al respecto. Fue terminar de decirlo y escuchar la puerta del garaje abrirse. Lo bueno es que se abría con un mando desde fuera y tardaba un poco, el tiempo justo para que si Raúl se daba prisa pudiera salir de ahí.

—Vamos, vamos —dijo Nico mientras tiraba a Raúl del hombro para que se levantara.

Se volvió a agachar y sacó la cinta del vídeo. Raúl salió corriendo por la puerta del patio que daba a la parte de atrás de la comunidad. Nico esperó a que se fuera para volver y una vez dentro, se encontró a su padre que entraba por el garaje con la expresión triste que siempre le acompañaba.

—Tu madre se ha tenido que quedar en la clínica porque tenía dos de sus pacientes, yo me he vuelto porque no me encontraba muy bien. Voy a ver si salgo a correr un poco —dijo al pasar por su lado.

—Muy bien —respondió Nico.

Su padre empezó a subir las escaleras. Nico, aliviado, se secó el sudor de la frente y sin decir nada más volvió a entrar en su habitación. Había perdido la esperanza de hacerle entender que tanto deporte no era sano y, además, ¿quién era él para dar lecciones, después de sacar a un adolescente por la parte trasera de su casa como si fuera su amante?

Raúl apareció en el jardín de la comunidad, casi sin aliento. Tenía que salir de ahí antes de que lo vieran. Pensó en entrar por el patio de su casa, pero se arriesgaba a encontrarse con su madre o su hermano, y, además, no tenía la llave. Solo le quedaba saltar la valla que separaba su urbanización del descampado. Fue hacia ella cuando, para su sorpresa, se encontró con que su hermano estaba con dos amigos suyos en la zona más apartada de la depuradora, junto a la piscina, al otro lado del jardín. Raúl aceleró el paso para que no lo vieran y evitar que se fueran de la lengua. Trepó como pudo, hasta llegar arriba, casi a la altura del primer piso, y desde ahí, aprovechó para mirar al edificio de enfrente. «Ojalá fuera esa la casa de la chica misteriosa», pensaba mientras vigilaba el piso que tenía delante, balanceando los pies, que le colgaban. Consciente de que no podía arriesgarse a que lo vieran ahí subido, se dejó caer. Sus manos tocaron el suelo. Levantó la vista y vio que, bajo una nube de polvo, aparecía de nuevo el descampado. Estaba claro que por muchos esfuerzos que hiciera, el destino siempre le acababa llevando hasta ahí.

Mario tenía debilidad por los gatos. Desde muy pequeño, estaba empeñado en que le compraran uno, pero no tenía suerte.

—¡¿Cómo te vamos a comprar un animal si en el pueblo, cuando te llevábamos a ver pollitos, los espachurrabas todos de lo nervioso que te ponías?! —le decía su madre como excusa.

—¡Eso es mentira! —replicaba haciendo un puchero.

—Pregúntale a tu hermano.

—Pero sería porque era muy pequeño. Si me compráis un gatito lo voy a cuidar, lo prometo —insistía Mario.

—Que no, hombre, que huelen mucho y dejan pelos por todos lados —sentenciaba ella.

Con el tiempo, gracias a su padre, su madre acabó cediendo y llegó Mimi. «Por no oírte más», le dijo su madre cuando su padre trajo al gato.

Laura no podía ni ver10, pero era llevadero porque la mayor parte del tiempo estaba encerrado en la habitación de Mario. Lo que no llevaba tan bien era tropezarse con su juguete favorito: pequeñas ratas de peluche, que al final se encontraban por toda la casa. Aunque fuera evidente que eran de mentira, siempre se asustaba. Odiaba los animales, pero las ratas se llevaban la palma, no podía verlas ni en pintura. Cada vez que salía una en una película se echaba las manos a la cara y emitía un chillido, como si el animal hubiera aparecido realmente donde ella estaba. Todavía se acordaba del número que organizó en el cine cuando fueron todos a ver *Indiana Jones y la última cruzada* con la secuencia en la que Harrison Ford caminaba por las alcantarillas de Venecia junto a la actriz protagonista. «¡Qué horror, yo no habría rodado rodeada de ratas ni muerta, y encima en el agua, qué asco!», dijo su madre a la salida. «No habrías rodado porque nunca te habrían cogido», murmuró Raúl, sin que nadie le oyera.

A Mario también le daban mucho asco las ratas. Las temía, pero, a la vez, le causaban mucho morbo: si aparecía alguna, aunque se apartara, no dejaba de mirar. Le atraía la forma en la que movían sus músculos bajo la capa de pelo y, sobre todo, sus rabos largos y puntiagudos. Disfrutaba del cosquilleo que le provocaban, horrorizado y fascinado a partes iguales.

Por eso, cuando desde la ventana de la habitación de invitados, vio a sus amigos Felipe y Sergio con dos palos cerca de la depuradora, no dudó en pedir permiso a su madre para unirse a ellos. Era evidente lo que iban a hacer: Sergio, que, aunque tenía un año menos que Mario, le doblaba en anchura y fortaleza, llevaba semanas obsesionado desde que su madre le contó que esa zona del jardín estaba plagada de ratas.

Mario salió a la parte de atrás muy abrigado, cogió otro palo y corrió hacia ellos. La depuradora estaba al final de la piscina, en una pequeña zona en forma de L, que estaba siempre a la sombra porque quedaba oculta entre el muro que separaba la zona comunitaria, del descampado y de la comunidad de al lado. La vegetación era mucho más frondosa con el propósito de que los tiradores oxidados de las trampillas donde estaban el motor y el cuarto de la depuradora pasaran desapercibidos.

Felipe tenía doce años, como Mario, y también tenía el mismo miedo a las ratas, solo que carecía de la parte morbosa que excitaba a su amigo. Por eso intentaba convencerlos de abortar la misión.

—¿No se lo habrá inventado? Seguro que no hay nada, ¿por qué no jugamos un rato al fútbol?

—Que no, que tienen que ser muy grandes para que mi madre esté tan pesada.

Mario no decía nada, concentrado en el terreno, preparado por si aparecía de pronto y tenía que salir corriendo de ahí.

—Si no fuera verdad no estaría aquí, que como me pillen me meto en un buen lío en casa —continuó Sergio.

En ese momento, su madre se asomó a la ventana, en bata y con los rulos puestos, y les gritó:

—¡Niños, fuera de ahí, no os acerquéis a los setos esos que está lleno de ratas enormes! ¡Como gatos! El otro día las vi que salían del muro ese del descampado y se metían en las trampillas y los huecos que hay. Apartaos de ahí, que está hecho un asco, ¿me oís? No os vayan a pegar cualquier cosa —exclamó.

Los tres niños se quedaron quietos, intentando contener la risa. La mujer daba voces sin ser consciente de lo cómica que resultaba de aquella guisa.

—¿No tenéis que hacer deberes?

—Pero ¡si hoy es fiesta! —le contestó Sergio en tono de queja.

—¡Me da igual, así adelantáis y tenéis más tiempo libre el fin de semana! ¿Por qué no veis una película en casa, eh?

Los tres niños obedecieron y se separaron un poco de la zona de peligro.

—Vale, mamá, un momento, ahora vamos —exclamó Sergio.

La madre se metió y cerró la contraventana. Mario y Felipe empezaron a reírse mientras Sergio respiraba aliviado.

—¡No sabía si era tu madre o una coliflor que hablaba! —dijo Felipe con sorna.

—¡Era doña Florinda, la de *El Chavo del 8!* —añadió Mario, divertido.

—¿Veis como no me lo he inventado? —dijo Sergio.

Mario estaba muy ansioso por ver una de esas ratas tan enormes de las que hablaba su amigo. Se cercioró de que la mujer ya no miraba y se acercó de nuevo a la zona prohibida, seguido de Sergio. Por detrás de él, Felipe intentaba impedir que avanzaran.

—Pero ¡¿no habéis escuchado que es más grande que un gato?! —exclamó desde la distancia.

—¿Qué pasa, que te cagas, *cagao?* —contestó Sergio, picándolo para que se uniera.

Felipe miró a Mario, que parecía haber perdido todo su miedo y, a regañadientes, avanzó hasta juntarse con ellos y no quedarse para los restos como «el *cagao* del grupo».

—Pues no —dijo llegando a su altura.

Los tres se pararon en línea frente a los setos de la zona prohibida. Estaban tan nerviosos que tenían un ligero temblequeo. Mientras, Sergio retrocedía para asegurarse de que no hubiera moros en la costa. Mario hizo un amago de estirar la rama para sacudir la guarida, pero solo imaginar que pudieran salir de golpe y no tuviera tiempo de apartarse bien, hizo que cambiara de idea. Tiró la rama y cogió un par de piedras del suelo, con eso podría ganar distancia y tiempo de reacción. Sus amigos le imitaron y agarraron una piedra con cada mano.

—A ver, estamos a tiempo de dejarlo. ¿Tú no decías que te daban mucho asco las ratas? Es que no entiendo nada —insistía Felipe, nervioso al ver que se acercaba el momento.

—Sí, pero ahora quiero verla —contestó Mario, atento a su objetivo—. A la de tres tiramos la primera —dijo con autoridad.

Los chicos se prepararon.

—Una, dos y… ¡tres! —exclamó Mario, lanzando la piedra.

Los dos amigos hicieron lo mismo, pero ninguno usó demasiada fuerza por miedo a lo que pudiera aparecer. Las piedras dieron de lleno en su objetivo, pero no salió nada. No hubo ni un solo ruido ni movimiento. Esperaron unos segundos más y, a la de tres, con el corazón a mil por hora, lanzaron la otra piedra, pero tampoco hubo suerte.

—Bueno, ya está. ¿Nos vamos? —dijo Felipe, deseando salir de ahí.

Mario no se daba por vencido y, aprovechando el subidón de adrenalina, cogió una piedra el doble de grande que las anteriores, se acercó mucho más a los arbustos y la lanzó con más fuerza. Los tres chicos permanecieron expectantes hasta que, de pronto, una rata enorme, salió corriendo a toda velocidad. Los tres niños dieron un salto hacia atrás del susto, acompañados de un grito de Felipe. Mario no dejó de mirar ni un segundo, con una sonrisa en la boca; era de lo más emocionante que había vivido hasta la fecha. En cuanto la rata atravesó la valla de la urbanización, Sergio empezó a reírse de una manera nerviosa.

—¡Menudo bote has dado, *cagao,* que eres un *cagao!* —gritó a Felipe, que estaba blanco como un cadáver.

Mario seguía excitadísimo, rebobinando en su cabeza lo que acababa de ocurrir. La imagen del animal huyendo le llenaba de satisfacción: se había enfrentado a ella y había conseguido intimidarla. Se sentía fuerte y poderoso, como nunca antes.

—¡Ves como había una! *¡Cagao!* —exclamó Mario, sumándose a Sergio. Por primera vez disfrutaba, como hacía su hermano, de ser él quien intimidara al otro.

—¡Tú cállate! ¡Que seguro que la ha puesto tu padre ahí! ¡Que lo tiene todo hecho una mierda! ¡¿O no dijo eso también tu madre, eh?! —gritó Felipe provocando.

Lo cierto es que el padre de Mario llevaba tiempo ocupándose del mantenimiento de la zona comunitaria: el jardín y la piscina, incluida la parte de la depuradora. Cada vez que había un problema, siempre lo terminaba solucionando él, ganándose el apodo de «MacGyver». Hasta que no hace mucho, en una de las reuniones de la comunidad, se ofreció a encargarse él oficialmente y ninguno de los vecinos se opuso, sobre todo porque llevaban tiempo quejándose del jardinero que tenían y, además, se ahorraban una buena cantidad de dinero. «¡Y lo que se ahorran, qué! —exclamaba su madre cada vez que Maribel le chivaba lo que decían los vecinos cuando se estropeaba la depuradora o había algún problema, como ahora con las ratas—. Que no se quejen tanto, que cuando se veía todo oxidado bien que protestaban y ahora que ha dejado que el verde lo tape, también. ¡Que se aclaren de una vez! Tan mal no les saldrá, que no mueven un dedo y encima no pagan nada».

Mario miró a Sergio, que no dijo nada. Felipe aprovechó que flaqueaba para seguir contraatacando y no quedar como el miedoso del grupo.

—Tu padre cría ratas en casa, ¿o qué? —preguntó a Mario envalentonado.

Mario se puso muy rojo, con los ojos en llamas y las venas del cuello a punto de explotar. No podía permitir que nadie hablara así de su padre y, antes casi de que terminara la frase, se lanzó encima de él. Los dos forcejearon a forcejear en el suelo. Mario estaba fuera de sí, le agarró del cuello y empezó a ahogarlo sin ningún control. Sergio presenciaba la pelea animando, hasta que se le borró la sonrisa de un plumazo cuando vio que Felipe se ponía granate y soltaba gallos en lugar de gritos. Cuando estaba a punto de perder el conocimiento apareció la madre de Sergio corriendo.

—Pero ¡¿qué estás haciendo, salvaje?! ¡Que lo vas a matar! —exclamó mientras se acercaba a los niños.

Mario estaba tan cegado por la rabia que la mujer no consiguió separarles hasta que le agarró por la espalda con tanta fuerza que los dos cayeron hacia atrás. Sergio observaba la escena petrificado, sin reaccionar.

—Aparta las manos de mi hijo —dijo Laura saliendo de su casa.

Fue hasta Mario y le agarró de la mano.

—Venga, para casa —dijo zanjando el asunto mientras tiraba de su brazo.

La madre de Sergio increpó a Laura por lo que había hecho Mario sin conseguir que esta dijera una palabra más. Tan solo le dedicó una mirada altiva al verlo las pintas y tiró de su hijo hasta meterle dentro de su casa.

Maribel acababa de irse y Laura subió sola a su habitación. Estaba más que satisfecha con cómo había ido todo. No solo había conseguido su objetivo con éxito, sino que, además, la boba de su amiga acababa de darle la clave que necesitaba para que volviera en el mejor momento: si conseguía hacerse con el programa, cuando él apareciera de nuevo, ella simularía que había rehecho su vida y ya no le necesitaba. Eso jugaría a su favor. «El estado perfecto en el amor es cuando puedes estar sin la otra persona pero estás a su lado porque realmente quieres, no porque dependas de ello», escuchó decir a una colaboradora del programa de María Teresa. Ojalá llegara al punto de poder estar sola para que cuando volviese se encontrara con una mujer fuerte, que estuviera con él porque lo elegía, no por dependencia. La dependencia era un símbolo de debilidad y, al fin y al cabo, nadie se enamoraba de los débiles, ¿o sí?

Al pasar cerca de la ventana para coger el teléfono, a través de la cortina blanca, vio a Mario saliendo al jardín. Laura se fijó en su pelo oscuro y en sus piernas cada vez más largas. Cada día estaba más guapo y aumentaba el parecido con su padre, tanto que, a veces, le costaba mirarlo a la cara, del dolor que le provocaba. El niño se agachó en un rincón para coger una rama entre otras muchas que había tiradas en el césped. Entonces le vino el recuerdo de su marido cavando de noche entre los arbustos al lado de la depuradora. Había atropellado a Mimi por accidente al meter el coche en la rampa del garaje y lo enterraba para que Mario no descubriera su trágico destino. Laura volvió a fijarse en su hijo, y en lo mucho que estaba creciendo. Ya era casi un hombre, como Raúl. Con lo rápido que pasaba el tiempo, antes de que se diera cuenta se plantaría en los veinte. Ya ni se acordaba de cómo era tener esa edad. ¿Le habían arrebatado la oportunidad de vivirla como merecía? ¿Tenían ellos la culpa o era suya por haberlo permitido? Entendía muy bien aquellas películas en las que la madre del protagonista le había abandonado cuando era niño. Le gustaría tener delante a todas esas mujeres que criticaban ese acto y gritarles: «¡No me extraña! ¡Te asfixian y te consumen!». Por eso, otra de las ventajas de presentar el programa es que ganaría suficiente dinero como para mandarles a estudiar fuera y no verlos más el pelo. Por fin llegaría el momento de deshacerse de ellos, más aún si su marido volvía. Si no lo hacía, entonces hasta podría ahorrarse los gastos. Tomaría sus propias medidas, no pensaba estar condenada de por vida, pero no era momento de ponerse en lo peor y pensar en que no regresaría. Todo iba a salir bien. Agarró el teléfono inalámbrico de su habitación y abrió su agenda. Antes de llamar se quedó parada frente al espejo. Al mirarse se dio cuenta de que pese al cansancio y la edad, que afilaba sus rasgos, seguía conservando su innegable atractivo. Se llenó de valor y marcó el número. Cuatro tonos más tarde una voz masculina contestaba al otro lado.

—Dígame —dijo Pepe.

No tenía ninguna duda, su tono excesivamente amable era inconfundible.

—¡Pepe! ¡Cuánto tiempo! ¿Cómo estás? —Laura intentaba resultar simpática, pero sonaba bastante forzada.

Tras una pequeña pausa, escuchó:

—¿Quién eres?

—Laura. —Al no tener respuesta inmediata añadió—: Laura Valverde, ¿cómo estás? Ha pasado mucho tiempo.

—Sabes que este es el teléfono de mi casa y que hoy es fiesta, ¿verdad? —añadió Pepe borrando cualquier ápice de amabilidad.

—Lo sé, lo sé, pero verás es que acabo de hablar con una amiga, una compañera —corrigió—. Y me ha dicho que estaban buscando urgentemente una presentadora para conducir un programa nuevo todas las tardes.

—No lo entiendo, me estás llamando porque...

Antes de dejarle terminar la frase, Laura tomó carrerilla y siguió con el discurso que tenía preparado:

—Ya, ya sé lo que me vas a decir, que siempre te dije que yo no quería ser presentadora, que yo era actriz. Pero mira, ahora es distinto, todas presentan: la Verdú, Carmen Maura, todas. Ya no está tan mal visto.

—Tú eras la que lo veías mal —dijo Pepe interrumpiéndola.

—Porque era joven y no tenía mundo como ahora. Ahora estoy mucho más tranquila, te lo juro. Me vendría muy bien como entrenamiento, para que se me viera. Soy más mayor y no me da miedo expresarme ni hablar en público y, además, sigo estando bien, físicamente me refiero. Yo creo que sería perfecta.

Lo que conservaba perfecto desde luego era su empeño en conseguir las cosas, para eso era infalible. Pero Pepe ya no tenía paciencia y menos en sus días de descanso.

—¿Qué es lo que quieres, Laura? —preguntó sin florituras.

—Quiero que consigas que me hagan esa prueba. Eso quiero —contestó con aplomo.

—Espera, que no me ha quedado claro; ¿esta llamada es para disculparte o para pedir cosas? Porque por si no te acuerdas, lo hiciste muy mal, Laura. Muy pero que muy mal.

—Ya, ya lo sé —respondió con un tono dulce.

Laura no era buena en tragarse el orgullo y asumir sus errores, pero no tenía otra opción.

—Te llamo porque todo este tiempo he querido pedirte perdón por cómo me comporté contigo. Tienes toda la razón, no lo hice bien. Fue muy drástico pero estaba un poco superada por todo. Tenía muchas ganas de trabajar, estaba segura de que valía, pero llegaron los niños y —Laura se sentía tan acorralada que hizo una pequeña pausa y dijo—: a mi marido le diagnosticaron un cáncer. Yo me tuve que encargar de todo. Estaba muy asustada porque no quería perderlo. Él no podía trabajar por el tratamiento, que le dejaba muy débil, y supongo que lo pagué contigo.

Por supuesto su marido nunca había tenido cáncer, siempre había gozado de una salud de hierro. Pero era un órdago que no podía desperdiciar.

—Tenías que habérmelo dicho —dijo el representante con un tono más cauto.

Pepe le había tratado en más de una ocasión cuando iba a recoger a Laura a la agencia y desde el primer momento le tiró los trastos para que intentara hacer sus pinitos. Pero pese a que le había garantizado que tenía todas las papeletas para ganar mucho dinero con la publicidad, él siempre se negó en rotundo. Era muy celoso de su intimidad, le gustaba pasar desapercibido y siempre que podía evitaba salir en las fotos. «¿Qué hago yo saliendo en la tele? Para eso ya está ella», respondía su marido señalándola.

—Lo siento mucho, me das un disgusto —dijo Pepe volviendo a la conversación.

—No, no, por favor, no lo sientas, si él está bien. El cáncer remitió y no ha vuelto a dar problemas… de momento.

—Ya verás como no. Mi hermana sufrió también un cáncer pero no tuvo tanta suerte.

—Vaya, lo siento mucho.

—Gracias, no te preocupes, fue hace muchos años también. Me alegro mucho de que tu marido esté ya bien, sobre todo porque uno de los requisitos que piden en el casting es que sea una mujer casada. Alguien que brille en lo personal y en lo profesional para poder venderla como modelo de mujer, ¿me entiendes? —dijo Pepe conciliador.

—¿Eso significa que les vas a llamar? —preguntó Laura nerviosa.

—No te prometo nada, pero si como dices sigues en forma y la vida familiar te ha templado, podrías dar el perfil bastante bien. A primera hora te llamo y te digo, pero estate preparada porque en principio mañana era el último día.

—¡Gracias! ¡Gracias! ¡Gracias! De verdad que te lo agradezco muchísimo, te prometo que me voy a comportar. Si es que estoy muy cambiada, ya lo verás.

—¿Y tus hijos, cómo están? —preguntó Pepe antes de colgar.

—Mis hijos… ¡Uy, están muy guapos y son muy buenos! Sacan muy buenas notas.

Pero un grito en el jardín rompió el clímax de su interpretación. Laura se asomó corriendo y vio a Mario encima de uno sus amigos peleándose salvajemente.

En cualquier otra ocasión Laura le habría lanzado algo desde ahí mismo, pero el sabor de la victoria se mantenía en su paladar y le daba las fuerzas suficientes para encarar la situación con la frialdad que requería. Se despidió de Pepe amablemente y bajó las escaleras lo más rápido que pudo. Cuando salió al jardín, Mario estaba en el suelo con la madre de Sergio. Felipe había conseguido echarse a un lado y lo miraba como si viera al diablo.

—¡Aparta las manos de mi hijo! —gritó cuando vio que la mujer le agarraba por la espalda.

Laura fue hacia él y lo levantó cogiéndole el brazo.

—Venga, para casa —dijo tirando de él.

La madre de Sergio empezó a increpar a Laura por lo ocurrido, pero esta hizo oídos sordos y metió a Mario dentro de su casa. Prefería salir de ahí antes de tener que justificar el comportamiento de Mario con la versión oficial y correr el riesgo de que en lugar de conseguir redimirlo, en caliente, metiera la pata y creara dudas sobre la historia. Además, estaba convencida de que en cuanto se enterara, Maribel estaría encantada de explicarles con todo detalle que el comportamiento del niño se debía a que pasaba una mala racha porque ella había echado a su padre de casa y así mataría dos pájaros de un tiro.

Al pasar al patio vio que su hijo tenía la palma de la mano raspada con un poco de sangre. Mario, con la cabeza hacia abajo, esperaba la bronca pertinente, sin quejarse del dolor. Laura observaba que seguía teniendo la misma expresión de cuando era más pequeño y cerraba mucho los ojos tratando de ponerse muy serio. «Eres igualito que el niño de la profecía, te voy a llamar Damián a partir de ahora», le decía Raúl para que cambiara el gesto cada vez que se enfadaba.

—¿Te duele? —preguntó Laura señalando la mano.

—No mucho, me escuece —contestó Mario, temiendo las consecuencias.

—Ven —dijo su madre mientras subía las escaleras a la planta de arriba.

Mario fue detrás de ella. Su madre no encendió ninguna luz, se contoneaba en la penumbra del pasillo hasta que llegó a su habitación. ¿Iba a volver a decirle que no podía acercarse al armario?, se preguntaba Mario mientras caminaba detrás de ella. Laura abrió la puerta del baño y se metió, mientras que Mario se quedó esperando en la puerta de fuera. Desde ahí podía ver cómo todo estaba más ordenado que la noche anterior, pero seguía sin haber ni rastro de las cosas de su padre. No reconocía el espacio en el que tantos momentos pasó con él. Sin su rastro, hasta la cama le resultaba extraña. Se quedó mirándola esforzándose por invocar los recuerdos, temiendo que si seguían corriendo los días y su madre y su hermano continuaban sin querer hablar de él, desaparecerían del todo, como sus cosas. Aunque por mucho que se empeñaran, nadie podría hacerle olvidar las mañanas de los domingos en esa habitación, cuando su madre se iba pronto a tomar el aperitivo con las amigas y él, en cuanto escuchaba la puerta, corría por todo el pasillo para lanzarse a la cama de sus padres. Su padre le esperaba y jugaban a hacerse los remolones, sin salir de ahí hasta que escuchaban de nuevo la llave y Mario volvía corriendo a su cuarto y fingía hacer los deberes.

—Mario —dijo Laura, llamando al niño desde el interior del baño.

Mario entró rápido, por un momento le dio miedo que su madre pudiera haber leído su mente. Al pasar, Laura estaba sentada en la taza con una gasa empapada en alcohol y le hizo un gesto amable para que se acercara. Mario fue hacia ella tímidamente. Al llegar a su lado, su madre le agarró la mano y empezó a limpiarle la herida.

—Mario, estoy muy preocupada por cómo te estás portando. Creo que he sido bastante comprensiva contigo dejándote en casa en lugar de mandarte a un intensivo de natación en el colegio, que es lo que te merecías. Y hoy, no harto con la que organizaste ayer, te pegas con tu amigo Felipe. ¿Qué quieres, que todo el mundo se entere de lo que ha pasado? ¿Quieres que alguien le diga a tu padre lo que estás haciendo?

—Es que Felipe se metió con papá.

—Pero ¡¿qué quieres, que papá se enfade más y no vuelva?! Seguramente esté esperando para volver, pero si nos portamos mal no lo va a hacer. Si te ve hecho una fiera, como te has puesto, gritando, se quedará esperando y no se atreverá a entrar porque le dará miedo lo que se puede encontrar.

Mario escuchaba muy atento las palabras de su madre, que confirmaban su teoría de que su padre volvería cuando se terminara toda la hostilidad hacia él.

—Pero ¡es que dijo que las ratas que hay en el jardín están porque las cría papá en casa!

—¡La próxima vez que alguien hable así de tu padre le sacas los ojos! —exclamó Laura enfurecida.

Mario se la quedó mirando muerto de miedo, mientras a su mente venían flashes de gritos retumbando en su cabeza, el silencio antes del portazo y su padre diciéndole: «Tu madre me está volviendo loco».

Laura tomó aire y le repitió:

—Le sacas los ojos.

Terminó de colocarle las tiritas y le hizo un gesto para que se fuera.

—Cierra la puerta —le dijo cuando Mario salió de la habitación.

Laura se quedó con la mirada perdida unos segundos, pensando en lo que acababa de decirle. No había podido controlarse, pero, estaba segura de que al decirle que su padre quería que se portara bien, Mario por fin lo haría. Ahora era a ella a la que le costaba frenar su impulso de volver a la parte de atrás y agarrar al mocoso ese por el cuello. Pero el cosquilleo de su estómago le recordaba que al día siguiente tendría la oportunidad de reescribir su historia y no podía perder más el tiempo.

La tarde no estaba siendo mejor para Raúl, que para comer tuvo que conformarse con la bolsa de patatas que llevaba en la mochila. Siempre tenía una por si volvía a tocar bocadillo en el recreo del colegio. La bollería industrial que les daban envuelta en plástico era veneno, pero nada comparado con las náuseas que le provocaban los bocadillos que hacían. Ajeno a la pelea que su hermano estaba a punto de tener, le tocó resguardarse entre unos arbustos junto al muro para que nadie le viera. De día el descampado cambiaba totalmente: el sol impedía que pudiera espiar nada y en cambio él era el que se quedaba expuesto. Raúl miraba su reloj ansioso, tenía por delante mucho tiempo hasta que cayera la luz. Se excitaba solo de estar ahí, observando el rastro de todas las historias que dejaban sus restos esparcidos por todo el enorme pasillo que separaba las dos comunidades. Imaginándose la de gente que follaría por las noches, mientras él tenía que quedarse en casa con su hermano. En esos momentos odiaba a sus padres por comprar la casa en la parte en la que apenas se veía nada y tener que esperar ahí, donde cualquiera podría descubrirlo. ¿Qué pensarían si lo vieran recoger un *kleenex* usado del suelo y olerlo? ¿O con los pantalones bajados por las rodillas meneándosela con las dos manos? Deseaba que fuera la chica misteriosa quien lo viera, pero tenía tanta mala suerte que en el tiempo que llevaba esperando seguía sin haber rastro de ella. ¿Dónde se metía? ¿Por qué no había ido a clase? ¿Habría sido solo un espejismo?

El tiempo pasaba y Raúl estaba cada vez más alterado. Llevaba un rato con la mano dentro del pantalón frotándose sin parar, pero no porque hubiera encontrado nada que le excitara, sino de los nervios que le provocaba el no hacerlo. Una asistenta mayor pasaba la aspiradora y la señora de los gemelos recogía las cosas en la cocina sin sospechar que las espiaba. Poco más, nada que le provocara ningún morbo y eso era peor, porque le nublaba la mente por completo y ya no podría parar hasta templar sus ansias.

Empezó a hacerse de noche pero hacía rato que Raúl había perdido totalmente la noción del tiempo. Solo quería llegar a ese momento de descarga en el que todo lo demás desaparecía por unos instantes.

—Joder —exclamaba rabioso cada vez que el reflejo le impedía ver lo interesante.

«¿Cómo puedo tener tan puta mala suerte?», se repetía una y otra vez mientras subía la intensidad del movimiento. Se daba cuenta de que debía parar y dejar de perder el tiempo. Largarse a dar un paseo o llamar a algún amigo, como hacía la gente normal. No era capaz de irse y eso le cabreaba. Seguía ahí, enganchado como un yonqui, dando patadas al suelo conteniendo un llanto irracional en forma de gemido. Se masturbaba con tanta insistencia que finalmente pudo correrse. Se sentía débil, consciente de que ya no lo hacía por placer sino por necesidad. Todo por una simple paja que podía haberse hecho en el baño de su casa, sin complicaciones.

Después de la tormenta siempre experimentaba una enorme calma y disfrutaba caminando muy despacio, arrastrando los pies, regodeándose en el estado catatónico en el que se quedaba. Cuando llegó a la fachada de su casa vio que su madre y Mario estaban en la cocina. Llegaba antes de la hora en la que normalmente cenaban, pero, aun así, Raúl se limpió los pies y abrió la puerta corriendo.

—Pasa, venga, que estoy haciendo filetes rusos, que hoy hemos tenido día movidito, ¿verdad? —dijo lanzando una mirada cómplice a Mario.

Raúl vio el gesto y se quedó extrañado, casi tanto como al comprobar toda la energía con la que su madre hablaba y se movía. La televisión estaba puesta y Carmen Sevilla charlaba mientras daba paso al sorteo del *Telecupón*.

—Siéntate —dijo Laura.

Raúl entró y se sentó al lado de Mario quitándole uno de los codos que tenía sobre la mesa para ganar espacio.

—¡Joé! —exclamó Mario, al ser empujado.

—¿Qué te pasa a ti? —contestó Raúl amenazante.

—Aquí están los filetes —dijo Laura sin hacerles caso.

Dejó los platos sobre la mesa y bajó el volumen de la televisión hasta dejarla muda.

—No os vais a creer lo que me ha pasado hoy —continuó ante la sorpresa de sus hijos—. ¡Me ha llamado Pepe!

Los dos chicos la miraron sin saber a quién se refería.

—¡Pepe, mi representante! Es que vosotros erais muy pequeños, claro —aclaró Laura—. Pues es que justo al irse Maribel —dijo mirando a Mario—. Me ha llamado y eso que hacía años que no hablábamos... Bueno, desde que vosotros nacisteis, que le dije que me iba dedicar a vosotros y prefería alejarme del mundillo.

Los dos chicos la miraban: Raúl con la esperanza de que terminara de hablar cuanto antes, mientras que Mario pensaba dónde podía tener escondida la llave del armario. Tenía que encontrarla como fuera.

—Pues eso, que me ha llamado hoy porque está empeñado en representarme de nuevo para que vuelva a trabajar. De hecho, quiere que vaya mañana a un casting para presentar un programa en la tele todos los días por las tardes.

—Y... ¿quieres presentar? Si siempre has dicho que eras actriz, no presentadora —interrumpió Raúl, con cierto retintín.

—Eso le he dicho. Pero ha insistido mucho, que si «no hay gente como yo», que «doy el perfil perfectamente porque buscan una mujer fuerte y con buen físico»... Así que le he dicho que me lo iba a pensar tranquilamente, porque la verdad es que ahora todas presentan, como la Verdú o la Maura, y que si eso mañana por la mañana ya le decía algo.

Carmen Sevilla despidió el concurso hasta el día siguiente y antes de los anuncios pusieron un avance de su programa favorito. Laura se levantó corriendo para subir el volumen y escuchar bien al presentador:

«Cada vez aumenta más el número de divorcios en nuestro país y con ello se disparan las disputas y los crímenes de violencia doméstica. La mayoría ocasionados por los celos o por la custodia de los hijos, al ser la madre la que normalmente se queda con ellos. Secuestros, agresiones, incluso asesinatos, como el ocurrido esta semana en Alcoi, serán los protagonistas de nuestro programa de esta noche, pero eso será después de la publicidad. No cambien de cadena, ¡les esperamos!», finalizó.

Ninguno de los chicos se atrevió a levantar la mirada del plato. Laura se quedó quieta un instante, pero enseguida se puso de pie vencida por la incomodidad, ¿era esa su situación? ¿Habría divorcio o se quedaría todo como estaba ahora? ¿De verdad no pensaba dar más señales de vida? ¿No iba a volver aunque fuera por los hijos a los que tanto quería? Y, lo más importante, ¿el resto de sus días serían así? Se encendió un cigarro mientras observaba a sus hijos sentados a la mesa. Tenía que conseguir ese trabajo para deshacerse de ellos o lo haría con sus propias manos, si hacía falta. Entonces llegó el desastre:

—¿Papá y tú os habéis divorciado? —preguntó Mario interrumpiendo sus pensamientos.

Raúl soltó el tenedor sin darse cuenta, cualquiera de las dos respuestas era negativa, pero prefería ir a la tumba antes que tener que aguantar a su madre pasando por un divorcio. Laura expulsó el humo con mucha calma. Creía que el mensaje había quedado claro, pero Mario volvía a la carga. Una vez más, antes de que empezara a contar por ahí que sus padres se habían divorciado, decidió dar su brazo a torcer y utilizar un tono más suave.

—No, Mario, tu padre y yo no estamos divorciados, no te preocupes —puntualizó.

Mario respiró aliviado. El programa acababa de empezar y un día más aparecía en la pantalla la foto de Jonathan, y sobre ella un número de teléfono al que llamar.

«Desde aquí seguimos con el llamamiento a todos aquellos que sepan algo del paradero de Jonathan García —continuó el presentador mientras Laura daba una profunda calada al cigarro—. En pocos días se cumplirá un año desde su desaparición, pero aún no hay ninguna pista que nos ayude a entender qué le ocurrió al joven Jonathan aquella noche. Como bien saben, hasta la fecha no ha habido detenciones ni ninguna petición de rescate. ¿Estamos ante una fuga, un secuestro o un asesinato?».

Mientras, Mario miraba a la televisión angustiado. Raúl intentaba no prestar atención a lo que decían, pero no pudo evitar escuchar las tres hipótesis. Se levantó de golpe, metió su vaso, plato y cubiertos en el lavavajillas y subió las escaleras como un autómata bajo la atenta mirada de su madre y de su hermano.

Raúl no quería seguir escuchando nada en relación con Jonathan. Iba a cumplirse un año, pero le parecía una eternidad.

—¡Imbéciles! —mascullaba mientras entraba en la habitación.

Todos hablaban como si en realidad les importara algo, cuando lo único que querían era el morbo y ganar audiencia a su costa. «No tenéis ni puta idea», pensaba. Era imposible que se hubiera escapado o fugado, Jonathan estaba siempre contento. Era la viva imagen de la felicidad, tan luminoso con su pelo rubio y las facciones aniñadas que se enfatizaban cuando sonreía, en contraposición a las suyas, mucho más marcadas. Su amigo era muy optimista, tenía mucha vitalidad y se desenvolvía bien en todo tipo de situaciones. Raúl era su sombra y muchas veces lo observaba sin que se diera cuenta, pensando en lo fácil que sería estar en su pellejo. Siempre había tenido celos de él, incluso en ese momento en el que desconocía lo que le había deparado la vida. Se temía lo peor. ¿Dónde si no se había metido? No era propio de él hacer algo así. No tenía sentido que estuviera escondido o se hubiera largado. ¿Huyendo de qué? ¿O de quién? Se lo habría dicho. En ocasiones así deseaba que hubiera desaparecido toda su familia de la faz de la tierra en lugar de Jonathan, pero no tenía esa suerte.

—Dice mamá que sea la última vez que te levantas así —dijo Mario nada más entrar al cuarto.

Raúl estaba colocando sobre la silla del escritorio, el uniforme preparado para el día siguiente. Si hubieran preguntado a cualquier conocido si le consideraban un chico ordenado, probablemente la gran mayoría de ellos habrían respondido que no, guiados por las apariencias: su pelo estudiosamente despeinado y su aire dejado provocaban prejuicios nada más verlo, sobre todo en los adultos, por eso su madre se negaba a ir con él a los sitios. «Yo así me niego a ir contigo, que pareces un pobre», le decía siempre que lo veía aparecer, lo cual él agradecía enormemente. Pero la realidad era que, aunque fuera a la fuerza, Raúl era ordenado. Desde pequeño lo obligaron a recoger su habitación, pasar la aspiradora y mantener su cuarto bien limpio, y eso hacía que tuviera mucho cuidado de no ensuciar ni desordenar demasiado, para ahorrarse el trabajo de tener que limpiarlo después. La excepción venía con la ropa, con la que se volvía especialmente meticuloso, pero no con la de calle, que cuanto más usada más auténtica le parecía, sino con el uniforme del colegio. Su madre quería que todos vieran que iban niquelados y si no era así se lo hacía planchar hasta que consideraba que estaba lo suficientemente perfecto. Así que todos los días lo dejaba preparado con el máximo cuidado.

Al no recibir respuesta de su hermano, Mario volvió a la carga.

—¿Echas de menos a Jonathan? —preguntó con delicadeza.

Raúl no pudo evitar emocionarse, sus ojos llorosos lo delataban.

—Es que me da mucha rabia no saber qué le ha pasado.

Mario tuvo ganas de abrazar a su hermano, pero desde hacía tiempo había perdido todo contacto físico y, al igual que le pasaba con su madre, tenía miedo a que lo rechazara si lo hacía.

—Pero prefiero no pensar en ello. No está y punto final.

—Yo también echo de menos a papá —dijo Mario.

—Olvídate de papá —contestó de inmediato Raúl.

—Pero ¿qué pasa si está arrepentido de haberse ido y mamá no le deja entrar y tampoco nos lo dice? Igual es eso, que ella no le deja.

Antes de que terminara, Raúl le interrumpió.

—Ni Mamá ni yo le vamos a dejar, que se vaya al infierno de una puta vez. ¡Y mamá también! ¡Que se mueran los dos!

Mario, devastado por sus palabras, no se dio por vencido, saliendo en su defensa:

—Pero ¿y si está solo, esperando a volver? Deberíamos intentar hacerle ver que queremos que vuelva, sacar sus cosas del armario. ¿Y si está esperando a que lo hagamos?

—Es que nadie quiere que vuelva.

Mario se quedó paralizado. Sentía como si le hubieran quitado la venda de los ojos y descubriera una realidad diferente a la que conocía. Raúl le hablaba con la misma crudeza que su madre. Cada vez se parecían más, pero seguía sin entender de dónde venía todo ese odio hacia su padre.

—El único que espera ahí fuera es el hombre —añadió tratando de quitar hierro—. Mira, mira, mira, ¿no lo ves? Ahí enfrente, parado, mirándote fijamente. Él sí que quiere entrar.

Mario miró por la ventana intrigado y Raúl, viendo que su estrategia había surtido efecto, se puso sus cascos, agarró su *walkman* y se tumbó en la cama con la música puesta. Sin embargo, Mario ya no se sorprendía tanto al escuchar la historia del hombre que esperaba pese a que cada vez estuviera más seguro de su existencia. ¿Qué estaba esperando? ¿Estaría a la espera al igual que su padre? ¿O se lo habría llevado a él también, como hizo con Jonathan? Eran demasiadas dudas. Mientras miraba por la ventana, a través de las rendijas de las contraventanas, observaba la farola donde esperaba el hombre. Seguía sin lograr verlo, pero sentía el miedo por todo su cuerpo. Hasta que se acordó de cuando veía a su padre salir después de cenar a sacar la basura y a «airearse», como siempre decía. Mario siempre estaba pendiente porque al salir le decía adiós con la mano y él le respondía sacándole la lengua. Entonces se acostaba feliz y caía dormido a los pocos segundos. No como en los últimos días, en los que tanto le costaba pegar ojo. Lo único que le quedaba ya era la esperanza de que volviera si lo deseaba con todas sus fuerzas, como le dijo su padre.

Una planta más abajo, aún en la cocina, Laura trataba de moderar sus nervios. Si tenía suerte, al día siguiente podría cambiar el rumbo de las cosas. ¿Cómo sería salir todos los días en televisión y que todos la vieran? Solo esperaba que le pusieran algo sexi para que su marido se revolviera de celos. Seguía con ansiedad. Los cigarros no eran suficiente, necesitaba chocolate. Aunque no podía quejarse de su figura, tenía que controlarse para guardar la línea, ¡cómo echaba de menos los tempranos veinte en los que alardeaba de comer sin medida y las calorías no le iban a ningún lado! Por mucho tabaco y chicles que tuviera, no había nada como el chocolate para combatir la ansiedad. Además, tenía que aprovechar que igual era la última noche en la que se podía dar un capricho, porque si la cogían pensaba ponerse a dieta de por vida. Al abrir la nevera vio que quedaba un poco de chocolate negro, el favorito de su marido: muy intenso y extremadamente amargo. Aunque ella prefería el chocolate blanco, disfrutaba comprándole las tabletas de tres en tres, para tomarse un trocito cada uno después de cenar. Con el tiempo consiguió que se convirtiera en casi un ritual: Laura partía una fila, la agarraba por los dientes y cuando él intentaba cogerla, estiraba su lengua para que la tomara también. El chocolate se fundía entre sus lenguas, presagio de lo que siempre terminaban haciendo. Después, aún sudorosos, él volvía a tomar otro pedazo y ella fumaba mientras lo observaba limpiarse.

Sus ojos se volvieron cristalinos al acordarse. Cerró la nevera antes de caer en la tentación, convencida de que en su estado aquel sabor amargo tendría un efecto peor que el veneno, pero ya era tarde y las emociones florecían. No quería llorar, tenía que contenerse. Apretó los puños contra su cadera, intentando controlar el ligero temblor que se extendía por sus cejas, párpados y labios. Encendió otro cigarro y fue hacia el salón. «Por favor, por favor, que me llamen para el casting, por favor», suplicaba mientras se observaba en el espejo, cambiándose de lado la raya del pelo. No había llegado a coger el trozo de chocolate y, sin embargo, el recuerdo era tan claro que podía sentir cómo se deshacía en su boca mezclándose con los restos del tabaco. Cerró los ojos y se concentró para dejar de rememorar el tacto de su lengua húmeda. No quería entrar en esos lugares o, por muchas pastillas para dormir que se tomara, no pegaría ojo y, si finalmente la llamaban para hacer el casting, no quería jugársela por estar atontada. Dio una nueva calada y echó un vistazo al salón: sin sus recuerdos parecía un muestrario de Galerías Preciados, todo armonioso y excesivamente conjuntado pero sin vida. Debajo del mueble de la televisión guardaba algunas cintas VHS donde habían pasado las grabaciones de la cámara de vídeo. Se lo pensó un instante pero finalmente introdujo una de ellas sin leer la etiqueta. En la televisión aparecieron imágenes de sus suegros con su marido y Raúl muy pequeño, dando un paseo por la playa. Después era ella la que aparecía sonriendo juguetona a cámara. La imagen se interrumpió y de pronto se veía a su marido jugando con los bracitos del niño, los dos metidos en la bañera. Raúl se soltaba y salpicaba en el agua, riéndose a carcajadas. Laura apagó el vídeo de golpe. Tenía que ser firme. Se quedó sentada un momento mirando a la televisión con la pantalla en negro. Sus ojos volvían a estar húmedos. Apagó el cigarro, guardó la cinta y se puso de pie. Fue hasta el espejo, sin poner caras ni hacer gestos y observó cómo sus cejas y párpados estaban vencidos por la tristeza que la embriagaba. Se agarró con las manos los extremos de la cara tirando de las cejas hacia atrás, poniendo todo terso. Se echó un vistazo, pero enseguida se soltó quedando como estaba. Las costras de su pecho estaban medio sueltas y fue tirando de cada una de ellas hasta arrancarlas. Se pasó las yemas de los dedos por las marcas rosadas comprobando que serían fáciles de tapar con maquillaje. Se volvió a mirar a los ojos.

¿Cómo había llegado hasta ahí? ¿Cuántas veces se había examinado las marcas de las batallas? ¿Y cuántas habían sido provocadas por ella misma? ¿Por qué se había acostumbrado a funcionar a palos cuando lo que realmente pedía a gritos era todo lo contrario, que la quisieran? Nunca había tenido fantasías con violencia de ningún tipo, es más era la primera en ponerse como una moto cuando no se condenaba una agresión a una mujer o cuando escuchaba canciones como «La mataré», de Loquillo, en la que tarareaba que solo quería matarla a punta de navaja y besarla una vez más. Pero lo suyo era diferente, era la manera que tenían de demostrarse que eran el uno del otro, que se pertenecían. Era consciente de que muchos de los arrebatos los empezaba ella, pero ¿qué esperaba que hiciera? Sentía que con los años pasaba a un segundo plano y necesitaba su atención. Lo que daría en ese momento por poder agarrarle fuerte por los huevos para que él la pillara del cuello y se la follara contra la pared. Las peleas eran su motor: en el tiempo que duraban conseguían ser solo ellos dos y siempre acababan unidos haciendo el amor. La primera vez que Laura hizo de las suyas fue cuando solo llevaban tres meses saliendo. «Ahí te quedas», dijo sin apenas pestañear, mientras se levantaba y empezaba a ponerse sus botas rojas. No tenía ningún motivo importante para irse, pero le encantaba el juego. Si todo iba a ser como un cuento de hadas, ya se encargaría ella de darle la emoción que mantendría la llama encendida. Necesitaba algo de vidilla o no durarían mucho. Esa noche abandonó la habitación con la adrenalina disparada, contando los segundos que tardaría en vestirse para salir a buscarla.

No podía divertirse más. Para su sorpresa, él la alcanzó antes de que llegara el ascensor. Estaba tan enfadado que ni se había vestido. Laura se puso tan cachonda que casi ni le dejó hablar. Aquella noche follaron más fuerte que nunca. Con ese primer plantón daba la bienvenida al hombre y mandaba a dormir al niñato melosón. A partir de entonces se haría especialista en provocar que pareciera que todo iba a derrumbarse para que el miedo mutuo a perderse les hiciera fundirse con más fuerza.

Laura volvió en sí. No quería seguir avanzando en su historia o subiría y haría alguna locura. Las lágrimas caían por sus mejillas. Siguió mirándose imaginando que su reflejo fuera el plano de una película. Un drama en el que tuviera que luchar contra un montón de adversidades. Con semejante primer plano la premiarían seguro. Pero su papel ahora era otro. Se secó las lágrimas y sonrió mirándose a los ojos. Le gustaba lo que veía, incluso sumida en la más honda de las tristezas, su sonrisa resultaba cautivadora. Se puso de los dos perfiles y, después, empezó a ensayar miradas y gestos seductores con los labios, mientras cruzaba los dedos para que al día siguiente le dieran la oportunidad que necesitaba.

Raúl estaba en el jardín de la urbanización de la casa de sus abuelos, donde jugaba cada domingo desde que era pequeño. Hacía años que no lo pisaba; sin embargo, observaba los mismos detalles en los que se fijaba cuando se perdía entre los grandes muros, la escalera enorme que unía las dos zonas: de la comunidad y la multitud de enredaderas que le daban un aspecto salvaje, parecido a una selva. Volvía a estar ahí pero con su edad actual. Saltó la pequeña barandilla de la escalera y se introdujo entre la vegetación. Aunque todo tenía un aire artificial, como el de un decorado, resultaba tan real que continuaba fascinado, caminando entre los árboles. De pronto, sin saber cómo había llegado hasta ahí, apareció en una zona desértica. Casi todo era tierra, había tan solo plantas pequeñas y matojos, como en el descampado. Miró a lo lejos y vio que algo extraño llamaba poderosamente su atención. Al llegar a su altura comprobó que eran los dedos de una mano sobresaliendo de la tierra. Raúl se quedó helado, observando los dedos con las uñas llenas de barro. Entonces lo supo. Él había enterrado aquella mano. No recordaba cuándo, cómo ni a quién pertenecía, pero estaba seguro de que él había matado a esa persona y la había enterrado. Toda la sangre se le subió a la cabeza. Su corazón latía a mil por hora. ¿Quién era? ¿Por qué lo había hecho? ¿Por qué no se acordaba de nada y hasta ese momento estaba tan tranquilo? La culpa le fue invadiendo. Sabía que ya no tendría escapatoria. Intentó volver por donde había venido sin encontrar el camino. No tenía ninguna manera de salir del parque. Los árboles habían crecido a su alrededor, miles de sauces llorones le rodeaban y le golpeaban con sus ramas. Todos se enterarían de que él lo había hecho y por fin conocerían su verdadera naturaleza. Sabrían de lo que era capaz. Raúl daba vueltas sin parar, en círculos, intentando buscar una solución, una salida, pero el hueco entre los árboles cada vez se hacía más estrecho. Se paró en seco, sacó una pistola de su bolsillo, se apuntó a la cabeza y apretó el gatillo. El ruido del disparo le hizo levantarse entre sudores. Tenía un dolor muy agudo que le taladraba el cerebro. Trató de contener la quemazón apretándose con las manos, pero no pudo más y rompió a llorar desconsoladamente. No sabía descifrar lo que acababa de soñar, pero sentía una pena muy honda en su corazón.

ntes de que la luz del amanecer se colara por las persianas, Laura entró en la habitación de sus hijos y gritó:

—¡Vamos, despertad!

Pese a que el dolor de cabeza había desaparecido, Raúl, de lo enfadado que estaba, se dio cuenta de que su vida no tenía nada que envidiar a su pesadilla. Se fue incorporando mientras Laura zarandeaba a Mario, que seguía durmiendo hecho un gurruño bajo la colcha.

—¡Vamos! Os doy diez minutos para que estéis listos. Hoy os llevo yo al colegio, que voy al salón de belleza tan bueno que hay al lado y quiero llegar la primera. A ver si tengo suerte y me cogen sin cita.

Los dos chicos se desperezaron sin poder creer lo que estaban escuchando.

—Es que esto es así —dijo Laura nada más arrancar el coche—. Unos días nada y luego todo de golpe.

Al pasar por la parada, Raúl se fijó en que no había nadie esperando. ¿Habría ido la chica solo un día al colegio por algún motivo concreto? Todas las incógnitas la hacían aún más misteriosa. Mario miraba por la ventana en silencio, el camino parecía otro sin hacer las paradas de la ruta escolar. No quería ir a clase, menos después de lo ocurrido en la piscina. Su madre lo vigilaba de reojo por el espejo retrovisor. Sabía perfectamente lo que significaba esa mirada: debía comportarse y cumplir lo acordado. Tenían la radio puesta de fondo. Una melodía dio paso al locutor que anunciaba el número uno: «Casi nunca bailáis», de Amistades peligrosas, que empezó a sonar.

«En un bar oí la historia, que ella fue una vieja gloria de las bambalinas, un pasado, lujo y pieles, saboreando allí las mieles dulces de las bailarinas y un marido a quien cuidar, unos hijos que no están, y ella sola…».

Laura bajó un poco el volumen. Agarró un par de revistas del corazón del asiento del copiloto y se las pasó a sus hijos. Raúl hizo como que no las veía y Mario tuvo que agarrarlas todas. Tenían páginas señaladas en las que aparecían celebridades con distintos cortes de pelo llamativos.

—¿Qué hago, me corto el pelo un poco o me lo dejo así?

Mario miró a su madre sin saber qué responder, temiendo que se tratara de una pregunta trampa y que lo que realmente pretendiera era que le dijeran que no necesitaba nada, que ya estaba fabulosa. Raúl seguía mirando por la ventana, ignorando la pregunta.

—Es que estaba pensando en cortármelo un poco, ahora que están de moda la melena corta y el flequillo, pero me da miedo que se les vaya la mano y me dejen como a Julia Otero —dijo, tratando de hacer una gracia, pero ninguno de sus hijos se rio—. Mira, me lo voy a dejar igual —continuó—. Que me lo alisen un poco, me tiñan las raíces y ya. No vaya a ser que luego no salga el programa y me quede con la melena como Maribel y parezcamos Las Virtudes… ¡Qué horror!

El éxito del momento seguía sonando de fondo: «…tanto trabajar para ti, y tú a mí qué me das, tú le quieres pero él es tu cruz, le quieres pero él es tu cruz… Ya casi nunca bailáis, casi nunca bailáis, tanto trabajar para ti, y tú a mí qué me das, llevan juntos varios años pero se hacen tanto daño…». Laura no pudo más y apagó la radio de golpe. Estiró el brazo para agarrar las revistas de vuelta y siguió conduciendo sin decir nada. El resto del camino lo hicieron en silencio, mirando cada uno por su ventana.

Era la hora del recreo y el patio del colegio estaba lleno de niños gritando como locos, jugando al pañuelo, al fútbol o saltando a la comba. A Mario le molestaba el ruido, no quería estar con nadie y pese a que los de su curso lo tenían prohibido, empezó a caminar hacia la zona más apartada de los pabellones de BUP y COU. Los pabellones iban de dos en dos, salvo uno impar al fondo del todo que llamó su atención. Mario lo divisó a lo lejos y aanduvo hacia él como hipnotizado. Conforme se acercaba, sus compañeros iban quedando atrás, reinando el silencio. Siguió caminando disfrutando del placer de lo prohibido, cuando por un momento tuvo la sensación de que alguien le estaba persiguiendo. Se giró de golpe pero no había nadie y continuó andando hasta la puerta. Al momento volvió a escuchar algo a sus espaldas, esta vez con mayor nitidez, y se volvió de nuevo. Tampoco había nadie, solo sus compañeros al fondo, casi del tamaño de las hormigas. Al llegar, entró y comprobó que el espacio no tenía nada de especial: era exactamente igual que el suyo, igual de frío, todo de mármol y con la luz eléctrica como de hospital. Pese a que no había nadie, se adentró despacio, precavido, como si le fueran a descubrir. Volvió a sentir un movimiento a sus espaldas y se giró bruscamente, pero, otra vez, era una falsa alarma. Delante de él quedaban las escaleras de subida a las clases. Las miró fijándose en el hueco que quedaba debajo de ellas al fondo y fue avanzando lentamente hacia él, tragando saliva porque sabía que si le pillaban tendría serios problemas en casa. Cuando, de pronto, vio en el suelo una sombra pegada a su espalda. Se paró en seco y comprobó que la silueta también lo hacía. Por el tamaño se intuía que era alguien corpulento. ¿Sería algún profesor que le iba a castigar? Esperó unos segundos aguantando la respiración, sin moverse, hasta que vio que la silueta alargaba uno de sus brazos hacia su cabeza, como si fuera a acariciar su pelo. Mario reconocía el gesto y se dio la vuelta de golpe emocionado.

—¡Papá! —exclamó.

Pero al girarse no había nadie. Estaba desconcertado, miró hacia los lados, pero tampoco había rastro de nadie. De repente, la puerta del pabellón se empezó a cerrar lentamente, como si alguien la tuviera agarrada a una cuerda y tirara de ella. Ahora sí que no daba crédito. Comenzó a andar hacia atrás alejándose, hasta que la puerta se cerró de un portazo y se acordó de la última vez que vio a su padre. Quería salir corriendo de ahí, pero antes se volvió de nuevo, consciente de que el hueco negro seguía a sus espaldas. Al darse la vuelta se encontró con que había alguien pegado a él. No podía verlo con claridad, tan solo una silueta negra, parada delante de él. Entonces cayó en la cuenta de que era él, el hombre que esperaba frente a su ventana. El hombre estaba parado mirándolo fijamente. Mario entró en pánico y empezó a gritar. El chillido cesó cuando abrió los ojos. En un primer momento estaba desorientado, pero, enseguida, se dio cuenta de que estaba en mitad de clase. Rápidamente miró a los lados temiendo haber gritado en realidad. Ningún compañero le prestaba atención y dio las gracias por no haberlo hecho. El aturdimiento iba desapareciendo mientras la explicación del profesor se hacía nítida. Sin embargo, empezó a sentir un calor húmedo en la entrepierna. Bajó la mirada y descubrió una mancha en sus pantalones. Se había meado encima. Rápidamente cogió el jersey del uniforme, que tenía colgado del respaldo de su silla, y se lo puso sobre las rodillas. Estaba horrorizado, la sensación no era nueva, durante años se estuvo meando en la cama mientras dormía. Había sido muy frecuente que se despertara empapado y también las broncas de su madre: «¡Otra vez tengo que cambiar las sábanas! ¡No es normal lo de este niño!», a lo que su padre solía contestar en su defensa: «Ya te las cambiarán ellos a ti cuando seas mayor». Y después se encargaba de lavar las sábanas y darle un baño para quitarle el olor. Solía soñar que estaba meando en un río o en el baño y entonces notaba que realmente estaba haciendo pis pero en su cama, para su desgracia. Entonces se despertaba muerto de rabia, porque una parte de él había sido consciente de lo que estaba haciendo pero no lo había impedido. Hacía años que no le pasaba, hasta aquella mañana. No sabía qué hacer. Miró el reloj de la pared, todavía quedaban cinco minutos para que terminara la clase. Volvió a mirar a sus compañeros, cada vez más agobiado. No podía esperar y que el olor a pis le delatara o que, al salir con el resto, alguno se diera cuenta. Solo bastaba con que alguien le agarrara del abrigo o le hiciera cualquier broma para que todos descubrieran la mancha. Tenía que arriesgarse a pedir permiso al profesor para ir al baño antes de que entrara alguien y eso implicaba vencer su timidez y tener mucho cuidado al levantarse. Se le hacía un nudo en la garganta solo de pensar que tenía que levantar la mano delante de todos y que igual el profesor se enfadaba por la interrupción. Le daba una vergüenza horrorosa, la misma que sentía cuando le daban el cambio mal en una tienda y, aun dándose cuenta, era incapaz de decir nada. Se detestaba a sí mismo por no saber reaccionar. Por eso, se armó de valor, antes de que se convirtiera en *vox populi*, y levantó la mano interrumpiendo al profesor, que dejó de hablar inmediatamente al verlo.

—¿Qué ocurre, Mario? —dijo el profesor.

—Perdone, don Isidoro, pero… ¿podría ir al lavabo un momento, por favor? —preguntó educadamente.

Todos sus compañeros se giraron hacia él a la vez; ninguno había olvidado el reciente suceso en la piscina. El profesor miró su reloj de pulsera y dijo:

—Mario, quedan cinco minutos para que suene la campana, aguántate.

—¡Es que se va a dar un bañito, profe, déjele! —exclamó uno de los compañeros que se sentaba en la parte de atrás de la clase.

Enseguida se sumó alguno más haciendo alguna gracia y, antes de que se creara demasiado barullo, don Isidoro hizo un gesto a Mario para que saliera. Mario le sonrió tímidamente a modo de agradecimiento y se levantó con mucho cuidado de taparse bien con el jersey. Antes de salir por la puerta, otro de sus compañeros exclamó:

—¡Llévate los manguitos!

Toda la clase soltó una carcajada. El profesor se enfadó y dio una voz para que estuvieran atentos. Mario suspiró aliviado. Todos miraban hacia la pizarra menos Manuel Soria, que siempre disfrutaba metiéndose con los demás por el mero hecho de sentirse superior. Por eso cuando el curso pasado pilló a Mario chupándose el dedo en mitad de clase, disfrutó de lo lindo difundiendo el rumor. Mario nunca se chupaba el dedo fuera de casa, porque lo hacía solo cuando estaba a gusto con su padre en la cama o viendo la tele. Pero llevaba unos días que cuando volvía de trabajar se quedaba arreglando averías de la depuradora, en la zona común de la urbanización, hasta muy tarde y casi no lo veía. Necesitaba mimos y el dedo en la boca le saciaba. Así que, sin poder aguantar a que terminara la clase, disimuladamente, se lo metió en la boca, apoyando la cara sobre la otra mano para tapar cuidadosamente la parte visible al resto de compañeros. Nadie se hubiera podido dar cuenta a no ser que se prestara una atención especial, pero Manuel Soria era especialista en estar a todo menos a lo que el profesor explicaba y le cazó enseguida. En pocos segundos varios compañeros ya le señalaban burlándose de él. Mario se sacó el dedo enseguida y puso cara de que no pasaba nada. Aun así, tuvo que hacer grandes esfuerzos para desmentirlo cada vez que se metían con él. Solo gracias a la mala fama de Manuel consiguió que pareciera que se lo había inventado para burlarse, pero este sabía que era cierto y desde entonces se la tenía jurada.

Laura consiguió que le dieran turno en la peluquería y finalmente optó por que le plancharan el pelo y le metieran las puntas hacia dentro. La peluquera insistía en que una melenita a la altura de la barbilla le haría la cara más redonda, pero ¿quién quería la cara redonda? Laura prefería sus ángulos marcados, que favorecían tanto en cámara.

Lo primero que hizo al llegar a casa fue mirar si tenía algún mensaje. Aunque era pronto, quizá Pepe ya había conseguido hablar con ellos, pero no hubo suerte. No había desayunado nada y empezaba a tener hambre, sacó un paquete de chicles de su bolso y se metió en la boca cuatro seguidos. Mientras esperaba impaciente a que llamara, pensó en qué estaría haciendo su marido en ese momento. ¿Se acordaría también de ella? ¿Sería cierto que había dejado su trabajo, como le dijo su secretaria a la tutora de Mario, o solo cumpliría órdenes? ¿Seguiría en Madrid o se habría cambiado de ciudad? ¿De verdad pensaba huir de aquella manera? Su cabeza empezó a funcionar a mil por hora. ¿Debería llamarla y preguntarle directamente? No. Sería exponerse demasiado delante de aquella zorra, aunque no le extrañaría que ya estuviera al tanto de todo. Estaba segura de que aquella secretaria de tres al cuarto estaría encantada de fugarse con su marido. ¿Y si se estaba quedando en su casa y dormía con ella? Estaba tan nerviosa que se fue calentando ella sola. El sonido del teléfono interrumpió sus elucubraciones.

—¿Dígame? —contestó aparentando tranquilidad.

—Buenos días, Laura, soy Pepe, escúchame: tengo una buena y una mala noticia. —Y sin dejarle elegir continuó—: La buena es que han accedido a verte. —Laura dio un brinco de alegría—. La mala es que, como es un favor y no tenían huecos ya, me piden que vayas sobre la una y media, que será cuando estén acabando las últimas de la mañana, por si alguna fallara o terminaran antes. El problema es que si llevan mucho retraso, igual te toca esperar mucho y no tendrás el mismo tiempo que el resto, aunque eso no me lo han dicho así, claro. Pero, mira, algo es algo. ¡Ah!, y vas a tener qué ir arreglada porque las fotos que les he mandado ya sabes la de años que tienen y, aunque ya les he avisado, esperarán a alguien con buena presencia física. Lo entiendes, ¿no?

—Por supuesto. No te preocupes, si, por si acaso, he ido a la peluquería y me han arreglado el pelo. Luego me maquillo bien y ya está —contestó muy eficiente.

—Perfecto. Vete sexi, pero no muy exagerada, que es para las tardes.

—Claro, claro, si lo mismo había pensado yo —respondió mientras daba vueltas a qué ponerse.

En cuanto Pepe le dio la dirección, colgó el teléfono y fue directa a su armario. Iba pasando las perchas a ritmo de vértigo, visualizando las posibles combinaciones, hasta que dio con uno de sus trajes favoritos: una chaqueta con la manga un poco más abajo del codo y una falda tubo por encima de la rodilla, todo en rojo. Le encantaba el rojo porque, cuando llevaba algo de ese color, conseguía ser el centro de atención. Ahora solo necesitaba elegir los zapatos. Llevaría tacón alto, como a ella le gustaba, pero ¿y si le daba un aire demasiado distante? Al fin y al cabo, en televisión tampoco importaba que fueras alta o bajita mientras tuvieras buena figura. Hizo un primer barrido y se encontró de nuevo con sus botas rojas, las que llevaba el día en el que se conocieron. Seguían en buen estado, como ella. Si pretendía que él volviera, desde luego, no habría un mejor amuleto. Corrió hacia su habitación y se las probó con el vestido. «La mujer de rojo», pensó al mirarse en el espejo, confirmando que, sin duda, ese era su color.

Mario estaba al fondo del baño, bajo el secador de manos, intentando hacer desaparecer la mancha de pis, todavía húmeda. Al entrar no había encendido la luz para que, si alguien aparecía de repente, no lo viera bien y le diera tiempo a reaccionar. Le bastaba con la iluminación tenue y anaranjada de los pilotos de emergencia, siempre encendidos en el techo. Aun así se daba toda la prisa que podía estirándose de puntillas para poder llegar bien a la zona mojada. Por un momento pensó en quitárselos y secarlos mejor pero no tenía tiempo. Escuchó un ruido y vio que la puerta al fondo se cerraba despacio. Alguien había entrado sigilosamente. Dejó de arrimar el pantalón, tratando de aparentar normalidad, cuando vio una silueta en la penumbra que se aproximaba a él. Mario se encogió pues dudaba de si estaba soñando de nuevo. ¿Sería el hombre que esperaba? Pero al acercarse más vio que se trataba de Manuel Soria, que se paró delante de él mirándolo con ese aire de superioridad que nunca abandonaba. Mario conocía de sobra esa mirada, le había ganado la anterior batalla, pero parecía que ya no habría más victorias. Después del incidente en la clase de natación, todos estaban deseando más carnaza y, una vez más, Manuel Soria estaba dispuesto a dársela. Era la ocasión perfecta para su venganza, ahora que Mario había perdido toda la credibilidad. Nada más verlo, Mario se giró descaradamente dándole la espalda para que no pudiera descubrir los restos de mancha. Rápidamente colocó el jersey entre sus piernas y extendió las manos como si se las estuviera secando, pero ya era tarde.

—¿Qué haces? —preguntó Manuel.

—Nada, secándome las manos —contestó Mario.

El chico puso una media sonrisa y volvió al ataque.

—¿Qué te ha pasado ahí? —preguntó mientras examinaba el pantalón a la altura de la mancha.

—Nada, no ha pasado nada —contestó.

Mario se apretaba el jersey contra el pantalón, pero Manuel siguió acercándose sin apartar la vista.

—¿Te has meado? —continuó preguntando en tono vacilón.

—No —contestó de inmediato.

El chico se acercaba cada vez más.

—¿Te has meado, Mario? —volvió a preguntar con retintín.

—¡Que no! —insistió tapándose la mancha de forma más descarada.

Pero Manuel ya estaba prácticamente a su lado.

—¡Ah, vale! —dijo con una sonrisa.

Mario lo miraba aliviado, esperando a que se fuera.

—Ya lo sé, hombre, tranquilo, que era broma —dijo sonriéndole.

Mario lo devolvió la sonrisa. Entonces el chico aprovechó que había bajado la guardia y rápidamente le agarró el jersey. Mario se echó las manos corriendo a la bragueta pero Manuel ya lo miraba con cara de «Bingo». Tiró el jersey al suelo y salió corriendo fuera del baño. Mario se agachó para recogerlo. En solo unos segundos empezaron las bromas:

—¡Mario se ha meado! ¡Mario se ha meado! —gritaban sus compañeros mientras entraban en el baño para confirmar que era cierto.

A Raúl nunca le gustó el fútbol. Por eso, cuando iba con Jonathan a jugar con los de la urbanización de al lado, siempre se pedía ser portero: la mitad del tiempo se lo pasaba observando y la otra, si los balones venían muy fuertes, solo tenía que esquivar los golpes, a lo que estaba muy acostumbrado.

En lo que llevaba de mañana, sus compañeros no habían parado de comentar los detalles del partido que habían televisado la noche anterior, mientras que él fantaseaba con aplastarles la cabeza para que se callaran de una vez. Quería largarse de ahí, pero todavía quedaban horas y, encima, tenía clase de recuperación de matemáticas en lugar de recreo. Aunque Raúl solía sacar buenas notas prácticamente sin esforzarse, las matemáticas no eran lo suyo. Hasta la fecha, había conseguido ir aprobándolas a costa de aprenderse de memoria los ejercicios, pero su táctica había dejado de surtir efecto cuando el nivel se fue complicando. En la clase eran apenas seis alumnos, de los distintos grupos de su curso. Con ninguno tenía relación, ni siquiera se saludaban al pasar. Todos sabían que, si querían pasar de curso, los jueves y los viernes tenían una hora de recuperación en lugar del recreo de después de comer.

Pese a que todavía faltaban unos minutos para que comenzara la clase, Raúl estaba ya sentado con el *walkman* encendido, escuchando «Come as you are», del álbum *Never Mind*, de Nirvana. No tenía ganas de mezclarse con la gente por los pasillos. Las aulas vacías eran, al menos por unos minutos, su oasis particular. Poco a poco fueron llegando los demás compañeros, hasta que el último en pasar cerró la puerta. La clase estaba a punto de comenzar cuando alguien golpeó la puerta con los nudillos.

—Pase, pase —dijo don Andrés.

La puerta se abrió y apareció la chica misteriosa, con su pelo rojo rizado y su tez vampírica.

—Chicos, os presento a Kirsten, vuestra nueva compañera. —Toda la clase la observaba sin pudor—. Kirsten es americana, de San Francisco, si no me equivoco. —La chica afirmó con la cabeza—. Y va a pasar lo que queda del cuatrimestre con nosotros.

A Raúl se le iluminó la cara.

—Kirsten habla muy poquito español, ¿verdad? —preguntó el profesor.

Ella volvió a asentir poniéndose colorada. Raúl contemplaba cada una de sus reacciones como quien observa una especie en extinción.

—Así que os pido por favor que hagáis lo posible por integrarla en clase.

Mientras hablaba, don Andrés le hizo un gesto para que se sentara y la chica le obedeció tímidamente. Volvía a estar sentada delante de él, en paralelo. Raúl se puso cardíaco al percibir levemente su aroma. Un poco después, mientras don Andrés escribía tablas y números en la pizarra, él miraba fijamente la espalda de Kirsten fantaseando con abalanzarse sobre ella y lamerle la oreja mientras acariciaba sus rizos de fuego. «Tenemos que hacernos entender», pensaba con una sonrisa traviesa. Sin embargo, pese a que pudiera pasarse horas contemplándola, empezó a sentir la misma claustrofobia que le entraba al rato de estar en clase. La voz de don Andrés tenía la presencia de un zumbido en la cabeza de Raúl, que trataba de desconectar de lo que decía. Sus compañeros miraban al frente, atendiendo. «Sería tan fácil ir dándoles con un bate sin que se lo esperaran», pensaba mientras se fijaba en sus nucas. No podía frenar ese tipo de pensamientos. El colegio le daba asco, todo lo que tenía que ver con él se lo daba, incluidos sus compañeros. Esa mata de pelo rojizo, que escondía el cuello que tanto deseaba, era su único aliciente. Volvía a estar pendiente de ella, pero los minutos se hacían horas, a la espera de que hiciera al menos un leve giro de cabeza. Abrió su estuche y sacó el compás de la clase de dibujo técnico. Lo cogió, separó sus patas y empezó a rozar la punta con uno de sus dedos. Estiró el brazo entre sus piernas abriendo y cerrando el puño, notando cómo su sangre bombeaba por sus venas inflamadas. Agarró el compás por una de sus patas y lo apretó contra su piel, hundiendo la punta cada vez más hasta que asomó una pequeña gota de sangre. Raúl la tocó con su dedo y se lo llevó a la boca, cuando se dio cuenta de que ella se había dado la vuelta levemente y lo estaba observando, pero se giró de golpe al ser descubierta. ¿Le habría visto o pensaría que habría sido un accidente? Le daba exactamente igual. Lo único que le importaba es que por fin Kirsten sabía que él existía.

—¡¿Qué ha pasado?! —gritaba don Eugenio.

El profesor de lengua veía cómo abajo, al final de la escalera, un grupo de alumnos se amontonaban alrededor de Manuel Soria, que se retorcía de dolor en el suelo.

Diez minutos antes había sonado la campana que anunciaba el final de las clases. Los niños salían y se amontonaban en el hall dándose tobas, charlando o despidiéndose hasta el día siguiente. Aunque no quedaba rastro de ninguna mancha en el pantalón de Mario, aquella vez sí que le resultaría difícil desprenderse del apodo de «el meón», como ya le habían bautizado sus compañeros. Los alumnos de los distintos cursos bajaban todos a la vez, como podían. Manuel Soria fue abriéndose paso, a empujones. Mario vio cómo le adelantaba para quedarse de los primeros, un poco por delante. Le sacaba de quicio que siempre hablara por encima del resto, con gesto altivo, para llamar la atención. No lo tenía planeado pero se dejó llevar siguiendo su impulso: ganó un par de puestos hasta llegar casi a su altura y estiró levemente una de sus piernas, lo suficiente como para que Manuel Soria se despeñara escaleras abajo. Los niños que iban delante amortiguaron bastante el golpe, pero, aun así, fue una caída de las que serían comentadas durante años, a la altura de las que salían en *Vídeos de primera*. Enseguida los compañeros empezaron a apelotonarse a su alrededor. Manuel estaba tumbado con las extremidades estiradas, al principio nadie se atrevió a decir nada, pero, uno de los chicos no pudo contener la risa y estalló en una carcajada. En menos de un segundo todos los presentes se reían sin parar.

—¡¿Qué ha pasado?! —repetía el profesor, al ver a Manuel Soria tendido en el suelo, llorando, mientras se agarraba un tobillo.

Mario intentó desaparecer entre el tumulto de alumnos que salían disparados a las rutas, cuando una mano se posó sobre su hombro.

—Espera un momentito —dijo don Eugenio muy serio.

—Ha sido un accidente —replicó Mario de inmediato.

—Eso habrá que discutirlo; de momento, acompáñame a mi despacho.

—Es que no puedo, voy a perder la ruta y, si lo pierdo, mi madre me mata —replicó.

La madre de Mario era conocida de sobra por todo el claustro de profesores y no precisamente por sus buenas maneras. Así que, don Eugenio, consciente de la que le podía montar por hacer que su hijo hubiera perdido el autocar, sacó una carpeta y se puso a escribir una nota lo más rápido que pudo. Mario observaba cómo escribía y escribía, temiendo lo que pudiera decir. El profesor dobló la nota y se la entregó.

—En cuanto llegues a casa le das esto a tu madre. ¡Ah! Por supuesto mañana te quedas sin excursión. Espero que el castigo te sirva para reflexionar porque con una falta más de este tipo podríamos expulsarte. Así que tómatelo muy en serio. ¡Y ni se te ocurra abrir la nota! ¿Está claro?

Mario afirmó con la cabeza, mientras veía cómo al fondo, entre los demás chavales, Manuel Soria intentaba ponerse de pie ayudado por unos compañeros. Resultaba tan frágil e inofensivo, que Mario se acordó de la rata que también consiguió ahuyentar. Sabía que la cosa no se quedaría así, pero ya no le daba miedo. Volvía a sentirse fuerte.

Raúl vio a su hermano entrar en el autobús justo cuando estaba a punto de arrancar, pero su atención estaba puesta en Kirsten, que volvía a estar sentada delante de él. Mientras observaba su melena de espaldas, se planteaba si cambiarse de sitio más cerca de ella, lo justo para que lo viera y asociara que era el mismo de clase. Así tendría una excusa para presentarse, pero ¿era realmente eso lo que quería? Una vez que empezaran a hablar, ¿qué harían? ¿La llevaría al centro comercial con el resto de besugos de su clase? ¿La invitaría a dar una vuelta por el barrio? ¿Qué pasaría después? Ya estaba agobiándose por adelantado, antes de que hubiera pasado nada. No lo podía evitar: el no saber qué ocurriría le alteraba y no quería malentendidos y volver a pasarlo mal. Aquella chica no era compatible con sus deseos de reunir el valor suficiente para ejecutar lo que nublaba sus pensamientos desde mucho antes de que se fuera su padre. Estrechar lazos con alguien complicaría las cosas. No podía permitírselo. Sin embargo, la chica misteriosa era como un imán que tiraba de él.

Al llegar a la parada Mario bajó el primero, después Kirsten y por último Raúl. Ella no había mirado hacia atrás en todo el viaje. Sin embargo, mientras Raúl la veía cruzar hacia el bloque de pisos, ella se giró un instante. No hizo ningún gesto de despedida, ni llegó a fijar la mirada, pero estaba seguro de que sabía que estaba detrás de ella. Por un momento pensó que igual estaba controlando que no pasaran coches. Sin embargo, había algo, entre coqueto y tímido, en el giro fugaz. Raúl sintió que el corazón le daba un vuelco. ¿Era eso una señal? ¿Le estaba pidiendo que la siguiera? Las ganas de hacer guardia en el descampado se dispararon, pero no contaba con que en el parquecito de la entrada al edificio, al lado del acceso al descampado, se había reunido el grupo de los perros. El grupo de los perros estaba formado por gente de las urbanizaciones de la zona que se juntaban, a distintas horas dependiendo de la época del año, para charlar y cotillear mientras los perros jugaban. Pese a que justo enfrente tenían el parque grande, les encantaba el pequeño y podían pasarse horas y horas sin moverse de ahí. No le quedaba otra que abortar el plan: no podía jugársela a saltar otra vez la valla de su urbanización y que alguien lo viera. Si quería reducir la sobrecarga de excitación, solo le quedaba su plan B: ir a ver a Nico. Así que, tratando de eliminar el deseo de fumigarlos a todos, empezó a subir la cuesta hacia su calle.

Cuando Mario llegó hasta la puerta de su casa, estiró el dedo para llamar al telefonillo y se dio cuenta de que estaba temblando, pero no de frío, sino porque la había vuelto a fastidiar. Después de los dos avisos que ya le había dado, tenía miedo de cómo reaccionaría su madre al leer la nota que tenía en la otra mano. ¿Le encerraría a él también o le obligaría a irse como a su padre? Su madre abrió directamente, sin preguntar. Mario caminaba despacio, como intentando retrasar el momento, cuando se encontró a su madre imponente, vestida y peinada tal y como había ido al casting. Desde que volvió de la prueba, Laura no había probado bocado, solo había fumado sin parar. Estaba impaciente, realmente nerviosa. Miraba la televisión sin prestar atención, repasando mentalmente la prueba: si podría haber hecho algo mejor o si habría cometido algún fallo. Mario seguía sin saber cómo contarle lo ocurrido; cuanto más se acercaba a ella, más se bloqueaba. ¿Debería empezar diciéndole lo guapa que estaba para amortiguar el golpe? ¿O darle directamente la nota y ponerse a rezar? Pero cuando estaba a punto de abrir la boca, sonó el teléfono. Laura entró corriendo a la cocina para cogerlo, seguida de Mario, que se quedó esperando en el hall a que terminara.

—Siéntate —le dijo su representante nada más descolgar el teléfono.

—¡Estoy sentada! —respondió Laura excitada, mientras estiraba el cable para sentarse en una de las sillas del comedor.

Mario desvió la mirada hacia la foto de su padre sonriente, sin acordarse de que su madre también la había hecho desaparecer y pensó que ningún castigo podía ser peor que ese.

—Cariño, ¡vas a ser la nueva estrella de las tardes de la tele! —soltó Pepe de golpe.

—¿Cómo? —contestó Laura con un hilillo de voz.

—Han llamado diciendo que les has gustado muchísimo y les encajas en lo que buscan. Aun así quieren que mañana tengas una reunión con el productor y el director del programa para conocerte y explicarte bien cómo sería todo.

—Vamos, que todavía no me lo han dado. Si mañana no les convenzo, fuera.

—Hombre, cosas más raras se han visto, pero me han dicho que es más una reunión para que te sientas cómoda y entiendas bien lo que tienes que hacer. De hecho me han avisado de que ya tendrías las pruebas de vestuario, maquillaje y peluquería y un chequeo médico.

—¿Un chequeo médico? —interrumpió Laura, sorprendida.

—Sí, es algo rutinario, muy básico. Lo hacen siempre por temas del seguro, no es nada especial. Me han dicho que esto sería para dejarlo todo bien amarrado porque, aunque tengáis algún día para ensayar, si no he entendido mal, el jueves ya empezaría el programa.

—Entonces ¡¿es un sí?! —exclamó Laura con un nudo en la garganta.

—¡Nos han dado el programa! —exclamó Pepe, que había cambiado por completo el tono en el que se dirigía a ella—. Mañana a las doce de la mañana irá un coche a recogerte para llevarte al plató. ¡No me defraudes!

Laura no podía creerlo, colgó el teléfono y se puso a gritar como una loca.

—¡Oh, Dios mío, oh, Dios mío! —repetía una y otra vez.

Todo marchaba como ella esperaba, mejor incluso de lo que había imaginado. Mario aprovechó el momento y levantó la mano varias veces enseñándole la nota, pero Laura lo ignoraba por completo. Siguió eufórica hasta que de golpe se quedó parada, con la mirada perdida. Mario fue a decirle algo pero estaba ensimismada. No parecía buen momento, se dio por vencido y desapareció escaleras arriba. Laura seguía quieta. La alegría transitoria dio paso a la cruda realidad: necesitaba llamarlo y compartirlo con él. Le entristecía darse cuenta de que, por primera vez, él no sería el primero en enterarse. ¿Sería esa la primera de tantas? Encendió un cigarro y trató de relativizar antes de que fuera tarde. Si él no se hubiera ido, ella jamás habría ido a esa prueba. Igual todo había sido un giro del destino para que se convirtiera por fin en la estrella que merecía ser. Eso le traería de vuelta y ella tendría su lugar. Le estaba costando lo suyo, pero una vez que lo consiguiera estaría mejor que antes, porque acabaría teniendo las dos cosas que más quería. De esa manera todo cobraba sentido. Quería llamar a Maribel, que se muriera de envidia y luego restregárselo a las demás, pero tenía que ser cauta: Maribel se enfadaría aunque le dijera que había sido Pepe el que la había llamado desesperado, porque seguían sin encontrar a la presentadora perfecta para el nuevo programa, y si no lo hacía, sería aún peor, porque estaría todo el día encima de ella y querría acompañarla a las pruebas. Aunque se moría por cotillear sobre el reencuentro con antiguas rivales en la sala de espera y lo desmejoradas que estaban, abandonó la idea. No podía permitir que la vieran con ella y que su imagen se deteriorara de aquella manera. Además, no podía precipitarse en festejar nada que no estuviera confirmado pese a que fuera tan inminente. Laura empezó a ponerse nerviosa de pensar que si el programa comenzaba la semana siguiente, faltaría muy poco para volver a verlo.

Mario atravesaba el pasillo pendiente de la conversación de su madre. Tenía miedo de que acabara de golpe y descubriera sus intenciones. Abrió la puerta de la habitación de sus padres con mucho cuidado y entró despacio, contemplando la frialdad que imperaba en el que, hasta entonces, había sido el lugar más cálido de cuantos había conocido. Seguía sin haber rastro de ninguna vida conyugal pasada. Echó un rápido vistazo intentando pensar dónde podría tener escondida la llave, pero no tenía tiempo para ponerse a buscar, era demasiado arriesgado. Se paró frente al armario y una vez más las palabras de su padre volvieron a su mente. «Solo tienes que desear muy fuerte que vuelva». Entonces escuchó cómo su madre echaba la silla hacia atrás para levantarse. Salió corriendo con cuidado de no hacer ruido y volvió a cerrar la puerta. Encendió la luz de su baño y, justo cuando iba a meterse, apareció su madre detrás de él.

—¿Qué hacías?

—Nada, estaba en el baño —contestó Mario, haciendo que salía, aún con la nota en la mano.

—Y no vas a tirar de la cadena tampoco, ¿no? Como tu hermano, igual de cerdo. ¡Tira de la cadena! —dijo Laura que, pese a darle aquella orden, sonaba más relajada de lo habitual.

Mario tiró de la cadena y volvió a salir al pasillo. Su madre seguía delante de él esperando algo. Había llegado el momento de darle la nota, pero una vez más su madre se le adelantó.

—¡Tengo una sorpresa! En cuanto llegue tu hermano bajáis, que os lo quiero contar a los dos.

Al mirar al niño se fijó en la nota.

—¿Qué es eso? —preguntó.

—Me lo ha dado don Eugenio para que te lo diera —contestó tímidamente estirando el brazo.

Laura cambió el gesto de golpe. Agarró la nota y la desplegó leyéndola en silencio:

Debido a que los últimos comportamientos de su hijo empiezan a afectar al resto de sus compañeros, consideramos que debería tomarse más tiempo de reflexión antes de volver a las actividades normales del colegio. Como consecuencia se le prohíbe su asistencia a la excursión de su clase mañana. Estaría encantado de poder tener un encuentro con ustedes y con su tutora doña Amparo para optimizar la mejora en la actitud del niño. Le saluda atentamente,

Don Eugenio Manzanilla

Laura aplastó el papel y se lo quedó arrugado en la mano.

—¿Se puede saber qué has hecho esta vez?

—Nada, de verdad. Es que un niño de clase se ha caído por las escaleras y me han echado la culpa a mí, pero yo no he sido.

—Es que no falla. Cada vez que una intenta que las cosas vayan mejor: que estéis bien, yendo a un buen colegio, tratando de que os valgáis por vosotros mismos…, me salís con una de estas. ¡Es que no hay derecho, hombre, no hay derecho!

—Pero ¡que yo no fui! —replicó Mario.

—Tú no fuiste. ¿No has tirado al niño por las escaleras? ¿No? —dijo, llena de sarcasmo Laura.

Mario sintió que no tenía escapatoria ante la pregunta retórica de su madre.

—Es que se metió con papá.

El rostro de Laura volvió a transformarse, alarmada.

—¿Por qué? ¿De qué conocía ese niño a tu padre? ¿Es algún vecino? ¿Ha venido a jugar a casa alguna vez?

—No, no, qué va. No vive por aquí, vive al lado del colegio.

—Entonces ¿por qué se metía con tu padre?

—Por nada en especial, porque en clase teníamos que hacer una redacción sobre cómo nos gustaba pasar el tiempo y yo conté que me gustaba jugar con papá. —Laura se iba alterando temiendo lo que vendría—. Pero no conté nada más, ¡te lo juro! Es solo que empezó a llamarme *mimao* sin parar, para que se rieran todos de mí y me enfadara. No por nada que yo hubiera dicho, es porque es así con todos y esta tarde cuando íbamos hacia los autobuses escolares, bajando las escaleras él se cruzó por delante —Mario iba improvisando conforme su madre reaccionaba a sus palabras; todavía sin verla convencida, añadió para terminar—: Y como me dijiste ayer que si alguien se metía con papá…

—Tú verás lo que haces, pero no es excusa y te digo una cosa: que sea la última vez que mencionas a tu padre, ¿queda claro? Así nos evitamos que tengas que acabar con todo niño que se te acerque. Si no sacaras el tema, como te dije, nada de todo esto habría pasado. Luego vemos cómo hacemos mañana, porque yo me tengo que ir.

Laura entró en su habitación en parte aliviada. Mario se quedó en el sitio hasta que la puerta de la habitación de sus padres se cerró delante de él y ante la inmensidad del pasillo aceleró el paso hasta llegar a la suya.

Cuando Raúl llegó a la entrada de la casa de Nico, este le esperaba acompañado de Bunny, que, para variar, comenzó a gruñir alrededor de él.

—Al final, cuando te descuides, te voy a morder yo a ti —dijo Raúl apartándole con la pierna.

—Bunny, no seas palizas, hombre —dijo Nico apartando al perro con las manos.

Nico tenía un aspecto desaliñado, con sus gafas de ver y vestido con ropa cómoda. Al mirar de nuevo a Raúl, no pudo evitar sonreír al recordar lo ocurrido la tarde anterior. Raúl le devolvió la sonrisa mientras entraban en la casa.

—Pensé que estaríais fuera, está medio barrio con los perros en el parquecito —dijo Raúl.

—No, no, hay mucho perro y luego igual se pelean y Bunny es muy suyo, ya sabes. Mejor lo saco yo luego un ratito a nuestro aire. No quiero soltarlo con el descampado y la carretera al lado, por si sale corriendo… y tampoco le voy a tener atado mientras el resto está suelto.

—Estás un poco obsesionado, deberías relajarte con el tema; si sabes de sobra que no se va a ir… —Por muchas veces que hubiera escuchado el mismo discurso no podía evitar que se le encogiera el corazón—. No puedes vivir con el miedo constante de que le vaya a pasar algo, no le va a ocurrir nada. ¡Bueno, sí! ¡Que se lo coma mi madre! —Raúl empezó a reírse a carcajada viva.

Nico lo miraba sin entender qué tenía tanta gracia.

—*¡Tu madre se ha comido a mi perro!* La película, *Braindead,* creo que se llama en inglés.

—No sé, no la he visto —contestó Nico, mientras acariciaba a Bunny, que estaba pegado a su pierna.

—¡¿No la has visto?! La tienes que ver. ¡Es genial! Yo te la paso, la tengo dos veces; la grabé y después me la compré porque tenía la cinta hecha una mierda ya de tanto verla. Pero es genial, es muy gore. Está mal hecha, pero es aposta, esa es la gracia. La cosa es que, por una rata de un país de por ahí, traen un virus y la gente se vuelve zombie… La madre del prota es la hostia, se le va cayendo la cara a cachos y hay un momento en que ven que tiene pelo saliendo de la boca, empiezan a tirar y sacan al perro de la chica protagonista, que es una española, la morena de *Chicas de hoy en día* —«Diana Peñalver», añadió Nico—. ¡Esa! Y ahí es cuando dice: «¡Tu madre se ha comido a mi perro!» —dijo de nuevo entre carcajadas—. ¡Es la leche! Pues eso, que como no se lo zampe mi madre…, aunque no creo, porque no come nada.

Nico sonrió, le gustaba cuando se animaba con sus historias.

—¿Te dijo algo tu padre? —preguntó Raúl.

—Na, qué va, ni se enteró. Ellos sí que están medio zombies. Por cierto, tanto que me decías que tenía que airearme, esta mañana he estado haciendo recados y tengo una cosa para ti.

Raúl lo miró cohibido, no estaba acostumbrado a que nadie le regalara cosas.

—¿Bajamos? —preguntó Nico.

—Claro —contestó Raúl, que empezó a bajar detrás de él, tratando de apartar a Bunny, que se enganchaba constantemente a los bajos de su pantalón. «Porque me van a regalar algo, que si no te daba una patada que te empotraba contra la pared», pensaba Raúl mientras luchaba por apartar al insistente animal.

Al llegar abajo Nico fue hacia su mesa. Cogió una bolsa de la tienda de música Virgin y se la dio a Raúl, que la abrió con cierto pudor. Dentro estaba el casete del álbum *In Utero* de Nirvana. Raúl se quedó parado sin decir nada.

—Te iba a comprar el CD, pero tú lo escuchas en el *walkman, ¿*no? —trató de justificarse Nico, al ver la escasa reacción del chaval.

—Sí, sí, casete está bien, el CD lo usa solo mi padre y el tocadiscos mi madre. El casete es perfecto, además los CD son mucho más caros —dijo con cierto pudor.

—Eso no importa, hombre. ¿Qué pasa, que ya lo tienes? Vaya, me lo imaginaba…

—No, qué va —interrumpió Raúl—. Bueno, a ver, el disco salió el año pasado y tengo algunas canciones que he grabado de la radio en cintas, pero, vamos, que debo de tener dos o tres y encima o están empezadas o con el locutor contando algún rollo a la mitad. Así que gracias, porque no lo tengo y me gusta mucho —dijo mientras abría la carátula y miraba las fotos y letras del interior.

—Tenerlo original es otra cosa, ¿eh?

—¡Ya te digo! —exclamó.

Al levantar la vista de la carátula, Nico, en su estilo, buscaba al perro por el cuarto.

—¿Qué buscas? —preguntó Raúl.

—A Bunny, que no sé dónde está —respondió mientras seguía buscando.

—Pero ¡si está aquí, pegadito a mí, que no me quita ojo! Que como me descuide un día de estos me come una pierna.

—¡Qué te va a comer, si es lo más bueno que hay! ¿Verdad, Bunny? —dijo Nico con voz tontorrona mientras se agachaba para abrazar al perro.

—Sí, pero ya sabes que estos perros están medios locos.

—Pero ¿qué dices, si son buenísimos? —contestó ofendido Nico.

—Pues serán buenísimos o todo lo que tú quieras pero los cocker tienen fama de que se vuelven *piraos,* que te muerden y tal, todo el mundo lo sabe.

—Eso son chorradas. ¿Tú conoces alguno loco? ¿¡A que no!? Eso son leyendas urbanas.

—No están locos hasta que lo están, pero, vamos, que quién soy yo para decir nada si el otro día soñé que me pegaba un tiro.

Solo de imaginárselo Nico se quedó de piedra.

—No juegues con eso, ¿eh? ¡Ni en broma! Que todos estamos jodidos, lo sabes bien, y no por eso hacemos tonterías. Bastante tenemos con lo que tenemos. Si nos pegáramos un tiro acabaríamos unos con otros. —Raúl escuchaba cómo su amigo se embalaba sin intervenir—. La tristeza nos devoraría. El colegio a tu edad es una mierda y es normal que con los padres tampoco… Nadie tiene unos padres perfectos y menos a tu edad.

—O a la tuya —añadió Raúl en tono sarcástico—. Pero de todas maneras tú tranquilo, que antes de pegarme un tiro se lo pego a ellos…, y ya que me pongo, ¡a los gilipollas de mi colegio, otro!

Nico esperaba una sonrisa final o que terminara diciendo que era una broma, pero no fue así. Raúl sonaba serio y calmado, convencido de lo que decía. Entonces el chaval le preguntó:

—¿Tú crees que si te murieras alguien te echaría de menos?

Raúl se quedó impactado nada más abrir la puerta de su casa y no porque se llevara un bofetón o le estuvieran esperando, sino porque se encontró con que su madre y su hermano estaban ya sentados a la mesa, con la televisión apagada. ¿La habría prohibido también? Mucho le extrañaba, con lo enganchada que estaba.

—¡Venga, que te estamos esperando! —exclamó Laura nada más verlo aparecer.

Lo cierto es que estaban sentados, pero ninguno había probado bocado.

—¿Te habrás limpiado los pies, verdad? Que luego lo dejas todo perdido de barro. No sé qué patio tenéis los mayores que vienes siempre hecho un asco, peor que cuando ibais a párvulos, vamos.

—Tranquila, que no tengo tierra, ya he mirado —respondió Raúl.

Laura le hizo un gesto con la mano para que se sentara con ellos, necesitaba espectadores. En la mesa había una ensalada enorme, palitos de merluza congelados, un poco de queso y un plato de patatas fritas de bolsa.

—Antes de que me preguntéis por la prueba, me ha salido muy bien. No pensaba ir, pero Pepe me ha dicho que la directora de casting, además de programas y anuncios, de vez en cuando lleva también series y, como me ha insistido tanto, he pensado que no era tan mala idea ir para que me tuviera fichada.

Los dos chicos empezaron a comer mientras Laura seguía hablando de manera eufórica.

—Y nada —continuó—. Que me han llamado más tarde para decirme que me dan el programa, que les encanto y que me quieren para ser la estrella de las tardes de la cadena. —Los dos chicos levantaron la mirada del plato al mismo tiempo—. Vamos, no os quejaréis de cómo está vuestra madre para la edad que tiene. ¡Teníais que ver al resto de las que había en la prueba, la mitad parecían de plástico de lo operadas que estaban! Y la otra mitad eran como la portera de la casa de la abuela, no sabían ni hablar. —Mario escuchaba el discurso por segunda vez disimulando su aburrimiento—. Pero, vamos, que da igual, que yo... ¡he estado divina!

Laura sonreía a la espera de los piropos y una palmada en la espalda, pero ninguno de los dos dijo nada.

—Bueno ¿no me vais a decir nada? ¡¿Eh?!

—Enhorabuena, mamá —dijo Mario tímidamente.

—Pero, vamos, que todavía les tengo que confirmar, porque como es para empezar este jueves, o sea, ya, he pedido reunirme antes con el director y el productor. Así que voy mañana para que me expliquen bien, que al final la que sale ahí soy yo. Es mi imagen. A ver si con lo que me cuentan me merece la pena, porque yo soy actriz... —y los tres terminaron la frase a la vez—: no presentadora. —Laura sonrió satisfecha.

Raúl observaba a su madre intentando disimular el asco que le daba todo aquel paripé. Odiaba la falsa modestia, que la gente no fuera clara. Si no le hacía ilusión, perfecto, pero ¿para qué marear al resto si era obvio que lo estaba deseando? Lo único que conseguía es que desconectara y no la tomara nunca en serio. Como le ocurría con los idiotas de su clase, que mientras él trataba de dar un último repaso antes de un examen, ellos se lamentaban lloriqueando con que lo iban a suspender porque lo llevaban fatal. Y al final, siempre era todo lo contrario: «Menganito sobresaliente,

Raúl seis». La nota no era el problema, su media solía ser de notable. Cuando él decía que le iba a salir mal, era porque seguro que le iba a salir mal, no para que todo el mundo le bailara el agua. En esos momentos le daban ganas de coger el examen, hacerlo un gurruño y obligarles a que se tragaran su puta nota. No entendía por qué su madre se esforzaba de mala manera en quitar importancia a las cosas: le había salido bien la prueba y quería hacer el programa, era genial. Así se la quitarían de la vista de una vez. Raúl cruzó los dedos para que tuviera que pasarse el día trabajando y les dejara tranquilos. Su madre estaba exultante y él tenía que aprovecharlo.

—Mamá, enhorabuena. Haces bien en querer que te cuenten, pero si está bien, acéptalo. Es una pena estar aquí desperdiciada —dijo con muy buen tono.

Laura y Mario se quedaron de piedra ante los repentinos modales de Raúl. ¿Desperdiciada? Como esperaba, Laura se vino arriba, pero, antes de que dijera nada, Raúl remató la jugada.

—¿Puedo volver a mi habitación ya? —preguntó.

Entonces sí que hubo un silencio. Laura se le quedó mirando, Raúl conservaba en su mirada la amabilidad con la que acababa de hacerle el cumplido. Mario lo miraba con cara de lástima, esperando la respuesta.

—Si vas a cambiar la cama, la cambias hoy, y luego pasas la aspiradora y recoges, que estará lleno de mierda por debajo —respondió Laura.

—Pero ¡mamá! —exclamó Mario en tono lastimero.

—Tú no estás en condiciones de reclamar nada después de las que llevas formadas estos días. ¿Sabes que tu hermanito la ha vuelto a liar hoy también? —dijo dirigiéndose a Raúl, que no podía contener su cara de alegría.

—¿Qué ha hecho?

—Nada. Pero de momento mañana se queda sin excursión, y yo no me puedo quedar contigo porque tengo que prepararme e ir a la reunión, así que ya me contarás qué coño hacemos ahora, ¿eh? —preguntó reprochando a Mario, que era incapaz de rebatir nada—. Pues nada, tendré que llamar a Maribel, a ver si me hace el favor, y te quedas con ella todo el día y punto. —Laura daba gracias por no haberle dicho todavía nada del programa y que no hubiera ninguna hostilidad que impidiera pedirle el favor.

—¡Hala, no! Que tengo que hacer deberes y si me voy con Maribel no me deja en todo el día y encima no voy a poder hacer nada. Prefiero quedarme aquí y adelantar cosas de clase.

—Sí, si preferir yo preferiría ir mañana a rodar con Fernando Trueba, pero me fastidio y voy donde tengo que ir.

—Si lo digo porque Maribel me pregunta mucho y como no querías que dijéramos nada de casa pues... —Laura se puso en guardia y reculó estratégicamente.

—Pero yo no voy a estar, te apañas con lo que te deje de comer y no sales de casa. Vamos, que te pienso cerrar por dentro porque no me fío ni un pelo de ti. Y respecto a lo de tu hermano, no quiero lloros por las noches, que ya no eres ningún bebé.

Todos esperaban que Mario siguiera insistiendo en que no quería dormir solo, pero, para sorpresa de ambos, no rebatió nada más. Estaba harto de mostrarse indefenso, no iba a suplicar nada a nadie y menos si no querían estar con él. Cada vez se hacía más evidente que estaba solo en esa casa. Mañana sería su oportunidad: si su madre no le dejaba recuperar las cosas de su padre, ya se las apañaría él. Ya no era ningún niño, como todos repetían, y su padre le necesitaba.

—Vale —dijo de pronto Mario—. Pero mi cama se pone donde está la de Raúl, más cerca de la ventana.

—Vamos a ver, si la pones ahí, aunque quitemos la otra cama, la habitación va a parecer más pequeña —replicó Laura—. Y es una tontería porque para eso que se lleve Raúl la tuya que son iguales de tamaño.

—Vale —intervino Raúl—. Y ya, por cierto, el ventilador de arriba, ¿no lo podríamos apagar?

Laura dejó de masticar sin decir nada.

—Eso —añadió Mario—. ¿Por qué tiene que estar siempre encendido? ¡Nos congelamos!

—Porque a papá le gustaba tenerlo puesto —contestó Raúl, que recibió un bofetón al instante.

—Ve a mover tu cama antes de que me arrepienta —dijo Laura conteniendo su furia.

Raúl recogió sus cosas, las dejó en la pila y subió escaleras arriba. Mario se quedó mirando a su madre.

—¡Come! —le ordenó al sentirse observada.

Se levantó, se encendió un cigarro y salió de la cocina. Aunque todo pareciera fluir siempre acababa apareciendo él, no había manera de esquivarlo. Entró en el salón y vio que el contestador parpadeaba. Se acercó y dio al *play*.

«Buenas tardes, llamo de Tintorerías Como un guante para recordarle que tiene una americana para recoger desde hace semanas. Gracias», decía un hombre con voz amable.

Laura dio otra calada pensativa. ¿Se había marchado sin su chaqueta? Podía parecer una pregunta absurda; si había dejado a su familia y todas sus pertenencias, ¿por qué no abandonar también una simple chaqueta? Pero no era tan simple. Tenía una adoración especial por aquella prenda. Seguía siendo su favorita a pesar de que tenía casi más años que sus dos hijos juntos y empezaban a aparecer las pelotillas sobre sus finos cuadrados en tonos tierra. La usaba en todas las ocasiones especiales: el día en que le pidió matrimonio, en su primera entrevista de trabajo, incluso años después, en las comuniones de sus hijos, pese a que ella tratara de convencerlo para que no lo hiciera con comentarios como: «Pero si es que pareces un socialista trasnochado».

No podía creer que se hubiera ido sin ella. ¿Se habría acordado después o ya le daba todo igual? Laura se aferraba a la esperanza de que si se hubiera ido fuera, seguramente habría ido a por ella. Prefería eso a pensar que lo que buscaba, precisamente, era dejar atrás todo lo que aquella chaqueta representaba. Se le había olvidado por completo. Si hubiera escuchado antes el mensaje podría haberse acercado esa misma tarde, antes de que cerrara, pero ni siquiera recordaba dónde había puesto el ticket. Volvió a la cocina para buscarlo, como si con traer la americana de vuelta él también fuera a regresar.

Cuando entró de nuevo en la cocina, Mario aún estaba terminando de cenar. Como siempre, tardaba en tragar la bola de comida que se había hecho en uno de los mofletes. «Como comas así en el colegio, te van a llamar cobaya», le decía desde pequeño para que tragara de una vez. Laura fue directa al cajón donde guardaba los tickets, tarjetas de sitios, facturas, cajas de cerillas y cosas que nunca usaba. Se puso dando la espalda a Mario, y empezó a buscar.

—No puede ser, hombre, si aquí lo guardo todo. Es que no falla, basta que lo busque para que no aparezca —exclamó Laura.

«Aquí lo guardo todo». Mario se giró al instante y le llamó la atención el énfasis con el que removía las cosas.

—¿Qué buscas? —preguntó.

Pero justo en ese momento Laura encontró lo que buscaba.

—Nada, nada —dijo Laura mientras se guardaba el ticket en el bolsillo y recolocaba por encima las cosas del cajón.

Ya estaba. No quería pensar más en el tinte, en su marido, ni en sus hijos. Mañana sería su día y, además, en el fondo, le consolaba saber cuánto le jodería cuando se diera cuenta de que se había dejado su chaqueta. Mario se puso de pie y mientras llevaba su plato con los cubiertos al fregadero, lanzó una mirada estratégica al cajón, preguntándose si también estaría ahí lo que él buscaba.

—¡Te vas a cargar el suelo! —gritó Laura nada más escuchar a su hijo arrastrar la cama por todo el pasillo.

Sin embargo, Raúl había decidido ignorarla y siguió hasta que la colocó en su cuarto, en el lugar que siempre había ocupado. ¿Se había visto ella dos años atrás cómo la arrastraba hecha una bestia, sin ningún tipo de cuidado? Si había marcas en el suelo, eran las suyas. Al colocar de nuevo la cama volvía a recuperar el aspecto de siempre, cuando no todo se había tornado gris del todo y Jonathan solía ir a pasar las tardes jugando al Scalextric y su padre ya no le atosigaba día y noche porque Mario había acaparado toda su atención. Siempre habían dormido cada uno en su cuarto, hasta aquella tarde lluviosa en la que su madre perdió los papeles. Pese a que Raúl ya estaba en la adolescencia y alardeaba de su carácter individualista y solitario, no tuvo más remedio que hacer lo que su madre imponía. A partir de entonces, de los miedos de su hermano tendría que encargarse él y no su padre, como hasta la fecha. Pero si él cumplía una condena, Mario también tendría la suya: si el fin era que no pasara miedo, él conseguiría que tuviera aún más. Raúl reconocía perfectamente el miedo porque él también lo pasaba. Por eso era tan bueno inventando historias, porque las acababa viviendo tanto que llegaba a disfrutar del terror que a él mismo le producían.

Por fin volvía a su cuarto, pero, a pesar de todo el tiempo que llevaba reclamándolo, no vislumbraba ningún ápice de alivio. Se sentía aún más solo y su angustia vital seguía ahí. Entonces se daba cuenta de que en parte, esos dos años con su hermano, también le habían ayudado, sobre todo cuando desapareció Jonathan y su vida cambió de repente. Al principio se cerró en banda, pero después utilizaba a su hermano para despejarse, contándole historias de miedo y compartiendo su obsesión por series como *V.* Las primeras semanas sin Jonathan, todo parecía un sueño, fruto de su imaginación. Como si viviera dentro de un capítulo de *Twin Peaks.* Pero la cruda realidad del día a día le hizo darse cuenta de que aquello no era ninguna ficción y que lamentablemente no parecía tener ningún final, más que la eterna espera. ¿Dónde estaba? No era posible que se lo hubiera tragado la tierra. Los momentos con su hermano en pequeña medida se asemejaban a los que compartía con su amigo. La pena es que nunca llegó a decírselo.

El chirrido de la cama de Raúl le devolvió el ardor de estómago que sintió el día en que ella hizo la misma operación.

—¡Te vas a cargar el suelo! —gritó Laura asomándose al rellano de la escalera—. ¡No arrastres la cama! ¡Que te ayude tu hermano! ¡Mario! —exclamó de nuevo.

Se quedó asomada mirando hacia arriba, pero la perenne oscuridad le impedía ver más allá de los tobillos difuminados de su hijo. No quería volver a aquella tarde por nada del mundo, tenía que hacer algo. Cerró los ojos y se concentró en el aire que bajaba del ventilador, imaginando que era la brisa del mar. Volvía a estar en la playa junto a él, al atardecer mirando al horizonte. Entonces se acordó del verano en el que se mudaron al chalet. Hacía muchísimo calor y como se negaba a poner aire acondicionado —«Al final nunca los uso porque me pongo malísima de la garganta y estropean la decoración, porque anda que no son feos los muertos esos», contestaba a sus vecinas cuando iban por casa y trataban de convencerla—, compraron el ventilador con más potencia para instalarlo en lo alto de la casa. Al volver de la tienda, su marido agarró la enorme caja en la que venía, ella un taburete y subieron a la buhardilla. Quince minutos más tarde consiguió que el ventilador estuviera casi instalado, solo faltaba asegurarse de que todo estaba bien atornillado. Laura observaba desde abajo cómo, al estirar los brazos para colocarlo, la camiseta blanca de su marido se subía y dejaba al descubierto la hilera de vello que conducía a su miembro y que tanto le gustaba. Antes de que pudiera bajar los brazos dando por finalizada la operación, ella ya había desabrochado uno a uno los botones de su vaquero. Su marido tuvo que sujetarse fuerte al ventilador de tanto placer. Era la mejor forma de comprobar la resistencia del aparato, que años después seguía girando sin parar, como sus recuerdos. No pensaba ceder ante sus hijos: si alguien quería apagarlo, sería por encima de su cadáver.

Mario presenció cómo su hermano tiraba de su cama hasta dejar un hueco vacío. La habitación parecía ahora más amplia y él se sentía más pequeño dentro de ella. Otra vez le dejaban solo. Su madre empezó a gritar desde el rellano para que ayudara a Raúl, pero Mario permanecía impasible, recordando lo mucho que lloraba el día en el que su madre llevó a rastras la cama de este a su cuarto. Aquella tarde su madre estaba como poseída y él se asustó tanto que no pudo dejar de llorar. Por eso, en cuanto Raúl y su madre volvieron a sus cosas, su padre fue a verlo a escondidas. En la guerra interna del matrimonio, cualquier oportunidad era buena para dejar en evidencia los defectos del otro y, aunque Mario no se diera cuenta, en eso su padre era especialista.

—Es mejor que duermas con tu hermano —le dijo en tono suave—. Ahora no lo ves, pero esto solo se puede hacer a estas edades, luego ya cada uno tendréis vuestra vida. Verás cómo os vais a llevar mejor y al final, cuando seas mayor, nos lo agradecerás…Vais a poder hablar de vuestras cosas y te protegerá cuando tengas miedo, ya verás, cagón.

—Pero yo quiero que me protejas tú, no él —contestó Mario.

Su padre le acarició el pelo y Mario se metió el dedo en la boca mientras le seguía escuchando.

—Ya lo sé. Pero ya sabes cómo es mamá, ya la has visto. A mí también me da miedo, yo estaría aquí contigo, pero tengo que cuidarla también a ella o se volverá a enfadar como antes. ¿Es eso lo que quieres? —preguntó.

Mario negó con la cabeza.

—Pues cambia esa cara ahora mismo, cagón.

Qué diferente sonaba «cagón» cuando lo utilizaba su padre, en tono cariñoso, a cuando lo hacía su hermano para picarlo.

Las patas de la cama dejaron cuatro marcas en la moqueta. Intentó borrarlas con el pie, pero no desaparecían, así que movió un poco la alfombra para disimularlas y no tener que escuchar más a su madre. En cuanto su hermano salió de la habitación, volvió a dejar la puerta cerrada hasta donde permitían las normas. Ya había controlado que no hubiera nadie escondido en ningún rincón de su habitación. Siempre lo hacía cuando volvía del colegio y sabía que iba a pasar rato solo, pero si a partir de ese momento también lo iba a estar durante la noche, tendría que repetir la operación. Encendió la luz y miró dentro de los armarios, debajo de la cama y detrás de las cortinas. Al terminar encendió la estufa y se sentó sobre su cama con las piernas cruzadas, sintiendo el calor de frente. Vio a Mimi subir junto a él y lo acarició mientras se acordaba de Manuel Soria en el suelo y lo mucho que se reían sus compañeros. No se arrepentía en absoluto: aquel idiota se lo merecía y a él la excursión le daba igual. Después de escuchar a su madre diciendo que en el cajón de la cocina lo guardaba todo, el estar encerrado en casa, en lugar de ser un castigo, se convertía en una ventaja: tendría total libertad para comprobar si la llave del armario estaba entre las cosas que escondía con tanto esmero.

Desde su nuevo sitio, más cerca de la ventana, la calle se apreciaba con mayor detalle. Empezó a fijarse en las bombillas parpadeantes de las farolas cuando, de pronto, sintió un escalofrío que le puso la piel de gallina. Volvía a tener el presentimiento de que el hombre que esperaba seguía ahí fuera y que había presenciado el momento en el que su hermano se había ido de su cuarto. Conocía su historia y sabía que a partir de ese momento dormiría solo. Volvió a fijarse en la farola y se imaginó ahí quieto, mirándolo fijamente, pero no llegaba a verlo en detalle, tan solo imaginaba su silueta, muy negra. Los recientes acontecimientos le decían que faltaba poco, pero ¿para qué? Mario notó algo a su espalda y, cuando se giró, Raúl abrió la puerta de golpe dando un pequeño grito que se fusionó con el que soltó Mario. Nunca se acostumbraría a los sustos repentinos de su hermano. Raúl llevaba un par de minutos esperando el momento perfecto para entrar de golpe y sorprenderle, pero el que se asustó fue él al ver a Mario acariciando al aire como hipnotizado. ¿Por qué seguía acariciando a un gato que no existía? Conocía el destino final del animal porque pilló a su padre metiéndolo muerto en una bolsa y le explicó lo que había pasado, con la condición de que no dijera nada a Mario. Raúl no se lo había tragado. «¿No habrá sido porque el puto gato te hacía demasiada competencia?», pensaba mientras su padre se explicaba. Sin embargo, guardó el secreto. Si todavía no había superado la ausencia del gato, ¿cuánto tardaría en superar la de su padre? No lo haría nunca, de eso estaba seguro. Como de que tampoco ayudaba dejarle durmiendo solo, pero ¿por qué tenía que preocuparse por su hermano cuando nadie se preocupaba por él?

—¡¿Qué pasa, te da miedo dormir solo otra vez, eh, *cagao?!* —dijo mientras Mario se recomponía del susto.

—No me cago. Es que a veces me parece que el hombre que espera sigue ahí fuera.

—¿Mirándote fijamente? —preguntó siguiendo el juego.

—Sí, pero ahora yo también lo miro a él. —Raúl frunció el ceño sin entender—. Si consigo concentrarme, cuando aparto la vista y vuelvo a mirar de golpe me parece ver su silueta junto a la farola. Puedo sentirlo, notar perfectamente su respiración contenida mientras, muy quieto, mira fijamente hacia aquí.

—¡Anda ya, *cagao*, que eres un *cagao!* —exclamó Raúl intentando quitar hierro al asunto.

—Pero lo que más miedo me da es que consiga entrar y venga por el pasillo a por todos nosotros.

—¿De verdad piensas que entraría en esta casa sabiendo que mamá sigue aquí? Se acojonaría seguro, y si no le echaba ella lo haría yo. Así que no vuelvas a tener miedo. Olvídate de esa historia ya, que no te va a pasar nada. ¿Me oyes?

Raúl lo miró con una ternura extraña en él, quiso acariciarle la cabeza, pero finalmente se contuvo y salió de la habitación dejando la puerta como estaba. Mario le siguió con la vista y volvió a mirar hacia afuera. Su hermano pensaba que con su explicación conseguiría que se olvidara del tema, pero, sin sospecharlo, acababa de darle una nueva clave que le hizo obsesionarse aún más.

Después de un día repleto de subidas y bajadas, Laura yacía tumbada en la cama, ya sin maquillajes ni armaduras. Su realidad volvía a hacerse presente. Sentía un tubo entrando hasta el fondo de su estómago. Recorriendo su garganta, sus pulmones, toda ella. Absorbiendo hasta la última de sus moléculas, vaciándola por completo. Como si estuviera hueca, como al levantarse cada mañana con el inmenso silencio que quedó después del portazo. Cuanto más pensaba, más se vaciaba y menos fuerzas le quedaban. Su colchón nunca fue blando pero ahora se reblandecía, y se iba hundiendo como si descansara en arenas movedizas. Sentía cómo su cuerpo cada vez pesaba menos y la caída era cada vez mayor, sumergiéndose hasta el fondo de las sábanas que tanto habían vivido. Desde ahí abajo contemplaba cómo los armarios y las cuatro paredes amenazaban con derrumbarse sobre ella y dejarla sepultada para siempre. ¿Por qué si lo del programa iba viento en popa seguía estando así? Se ahogaba. Le faltaba el aire, sus pulmones estaban también bloqueados por el dolor, pero tenía miedo de abrir la boca y vomitar lo poco que quedaba de sí misma. Los días que llevaba sin él estaban siendo los peores de toda su vida. Peores que los dos partos, en los que sintió tanto dolor que pensó que no saldría viva de ninguno de ellos. Ya no sabía por dónde empezar a encajar las piezas, ni siquiera si el lugar que habían ocupado era el correcto. Durante el día conseguía camuflar la tensión, pero, por la noche, cuando llegaba a su habitación, volvía a quedarse a solas con su dolor. Tenía los músculos agarrotados de tanta tensión y empezó a estirar las piernas y los brazos hacia los lados por miedo a quedarse atrofiada para siempre. Necesitaba relajarse pero en su cabeza solo aparecía él: instalando el ventilador, volviendo a casa con su americana de cuadros y su maletín..., solo él. Él poseyéndola, tirándole del pelo, cogiéndole del cuello y besándola hasta que casi no podía respirar. ¿Cómo habían llegado a eso? ¿En qué momento cruzaron el límite? ¿Cuándo se les fue de las manos? Había llegado un momento en el que no era capaz de distinguir cuándo la excitación se había convertido en dolor y viceversa. La línea era muy fina y llevaban años atravesándola sin ningún respeto. Sabía que aquello no era sano, pero era su manera de estar juntos y lo echaba tanto de menos. Tanto como que la tumbara boca abajo y tapándole la boca, se la follara por detrás, mientras la abrazaba y jadeaba en su oído. Se agarró los muslos, cada vez con más fuerza. Quería sacarle de su mente pero a la vez suplicaba que volviera y la tomara salvajemente. Boca abajo, con la cabeza hundida en la almohada, se apretaba los muslos cada vez con más fuerza, clavándose las uñas. Imaginando sus labios carnosos a un milímetro de los suyos, extendiendo su lengua y lamiendo su boca y su barbilla. Necesitaba sentirlo de nuevo, aunque fuera como esa mañana cuando, al salir de la peluquería, se cruzó con un hombre que llevaba su colonia. Su piel se erizó y se quedó totalmente bloqueada con un nudo en la garganta. Aquel hombre podía llevar su fragancia, pero nunca su esencia. Su esencia estaba ahí, en su armario, en todas sus cosas. Se levantó como pudo y se paró frente a él. Era consciente de que no debía abrirlo o todos los esfuerzos que llevaba hechos no habrían servido de nada, pero su estado de excitación le hacía imposible frenar el impulso. Se acercó y observó la pequeña cerradura en la puerta. ¿Cuántas veces la había follado contra ella? Sus lágrimas asomaron mientras se fijaba en las marcas de los arañazos. Su estómago se metía aún más hacia dentro, al contrario que su sexo, dilatado y húmedo. Entonces estiró la mano izquierda y empezó a acariciar la madera mientras que con la derecha volvía a tocarse. Poco a poco hasta que terminó apoyada contra el mueble por completo. Cada vez estaba más caliente, pero no podía dejar de llorar. Podía sentirlo en su espalda, aplastado, rozando su sexo contra ella. El dolor era tan fuerte que golpeó su cabeza contra el armario una y otra vez, fuera de sí. A pesar de los golpes, su excitación se disparaba cada vez más y tenía que contenerse para no gemir por la mezcla de dolor y placer. Cuando terminó, no podía abrir los ojos de todo lo que había llorado. Hinchada y agotada, se deslizó hasta quedarse de rodillas frente al armario, lo único que le quedaba de él. Estaba satisfecha por haber aguantado y no haberlo abierto, pero, a su vez, se sentía más frágil que nunca. Tanto que temía que el viento que chocaba fuerte contra las ventanas las abriera de golpe y se la llevara volando.

Viernes, 8 de abril de 1994
Dos días antes de los hechos

Laura se levantó temprano, sintiendo el mareo constante con el que ya convivía. Todavía hinchada, vencía los primeros momentos de consciencia después del sueño, en los que se despertaba con la esperanza de que tuviera que apartar la pierna peluda de su marido para poder salir de la cama, pero no fue así. Se incorporó, se ató su bata de seda y trató de llegar al baño de una pieza; cuánto antes estuviera lista, mejor. Necesitaba algo de música para ahuyentar los espíritus que la acechaban. Salió de la habitación para coger la radio que estaba en la cocina. Raúl ya había entrado en la ducha, oía el ruido del agua y la música que tanto odiaba, así que aceleró el paso para subir antes de que sus hijos bajaran a desayunar. Aunque Mario se quedara en casa quería evitar ver salir a Raúl. Pese a que pasaran los días, sabía que siempre esperaría el beso de su marido y no podía permitirse una recaída. Era la primera vez que la iban a recoger en casa como a una de esas actrices a las que llevaban a todos lados y al llegar le abrían la puerta del coche, y tenía que estar a la altura. Volvió a la habitación y se metió en el baño con todas las puertas abiertas para que vieran lo bien que estaba. «Hoy todo será diferente», se repetía con insistencia. Tenía que proyectarlo desde primera hora, impregnarse de esa energía para meterse en el papel y después sonar convincente, pero, pese a que ya hubieran pasado casi dos décadas y fuera una mujer madura, estaba realmente nerviosa, consciente de todo lo que se jugaba. Aunque pasaran los años, las pruebas seguían siendo pruebas y volvía a sentirse juzgada, vulnerable e insegura. Todo lo contrario a lo que se esforzaba en transmitir. Sin embargo, los nervios no venían solo por la jornada que le esperaba, sino porque después vendría la incertidumbre propia de las trampas y cambios de última hora, tan característicos del mundillo. Cualquier detalle podía hacer que todo se torciera de golpe en el último momento y la idea de tener un reconocimiento médico no ayudaba en absoluto. ¿Por qué tenía que consentir que la trataran como una rata de laboratorio, como un número más de la lista? Odiaba ser una más, por eso cayó en las redes de su marido, porque él le hacía sentir que era la única mujer en el mundo. Los dos se sentían únicos. Era la ventaja de haber empezado tan jóvenes, su marido sabía también que no podía haber muchos más antes que él, de hecho no los había habido, y le enorgullecía que su mujer no hubiera engrosado la lista de trofeos de otros machitos. Eso le reafirmaba y calmaba sus celos. Aquella mañana se levantó sola, pero tenía muy claro que lucharía por seguir siendo única.

Al pararse frente al espejo se alegró al comprobar que las marcas en el escote y en el cuello eran ya casi imperceptibles. Tenía que dejarles con la boca abierta. Su reflejo le confirmaba que había sido una buena idea ir a la peluquería y hacerse la manicura. Todavía tenía tiempo de sobra para ponerse a punto, pero era consciente de que debía limitarse. Si tenía prueba de maquillaje, lo suyo es que fuera con la cara lavada para jugar con sus posibilidades. Si llegaba muy maquillada, parecería que quería tapar más defectos de los que realmente tenía. Además, empezaría con mal pie y, si algo había aprendido, es que a los maquilladores siempre había que tenerlos como aliados. Después de sopesar las alternativas, optó por usar solo una base fluida, muy ligera, pero con un toque de color que disimulara su aspecto enfermizo. Nadie lo notaría cuando se sentara en maquillaje. Lo primero que haría sería confesar que llevaba un poco de tono porque usaba protección solar con color para no parecer un vampiro. Eso sería perfecto, sentirían que confiaba en ellos y tendría a sus primeros aliados. Después ya iría ganando terreno poco a poco, y si no, siempre le quedaría el clásico: «Voy un momento al baño» un minuto antes de entrar en directo para darse ella el último retoque. Siguió mirándose y empezó a ensayar la pose con el ángulo que le favorecía más, cambiando de lado e inclinando la barbilla hacia arriba y hacia abajo. Después, giró la ruedita de la radio en busca de alguna canción que la animara. Ahí estaba: Eros Ramazzotti, él sí que le subía el ánimo, y su canción «Otra como tú», que no podía ser más perfecta para la ocasión. Laura comenzó a tararear la letra mientras se aplicaba la base sobre su rostro:

«No puede haber, ¿dónde la encontraría?, otra mujer igual que tú. No puede haber, desgracia semejante, otra mujer igual que tú... Y me faltan tus miradas porque sé que están allí, donde yo las puse, apasionadas; justo sobre ti. Parece claro que... Es la cosa más evidente, evidentemente preocupante. No, otra mujer, no creo».

Raúl salió del baño en ese momento y se quedó asombrado al encontrarse la puerta de la habitación de sus padres abierta, con su madre al fondo cantando en el baño. Su cuerpo le pedía acercarse, agarrarla del pelo y gritarle: «¿Qué coño estás haciendo?», que es lo que le habría hecho ella. Pero prefería ignorarla y no tener ni que cruzar las miradas.

Por primera vez el odio que sentía hacia su madre se transformaba en pena. Creía que por el mero hecho de que les tratara como si fueran invisibles, eran tontos y no se enteraban de nada, pero al final se pasaba de lista y la tonta acababa siendo ella. Raúl lanzó una última mirada mientras se dirigía a las escaleras. ¿De verdad se pensaba que creerían que se había dejado la puerta abierta por accidente? ¿Que todo ese número con canción de fondo no era para que pensaran que estaba genial y que ya no echaba de menos a su padre? Era absurdo jugar a aquello en una casa que se cimentaba sobre mentiras. Cuando llegó a la planta de abajo, Mario estaba desayunando sin energía, con los ojos casi cerrados.

—¿Has oído a mamá con la música puesta? —preguntó Mario cuando vio aparecer a Raúl por el marco de la puerta.

—Sí y por desgracia también la he visto. Me da bastante pena, de hecho.

Mario levantó la mirada atento a su hermano.

—Como si fuéramos idiotas y no supiéramos lo que pretende ocultar bajo los cuellos vueltos y tanto maquillaje… ¡Y ahora de pronto quiere ser presentadora cuando lo ha criticado toda la vida! Si está claro que lo hace todo por venganza, para restregárselo a papá, para recordarle que existe. ¿Qué se piensa, que a papá le importa una mierda lo que haga, lo que hagamos alguno de nosotros? ¡Se ha ido y todo sigue siendo por y para él, menuda mierda! ¡Ojalá se esté pudriendo allá donde esté!

Mario soltó de golpe la galleta que estaba troceando, desparramando la leche sobre la mesa. La pena que Raúl tenía hacia su madre no era nada comparada con el odio profundo que sentía en ese momento su hermano hacia él. Su madre empezó a bajar las escaleras, pero Raúl salió volando antes de que ella llegara abajo. Prefería irse sin desayunar antes que escuchar cualquier gilipollez y tener que contenerse para no cerrar la boca a su madre de una puta vez, aunque fuera metiéndole lo primero que pillara hasta que se asfixiara.

Cerró la puerta de la verja de su casa y se puso la capucha de la sudadera que llevaba. Realmente nunca había escuchado a Laura hablar en serio, sin fingir y exagerar las cosas. Bueno, sí, cuando se fue su padre y, después de explicarles la situación sin ningún tacto, les ordenó que no contaran nada. Les había amenazado pero, al menos por una vez, hablaba de verdad. Prefería mil veces que fuera directa, aunque resultara agresiva, a las arcadas que le producían sus mil «cariños» antes de cada dardo. Raúl estaba caminando hacia la parada cuando se encontró con Kirsten, que volvía a estar esperando sola. Sus plegarias habían sido escuchadas y sus rizos de fuego hicieron que olvidara a su madre por completo, recobrando la esperanza de que se aproximaba algo mejor. Ahora que sabía que eran compañeros de clase, sería muy raro actuar como si nada. ¿Debería decirle algo? ¿Presentarse? Pero ¿cómo? ¿En inglés o en español? Mientras debatía cómo tendría que actuar, apareció la ruta subiendo desde el fondo de la calle. Raúl echó a correr para llegar antes de que abriera sus puertas y coincidir con ella abajo, pero con las prisas al bajar el bordillo dio un traspiés que casi le hizo caer al suelo. Suplicó que no le hubiera visto, pero, para su sorpresa, Kirsten lo miraba con una medio sonrisa. Raúl no supo qué hacer, se puso rojo y se encogió de hombros, arrepintiéndose al instante. ¿Por qué era tan estúpido de reaccionar como un memo cuando no lo era?

—Menuda carrerita te has dado, ¿eh? Para que luego refunfuñes —dijo doña Blanca al verlo aparecer sofocado.

Raúl no le dedicó ni un instante y siguió a su presa. La mayoría de los chavales eran más pequeños y se ponían en las primeras filas. La parte de atrás era solo para los mayores, su lugar, pero Raúl se quedó a medio camino, a tan solo dos filas de diferencia en paralelo de Kirsten. A esa distancia si miraba podría demostrar a esa chica que no era ningún pardillo, como seguramente pensaba. Tenía que conseguir romper el hielo, pero la sangre no le llegaba al cerebro, era incapaz de pensar con claridad de lo cachondo que estaba.

Una vez maquillada, Laura repasó los aspectos que quería potenciar con el productor y el director. Era como empezar desde cero, como si pudiera irse a vivir al extranjero sin que nadie tuviera referencias suyas y poder ser quien quisiera. La actriz pasaba a ser guionista, aunque, una vez más, no podía haber fisuras en su historia. Pensaba vender que tenía una familia modelo, pero ¿y si le pedían llevar a toda la familia o a los niños? Cualquier madre lo terminaría haciendo tarde o temprano y ella no podía llevar a sus hijos, tal y como estaban las cosas, o se arriesgaba a que Mario liara una de las suyas y Raúl, en su línea, aprovechara a ridiculizarla delante de todos. Tenía que prepararlos. Rápidamente cambió de plan, salió del baño y bajó las escaleras hacia la cocina.

Al entrar, lo primero que vio fue a Mario ensimismado, mirando muy serio la leche y los trozos de galleta desparramados por toda la mesa. Cualquier otro día le habría llevado de la oreja a coger un trapo y se lo habría hecho recoger, pero aquella mañana eso iría en contra de sus objetivos.

—Pero ¡bueno! ¿Qué ha pasado aquí? —Mario no abrió la boca—. Cómo nos hemos levantado hoy, ¡¿eh?! No nos gustan los castigos, ¿verdad? Pues ya sabes lo que tienes que hacer o, más bien, dejar de hacer —dijo en tono conciliador mientras iba a buscar una bayeta y se encargaba de limpiar los restos—. Venga, que te duermes, ve a hacer los deberes. ¡Que estás castigado, no de vacaciones!

Mario seguía sin reaccionar, invadido por el estado que le provocó Raúl con sus palabras. Se equivocaba, estaba convencido de que si su padre no mostraba la preocupación de la que se quejaba su hermano sería por algún motivo de peso. Estaba convencido de que algo se lo impedía. Quizá la clave estaba en su armario, por eso el empeño de su madre de cerrarlo con llave y esconderlo todo. ¿Por qué tanto misterio? ¿Qué les estaba ocultando? Mario levantó la vista y se la quedó mirando serio y pensativo. Laura se sorprendió por la manera tan adulta con la que su hijo la miraba por primera vez.

—¡Ay, estoy un poco nerviosa! —continuó tratando de ganarse su complicidad—. He intentado quitarle hierro a todo lo del programa para que no os hicierais demasiadas ilusiones, por si al final no saliera, que este mundillo es así, pero realmente es muy importante, si sale bien todo hoy… ¡Me convertiré en la nueva estrella de las tardes!

Mientras hablaba, Mario seguía observándola en detalle. Su hermano se equivocaba con su padre, pero, en cambio, acertaba de pleno cuando decía que ella solo hablaba de sí misma.

—¿No te gustaría ir un día a la tele? ¡Y así ves cómo se hacen los programas y cómo trabaja tu madre!

Era tan evidente que Laura tenía algún interés en ello, que resultaba dañina. Aun así, Mario sonrió de oreja a oreja para que se quedara contenta. Así se largaría de una vez y él podría buscar con tranquilidad en el cajón que tenía a sus espaldas. Laura le devolvió la sonrisa y se quedaron mirándose un instante, sin sospechar que los dos sonreían por el mismo motivo: sus planes marchaban más que bien.

Cuando el autocar llegó a su destino, Raúl esperó en su sitio a que Kirsten se incorporara y, mientras hacía la cola para bajar, se colocó detrás de ella, a escasos centímetros de su espalda. Disfrutaba de cada segundo saboreando su aroma, luchando para no apretarse contra ella. Al bajar, no se puso el *walkman* como todos los días. Las curvas que dibujaban su uniforme eran suficiente para abstraerle del bullicio que tanto detestaba y quería estar bien presente para no perderse detalle. Se acercaba la hora de empezar las clases y Kirsten fue acelerando el ritmo seguida de Raúl, que cada vez se acercaba más, casi sin disimular. Por un momento pudo verse a sí mismo, desde fuera, siguiéndola como un loco: «El halcón sigue a su presa», bromeó para sí imitando mentalmente el tono de voz de Félix Rodríguez de la Fuente. Al llegar a la planta de su clase, Kirsten dio una última carrera y se metió en el baño de chicas. Raúl se encontró con la puerta cerrándose en su boca. ¿Sabría que él iba detrás de ella? ¿Era una señal para que la siguiera también hasta ahí porque le estaba esperando dentro? ¿O su deseo le estaba haciendo imaginarse demasiadas cosas? En el baño, con las clases ya empezadas, podrían hacer lo que quisieran. ¿Debía arriesgarse a entrar? Si finalmente no era una invitación, cuando se sorprendiera al verlo, siempre podría decir que se había confundido de aseo y estaría todo solucionado. Esa sería una buena manera de conocerse. Raúl estiró el brazo para abrir la puerta cuando la voz de don Felipe, su profesor de lengua, le frenó de golpe.

—¡Venga, a clase! ¿Te quieres escaquear ahí para que nadie te encuentre o qué? Anda, que no te tengo calado yo a ti.

El profesor se quedó parado en la entrada al acceso a las aulas esperando a que pasara Raúl antes que él, así que no le quedaba otra opción. Acabó entrando en clase resignado y con la duda de si ella le estaría esperando en la penumbra. Lo que sí tenía claro es que se le iba a hacer eterno hasta que llegara la hora de la clase de recuperación.

Mario no tenía ganas de seguir desayunando, quería empezar a buscar, pero se quedó un rato más con su madre para que no sospechara. Cuando terminó la leche se subió a su cuarto y se sentó encima de su cama, con las piernas cruzadas, mirando hacia la calle. El lugar donde observaba el hombre que esperaba no resultaba nada tenebroso a la luz del día, pero no era el hombre al que esperaba ver, sino el coche que iba a venir a buscar a su madre. El que se la llevaría durante el tiempo suficiente como para poner patas arriba toda la casa sin correr peligro. Cinco minutos antes de la hora pactada de recogida, llegaba un coche negro muy grande, con los cristales tintados y el logo de la cadena de televisión.

Cuando sonó el telefonillo, Laura llevaba más de veinte minutos arreglada fumando de pie en la cocina. Aunque estaba un poco mareada, no había desayunado más que un café porque quería estar bien para la prueba de vestuario. Bastante inflada estaba ya. En cuanto le midieran las tallas ya tomaría cualquier cosa, pero de momento quería estar a punto. Pese al ayuno y el madrugón, estaba resplandeciente: había cambiado su conjunto por un traje de chaqueta y falda más corta pero con más vuelo. No podía fallar y por eso volvía a recurrir al rojo. Se sentía sexi y eso le daba la seguridad que necesitaba. Le habían pedido que fuese puntual porque querían aprovechar para calcular el tiempo que se tardaba en llegar al estudio. Aunque era un poco pronto, preferían que llegara antes y que esperara después, a tener que esperar por ella y tener que repetir la operación. Aun así, el coche de producción llegó incluso cinco minutos antes de la hora, lo que terminó de rematar los nervios que tenía. Atacada apagó el cigarro en la pila y salió corriendo a contestar.

—Sí, buenos días. Sí, ya salgo, gracias.

Colgó el telefonillo y fue a mirarse en el espejo del baño de la entrada. La base estaba aún más integrada con su piel que antes y las marcas eran imperceptibles. Le gustaba lo que veía, tenía un buen pálpito. Terminó de meter las cosas en el bolso a todo correr y mientras se calzaba los zapatos gritó:

—¡Mario! Me voy, no sé lo que tardaré. Por si acaso, ya sabes dónde está la comida. ¿Me oyes?

—¡Sí! —exclamó enseguida Mario.

Al salir a la calle vio el coche esperando, pero el conductor no estaba fuera para abrirle la puerta, como había fantaseado. ¿Debería sentarse detrás o delante? Si se sentaba delante, tendría que darle conversación y no tenía ningún interés en contar nada a nadie, ni tener que hacer preguntas por compromiso, y menos al conductor. No pensaba gastar su energía, tenía que reservarse, pero tenía miedo de que pudiera ser alguien de producción y no un simple conductor, en ese caso tendría que hacer un esfuerzo. ¿Y si luego iban preguntando su opinión a todo el equipo? El mero hecho de divagar tanto volvió a recordarle lo nerviosa que estaba. Finalmente optó por seguir su instinto y se sentó en el asiento trasero. El coche era aún más amplio por dentro y olía a nuevo.

—Buenos días —dijo al sentarse.

—Buenos días —le contestó el conductor.

—Perdona, no sé si te molesta que me siente aquí, ¿o debería sentarme delante? —preguntó para asegurarse de no empezar con mal pie.

—No, no, donde usted quiera, por favor.

El conductor utilizó un tono amable. Era un hombre fuerte y atractivo. En otros tiempos no habría parado hasta sentir que le hacía perder los papeles. Después ya hubiese reculado, dejándole con la miel en los labios, diciendo que era una mujer casada y con hijos. Laura sonrió para sus adentros mientras el coche se ponía en marcha.

A Mario se le iluminaron los ojos al escuchar que se cerraba la puerta de la calle. Dio un salto de la cama y salió de su habitación a toda prisa. Atravesó el pasillo y bajó las escaleras en tiempo récord. Entró en la cocina directo al cajón, lo abrió y antes de tocar nada echó un vistazo fijándose en el grado de orden, pensando bien si podía revolverlo libremente sin que se notara o debía controlarse y ser más metódico antes de correr el riesgo de ser descubierto. Los objetos estaban colocados al azar, pero, aun así, Mario hizo una fotografía mental para dejarlo todo como estaba. Media hora más tarde, exhausto, seguía buscando. Le dolían las piernas de estar de cuclillas. Desesperado miró el reloj de la pared consciente de que, aunque su madre no llevaba demasiado tiempo fuera, no sabía cuánto iba tardar y tenía que estar pendiente de la hora. Empezaba a frustrarse; por si acaso, había mirado también en los demás cajones, entre la cubertería y los paños de cocina. Tampoco había nada. Volvió a buscar y se fijó en que había una cajetilla de tabaco. La había visto en la primera ojeada, pero no le había llamado la atención porque su madre se compraba cartones enteros para tener a mano las cajetillas por toda la casa. Sin embargo, al verla por segunda vez, se dio cuenta de que no llegaba a cerrarse del todo porque los cigarros sobresalían demasiado. Mario los sacó y para su sorpresa, descubrió que al fondo del todo estaba oculta la llave. Sin poder creérselo volvió a guardar los cigarros en la cajetilla, que dejó donde estaba, y cerró el cajón.

De camino al plató, Laura miraba por la ventanilla del coche concentrada en no marearse. Al hambre y las náuseas se sumaba que, cuando se subía a un coche sin conducir ella, le bajaba la tensión y se quedaba medio sedada. Pensó en bajar un poco la ventanilla, pero no quería llegar con el pelo cardado. ¡El pelo! No había tenido tiempo de darse el último toque con los cinco minutos de adelanto. «¡Maldita sea!», farfulló. Entonces se acordó de las Martas, cada vez que le reprochaban que hubiera llegado tarde. Una parte de ella se arrepentía de no haber tenido el valor de volver a llamarlas. Era extraño porque, pese a que la mayor parte del tiempo se lo hubiera pasado sola en casa sin hacer nada especial, mentalmente, sentía que todos esos años se los había dedicado por entero a su marido y a sus hijos.

—No tenemos tráfico, está usted de suerte —dijo amablemente el conductor.

Laura le dedicó una sonrisa que desapareció de golpe cuando, al mirarlo, le pareció que de espaldas podría ser perfectamente su marido. Tenía las orejas iguales, un poco de soplillo, pequeñas y comestibles y el mismo cuello ancho que le encantaba morder. Se le hizo un nudo en la garganta. Volvió a fijar la vista en la carretera huyendo de sus pensamientos, mientras acariciaba su anillo de bodas. Tenía que estar al cien por cien, fuerte y con el ánimo subido. Si todo salía bien, no habría muchos días antes de empezar el programa y debía aprovechar la preparación al máximo. Las siguientes semanas serían muy intensas, entre las horas de programa, las de preparación y toda la promoción. El ritmo sería duro pero las entrevistas y las sesiones de fotos, más que una carga, eran uno de sus principales alicientes. Si conseguía salir en todos los sitios, tendría más probabilidades de que él la viera.

—Ya estamos llegando —dijo el conductor.

Laura volvió en sí con los nervios agarrados al estómago. Por experiencia sabía que las decisiones pasaban por muchas cabezas y que todos estuvieran de acuerdo era casi un milagro. Y, además, estaba el peligro inminente de las preguntas personales y el chequeo médico. Por poco tiempo que faltara, si no llegaba a convencerles al cien por cien de que era la mejor, podían cambiarla de un plumazo. No sería la primera ni la última vez. Tomó aire, se puso erguida y salió del coche dispuesta a matar: o les enamoraba o estaría perdida del todo.

Nada más poner el primer pie en el suelo, un chaval que la estaba esperando se acercó y se presentó amablemente. Laura nunca se quedaba con los nombres: normalmente no los captaba, abstraída por el primer detalle externo que le hubiera llamado la atención, que en este caso era un pendiente que llevaba en la ceja, y después por vergüenza o falta de interés no lo volvía a preguntar.

—Soy auxiliar de producción —dijo al presentarse—. Y me voy a encargar de ayudarte a familiarizarte con todo. Te cuento el plan: primero te van a ver los chicos de maquillaje y peluquería y después pasarás por vestuario. No te preocupes, que se darán prisa porque te estarán esperando el productor y el director en el plató. Y por último, tendrás el chequeo médico.

Laura sonreía, pero su cabeza iba a mil por hora y le era muy difícil prestar atención. El chico abrió la puerta del exterior del plató y la sujetó para que pasara. Una vez dentro volvió a adelantarla para que lo siguiera. El corazón de Laura se aceleraba conforme andaban por los pasillos. El auxiliar le iba indicando dónde estaba cada cosa, saludando a los miembros del equipo que se cruzaban en su camino y ubicando la función que desempeñaban, para que se fuera haciendo a la idea. Pero a ella le costaba centrarse y escuchar. Se le escapaba la mirada hacia todos lados descontrolada. Se sentía como una muñeca teledirigida que no tenía tiempo de llegar a procesar ninguna acción de las que hacía, pero, aun así, desde la velocidad con la que estaba viviendo todo, no dejaba de sonreír. Sonreía a todo el mundo y se reía por cada palabra por tonta que fuera, sin importarle resultar excesiva. Tenía que ser encantadora hasta con las plantas y causar una primera impresión positiva. Ya pondría los puntos sobre las íes una vez que conociera bien al equipo. Tenía muy claro que no iba a consentir que se le subieran a la chepa y la trataran por debajo de lo que ella merecía, pero tenía que ser prudente y esperar un par de semanas, tampoco más porque luego sería más complicado modificar determinadas maneras de actuar, sobre todo si ya pasaban a ser hábitos y se justificaban como «métodos de trabajo». Hacía muchos años que no pisaba un set, demasiados. Sin contar, claro, con los pequeños estudios de fotografía donde se retrataba cada año la familia bien arreglada. Los cuatro, un gran foco, la cartulina blanca de fondo y una marca en el suelo que indicaba dónde colocarse. Aquello fue lo máximo que se había acercado a su profesión en los últimos años. Ella, recién salida de la peluquería, más rubia que nunca, maquillada y vestida en los tonos que aconsejaran cualquiera de las miles de revistas que se compraba. Él, radiante con su sonrisa encandiladora, y los niños vestidos iguales, con el pelo mojado hacia un lado. Lo mucho que le costaba que Raúl se dejara engominar. «Parecemos tontos», rechistaba. Pero para ella no había diálogo posible, Laura vivía aquel momento con mucha exigencia, como si fuera un trabajo. Era lo que vería todo su entorno en los próximos doce meses y tenía muy clara la imagen que debían conseguir.

—Laura, perdona, ¿me escuchas? —preguntó el chico extrañado.

Laura se había quedado completamente ida, como de costumbre, sumergida en sus pensamientos delante de todo el equipo de vestuario que la observaba atentamente al otro lado de la puerta que sujetaba el auxiliar.

—Te decía que ya estamos en vestuario —repitió amablemente mientras el equipo le sonreía.

—¡Uy, perdón! Me he quedado atrapada con todo. ¡Es que son tantas cosas que estoy un poco alucinada, perdonad! —exclamó Laura, mostrándose encantadora y cercana.

El auxiliar interrumpió de nuevo con energía mientras la invitaba a pasar.

—Es normal, vamos a presentarte al equipo de vestuario y enseguida te pasamos por maquillaje. Mira, este es nuestro equipo de estilistas. —Los miembros seguían sonriéndole—. Si vas a ser una estrella, tiene que notarse, ¿no?

El comentario no pudo ser más acertado y provocó una amplia sonrisa en el rostro de Laura, que aunque acababa de llegar ya le dolían los músculos de la cara de tanto sonreír.

Al entrar en la habitación de sus padres las cortinas estaban descorridas y las ventanas medio abiertas. Mario se sorprendió de toda la luz que había y de que no hubiera rastro del humo en forma de niebla. El aire frío entraba, pero no era nada comparado con la corriente del resto de la casa. Las puertas del armario de su madre estaban abiertas de par en par y había ropa interior, medias y algún cinturón todo revuelto sobre la cama sin hacer. El de su padre, en cambio, seguía cerrado a cal y canto. Se acercó y metió la llave con suma delicadeza, tenía que controlar su ansiedad y mantener la calma. Nada podía fallar, no debía quedar ningún rastro de su estancia o las consecuencias serían terribles. Las puertas de madera se abrieron al girar la llave, descubriendo lo único que podía saciar sus carencias. Mario, con los ojos llorosos, miraba impresionado todo lo que tanto añoraba, casi como si pudiera volver a verlo: su ropa, sus zapatillas de andar por casa, sus corbatas, sus libros y sus discos, los álbumes, todas sus fotos y el resto de sus cosas estaban apelotonados de mala manera ahí dentro. Todo oculto y amontonado como si se avergonzaran de ello. La imagen le producía muchísima rabia. Encima de todo, estaba la foto enmarcada, el retrato de su padre. Necesitaba ver esa sonrisa de cerca, la cogió con las dos manos y se la acercó cuanto pudo a la cara. Ese era su padre, el que le cuidaba y mimaba, el que se echaba la siesta con él y el que le contaba cosas, el que le bañaba y le cambiaba, el que le traía chucherías a escondidas y el que sonreía cuando su madre no se lo impedía. El que seguía sonriendo postrado sobre su ropa bajo un cristal roto en pedazos.

El resto del tiempo lo pasó sentado en el suelo, entre las dos puertas abiertas del armario, abrazando la fotografía y chupándose el dedo sin parar. No había vuelto a hacerlo desde que su padre se había ido, pero su imagen le hacía chupárselo de nuevo: lo asociaba a él y le regalaba un poco de paz. Antes de que la llave de la casa irrumpiera en la cerradura, Mario ya había vuelto a dejar todo como estaba. En esa habitación no había ocurrido nada, ese sería su secreto.

La prueba de vestuario fue todo un éxito y no solo porque el auxiliar lo repitiera sin parar, sino porque tanto Laura como la jefa de departamento estaban encantadas con el resultado final. Después de un rato largo probándose infinidad de opciones de toda la gama de colores, dieron con el cambio que marcaría la pauta de estilo: una chaqueta bien entallada con un poco de hombreras y unos pantalones bien apretados que combinaría con faldas cortitas. Cada día habría un cambio distinto, lo cual le encantaba. Todos en tonos granates, rojos y naranjas fuertes.

—Es que la tipografía de la cabecera y el logo va en estos tonos. Y por lo que veo te sientan de maravilla —recalcó la jefa.

—Me encanta todo, pero si no os importa hoy prefiero una de las faldas —dijo Laura lanzando una mirada al burro de ropa.

Nadie se negó, al igual que tampoco lo hizo ella cuando la jefa de peluquería empezó a meter la tijera a diestro y siniestro en su pelo. «Es lo que han marcado los jefes». En otro momento se habría negado en rotundo, pero si era una garantía para gustarles no pensaba oponerse.

Casi una hora más tarde, parecía otra después de pasar por maquillaje y con su nuevo corte: un flequillo y melena bastante cortos con las puntas redondas hacia dentro. «Maribel se va a morir cuando me vea con el pelo igual que ella», pensó al comprobar en el espejo que a ella le favorecía mucho más. Objetivamente, los cambios le daban luz, estaba pletórica. Habían conseguido una mezcla perfecta entre la suavidad que desprendían los tonos pasteles con que la habían maquillado y el magnetismo que irradiaba de por sí. Pero aun así se veía muy rara. La base y los tonos del maquillaje eran demasiado suaves. «Yo no voy tan poco maquillada ni al gimnasio», pensaba tratando de disimular su decepción. El auxiliar esperó a que Laura diera las gracias por última vez y volvió a guiarla por los pasillos, hasta llegar al fondo del todo, donde había dos grandes puertas y un piloto con una luz verde encendida. Al otro lado esperaban los jefes, la clave de su futuro.

—¿Estás preparada? —preguntó agarrando el pomo para entrar.

Laura se tocó el anillo de boda, tomó aire y asintió con la cabeza. El chico abrió las dos puertas del plató y una ola de luz y de calor les golpeó de inmediato. Estaba tan impresionada por los cientos de focos colocados por todas partes que ni pestañeaba. Las dimensiones del plató eran gigantes, con filas y filas de asientos para el público, y, en-frente, subiendo unas escaleritas, un escenario semicircular con cinco sillas colocadas en fila. Enseguida salieron a su encuentro dos tipos: uno muy trajeado de pelo blanco pei-nado hacia atrás: el productor, y otro con un aspecto bohe-mio estudiadamente dejado: el director. El auxiliar salió dejándoles solos.

—Por fin te tenemos aquí —dijo el productor al llegar a su altura.

—Bienvenida —saludó el director estirando el brazo para estrecharle la mano.

Laura estaba desconcertada porque ninguno de los dos la hubiera besado al presentarse. ¿Estaría perdiendo sus ar-mas de seducción?

—Bueno, Laura, supongo que ya te habrán contado que el programa es un formato traído de Estados Unidos, que ahí ya es todo un clásico. En Europa, por ejemplo, en Ingla-terra y algunos países más ya se ha adaptado también y está siendo un fenómeno —explicó el productor mientras pasea-ba por el espacio invitándolos a que lo acompañaran—. Pero cuéntaselo tú, que para eso eres el director.

—Iremos anunciando temas con antelación, tipo: «Me dejaron plantado el día de mi boda», «Me tocó la lotería pero perdí el décimo», «Me enamoré de mi mejor amigo», por ejemplo. Temas frescos, divertidos, para captar a un público de todas las edades. La lluvia constante de anuncios invitará a que llame la gente que haya pasado por situaciones como las que se plantean. De todas las llamadas, seleccionaremos invitados para que vengan y cuenten su experiencia…, gente anónima, de la calle, de diferentes edades y clase social para que todo el mundo se sienta identificado. Después, cuando ya tengamos ganado al público, iremos incorporando temas más rebuscados para conseguir más audiencia: hijos sin reconocer, peleas entre vecinos, malos tratos, divorcios... Al final, lo que interesa a la gente son los problemas reales, los que tiene todo hijo de vecino contados en primera persona.

Laura tragó saliva. ¿Tendría la distancia suficiente como para abordar ese tipo de temas? La duda desapareció al instante: todo era un show, una actuación y lo enfocaría desde ahí, como un nuevo personaje.

—La dinámica de trabajo será básicamente la siguiente —continuó el director—: los redactores trabajarán seleccionando los temas y los invitados a los que más chicha se les pueda sacar, y tú trabajarás con ellos para elaborar las preguntas para que todo vaya fluido en el directo de la tarde y nada te resulte ajeno. Al fin y al cabo, tú vas a ser quien dé la cara y la única que puede conseguir que estos temas tan turbios funcionen a media tarde, dándole un tono cercano y tratando a los invitados con cariño, más como concursantes que como gente que va a dar un testimonio.

Laura estaba feliz de escuchar que daban por hecho que el programa era suyo y que encima ella sería la clave del éxito.

—Queríamos que fuera una sorpresa, pero te lo vamos a decir: ¡El programa se va a llamar *El programa de Laura*! —dijo el productor como si acabara de ganar *La ruleta de la fortuna*.

Laura los miraba incrédula asimilando todo, sin poder creérselo. Era aún mejor de lo que se había imaginado, ¿Cómo reaccionaría su marido cuando escuchara por primera vez *El programa de Laura* y la viera aparecer así vestida y maquillada?

—Pero, verás, Laura —ahí estaba el «pero»—. Para eso necesitamos que te quites la careta, que te relajes —intervino el director.

—Efectivamente —añadió el productor—. Nos gusta tu imagen, nos gustas tú, pero cuando te relajas y escuchas, como ahora o como en tu prueba, cuando pensabas que no te grabábamos y parecías sencilla, normal. Necesitamos a alguien que escuche, que sea cercano, humilde, a quien la gente quiera y que transmita confianza para que los invitados se abran ahí arriba. Por supuesto, también nos encanta que puedas dar algo más agresivo, más irónico. Nos gusta tu seguridad, tu magnetismo. No queremos que lo pierdas, solo que lo guardes y lo utilices en los momentos más álgidos del programa. Eso pillará más de sorpresa y enganchará más.

Laura los miraba, sin saber si lo que escuchaba era bueno o malo.

—¿Entiendes a lo que nos referimos? —preguntó el director.

—Sí, por supuesto —contestó enérgica, encajando lo que acababa de escuchar.

—Antes de «casarnos contigo» siendo actriz, ¿podemos confiar en que, cuando nosotros te hayamos dado notoriedad, no nos vayas a dejar para irte por un papel en cualquier lado?

De pronto el productor había salido a flote, dejando muy lejano al hombre que la había recibido minutos antes con una amplia sonrisa, pero Laura no tenía miedo. En otro momento de su vida, habría titubeado y sorteado la pregunta para no decirles la verdad, pero en ese momento su única verdad era que estaba dispuesta a tragar con lo que fuera con tal de conseguir que su marido la viera.

—Para mí esto es un sueño. Estoy dispuesta a firmar toda la exclusividad que queráis. Precisamente dejé de ser actriz porque me di cuenta de que aquello no era para mí. En el fondo, siempre quise ser presentadora, pero lo aparqué para criar a mis hijos. Ahora ya han crecido. Por eso insistí tanto en hacer la prueba, porque tenía la necesidad de trabajar desde mí misma, con mi voz. Sin papeles ni máscaras. Era lo que deseaba y tenía el pálpito de que era para mí.

Laura fue capaz de transmitir con su interpretación todo lo que había ensayado en casa. Se acababa de demostrar a sí misma que seguía en forma. Solo le había faltado llorar de emoción. Los dos hombres la miraban embelesados.

—Entonces ¿quieres casarte con nosotros? —preguntó el productor.

—Sí, quiero —respondió Laura, muy coqueta y sonrió de oreja a oreja.

—No sé qué opinará tu marido al respecto —añadió el director mirando su anillo de casada.

Laura se puso alerta consciente de que aún no había terminado su tarea.

—Mi marido está fuera, trabaja fuera. Estará encantado, así me verá todas las tardes y tendrá más ganas de volver a casa.

Contestó de una manera tan encantadora que era imposible que no siguieran engatusados.

—El lunes a primera hora queremos que estés aquí para que conozcas a los redactores y al resto del equipo, y empezar a ver las dinámicas de trabajo. El martes comenzaríamos a ensayar, haciendo pruebas con falsos invitados, porque el jueves ya emitiríamos el primer programa. Es un poco raro empezar un jueves, pero justo termina uno en la competencia y la cadena quiere aprovechar. Realmente nos viene muy bien en ese sentido.

Laura terminó de escucharle con un brillo especial en los ojos y, sin decir nada, se levantó y subió los escalones hasta lo alto del escenario. Desde ahí sentía que estaba en la cima del mundo. El productor y el director la miraban satisfechos.

—Perdonad. Si ya habéis acabado, le esperan para el reconocimiento médico —dijo el auxiliar asomando la cabeza con prudencia.

A Laura le cambió la cara de inmediato al escuchar la palabra «médico».

—Es algo rutinario, por temas de seguro, no vas a tardar nada, ya verás. Nos vemos el lunes —dijo el productor.

Laura regaló su última sonrisa: había conseguido dejarles prendados. Solo quedaba la prueba de fuego y oficialmente estaría de vuelta. El auxiliar abrió la puerta y la sujetó caballerosamente para que saliera. Laura se puso en marcha cruzando los dedos para que todo saliera bien, mientras volvía a recorrer el pasillo detrás de él.

Aunque la sirena sonaba puntual Raúl pensaba que el final de la clase no llegaría nunca. Llevaba pendiente del reloj de la pared toda la hora: después tenía recuperación y ansiaba ver a Kirsten. Antes de que los demás compañeros se hubieran puesto de pie, él ya había salido a los pasillos con su carpeta plastificada con fotos de Nirvana, Freddy Krueger, *Psicosis* y más iconos de cine de terror. Salió tan rápido que hubo un momento en el que casi estaba él solo. Llevaba los cascos puestos, pero justo se terminó la última canción del casete y el ligero ruido de la cinta moviéndose era lo único que se escuchaba en el hall fantasma. Hasta que la cinta llegó al final y se paró en seco. El ritmo frenético se detuvo por un momento. Solo había silencio, silencio cargado de nostalgia. Tenía la sensación de que esa sería la última vez que estaría ahí. ¿Habría llegado por fin el momento? Aunque llevaba tiempo planteándoselo, la chica misteriosa le había desviado del camino. Sin embargo, algo dentro de él le decía que el momento estaba por llegar, que no volvería a pisar esos pasillos nunca más. En un segundo sus compañeros aparecieron por todos lados, Raúl los contemplaba andar y hablar entre ellos. Parecían felices, ajenos a todo su dolor. Bajó el ritmo y siguió andando despacio por el pasillo, observando fríamente a través de los ojos de buey cómo el resto de alumnos iban saliendo y entrando en las diferentes aulas. Sus ojos se iluminaban conforme crecía el odio hacia todo lo que le rodeaba, fantaseando con prenderle fuego sin ningún tipo de remordimiento. La imagen de las llamas acabando con todo le daba mucha paz, tanta que empezó a relajarse y a soltar los brazos y las manos, dejando caer al suelo uno de los folios que llevaba agarrados junto a la carpeta. Siguió andando imaginando cómo arderían los malotes de COU, aflojando aún más los dedos, dejando un reguero de folios a su paso. Al llegar, la puerta de la clase estaba cerrada. Se había demorado tanto en su deleite que por primera vez sus compañeros habían entrado antes que él. Nada más abrir la puerta todas las miradas apuntaron hacia él, incluida la de Kirsten, que estaba sentada en el mismo sitio que el día anterior.

—Pasa, venga, que acabamos de empezar —dijo don Andrés.

Raúl cerró la puerta y avanzó por el centro de la clase entre los pupitres. Sus compañeros lo examinaban conforme pasaba, pero no pensaba intimidarse y les aguantaba la mirada hasta que la apartaban. Sin embargo, contra todo pronóstico, Kirsten resistió más de lo que él esperaba. ¿Lo estaba retando? ¿Por qué disimular entonces? No siguió hasta el fondo y se sentó detrás de ella pero en paralelo, en la siguiente fila, mucho más cerca que las veces anteriores. Al hacerlo, notó que la chica se recolocaba en el sitio, volviéndose más hacia él. Raúl la miraba fijamente, sin apartar la vista, esperando a que en algún momento ella se atreviera a girarse y, aunque fuera un instante, cruzaran de nuevo las miradas. Quería que supiera todo lo que se le pasaba por la cabeza.

La clase continuaba y en la pizarra se amontonaban los números, las ecuaciones y el mar de abstracciones que

Raúl era incapaz de entender, sobre todo porque su atención seguía puesta en otro punto. Su encandilamiento por Kirsten, hacía más evidente el asco que le daba todo el resto. Odiaba aquella clase, su olor a plástico, sus techos bajos y las cajoneras con el nombre escrito de cada alumno, como si todos fueran subnormales y no fueran a acordarse de cuál era la suya. Ya no podía más. Volvía a buscarla, pero ella seguía mirando al frente obviando su presencia. «No puedes evitarme», pensaba Raúl mirando sus muslos. Al subir de nuevo la vista se dio cuenta de que la chica se había dado cuenta y lo estaba observando. Por un instante ambos se mantuvieron las miradas, pero ella se volvió a girar enseguida, dándole el perfil de nuevo. Hacía tiempo que Raúl no sentía una excitación tan fuerte con tan poco. Aquello era peor que si se hubiera quedado mirando: si lo hubiera hecho, quizá le habría intimidado, pero el aire monjil con el que trataba de esconder su curiosidad disparaba sus instintos más primarios. Raúl echó el respaldo de su silla hacia atrás, apoyando todo el peso en las patas traseras, y poco a poco se fue abriendo la bragueta.

Kirsten Thompson jamás pensó que vería a un chico masturbarse delante de ella y mucho menos en mitad de clase en su primera semana de colegio. Miraba de reojo, sin poder evitarlo, y cada vez que lo hacía él aceleraba el ritmo, consciente de que era observado. Kirsten, para disimular, hizo que miraba por la ventana de perfil pero seguía observando por el rabillo del ojo. Raúl se había sacado la polla entera y la tenía metida dentro de la cajonera. No podía dejar de meneársela, con más fuerza, sin atender al ruido que hacía al frotarse. Le encantaba mirar al frente como si no supiera que ella se había dado cuenta, frotando su glande contra el metal. Kirsten lo había visto todo: la manera en que dejó escurrir un lapo en su mano y cómo se lo llevó después hacia el interior de su taquilla y cómo después se enrojecía y se le inflaban todas las venas al aguantarse para no gemir cuando terminó. Esa sería la imagen que siempre le acompañaría de él. Su recuerdo la mortificaría durante años, castigándose por seguir fantaseando con ese momento, juzgando si estaba bien o mal, después de lo que ocurriría tan solo dos días después. Nunca podría olvidar la media sonrisa cómplice con la que Raúl miró al frente al acabar, que confirmaba el secreto entre ambos.

Laura odiaba los hospitales desde que era niña. A los siete años, vio cómo a su abuelo le daba un infarto delante de toda la familia cuando se disponían a comer una paella que había cocinado su abuela. «No soy valenciana, pero me sale mejor que a muchas», se autopiropeaba. Pero nada más levantar la paellera con las dos manos y girarse para que la vieran, su marido se desplomó contra el suelo. Sentada en la sala de espera, junto a sus padres y su hermano, Laura contemplaba a los enfermos entre el ir y venir del personal sanitario. Sus gestos grises y apagados, los ojos enrojecidos o la falta de esperanza, en muchos de ellos, hicieron mella en la niña que al rato recibía la noticia de que su abuelo acababa de fallecer.

La siguiente vez que pisó un hospital fue a los diez años, cuando, en mitad de una clase de religión, se le rompió la cremallera del estuche y se la metió en la boca. Le encantaba el sabor del metal y jugaba a darle vueltas con la lengua, con la mala fortuna de que se echó hacia atrás, apoyando la silla solo con las patas traseras, y de un descuido se la tragó. Sin creerse lo que acababa de ocurrir, esperó a que terminara la clase y bajó a enfermería.

—Pasa, siéntate y cuéntame qué es lo que te pasa —dijo amablemente la hermana Gloria al verla aparecer.

Laura se sentó tímidamente en la silla frente a la monja y le dijo:

—Es que me he tragado la cremallera de mi estuche.

La hermana Gloria le cruzó la cara sin titubear, antes siquiera de sopesar si era cierto o no. Después llamó a su madre, que fue a buscarla al colegio y a llevarla al hospital. Cuando se sentaron en la sala de espera, Laura comprobó que, a diferencia de la vez anterior, sus pies ya tocaban el suelo, pero, aun así, no fue capaz de confesarle a su madre que la monja la había abofeteado. Después de hacerle unas radiografías, el médico las invitó a pasar, y, poniéndolas al trasluz, les enseñó dónde estaba la cremallera dentro de su cuerpo.

—Te has salvado por los pelos. Si se te llega a ir por aquí, en lugar de por donde está ahora, no lo habrías contado. Has tenido mucha suerte —explicó el doctor señalando en la imagen el esófago.

Tanta que solo tardaría un par de meses en volver a urgencias, por culpa de un resbalón al salir de los vestuarios de clase de gimnasia que le hizo caer sobre el brazo izquierdo.

—Te has roto el brazo —le dijo el doctor en tono seco—. Tenemos que colocarte el cúbito y el radio.

Laura tuvo que tumbarse en una camilla. Una enfermera le enrolló los dedos con vendas. Cuando terminó, llamó a dos compañeros para que tiraran de ellas mientras, sin ninguna anestesia, el doctor colocaba los huesos apoyando todo el peso sobre su brazo. Todavía se retorcía al recordarlo.

Todo eso no fue nada comparado con las dos siguientes veces que tuvo que volver para dar a luz a Raúl, a los diecinueve, y a Mario, a los veintitrés. Con ninguno de los dos tuvo un parto natural. Al igual que su mente, su cuerpo se negaba a dejar salir a los dos fetos. Fueron los peores momentos de su vida: la espera, las intervenciones y la posterior recuperación. En los dos casos, cuando volvía a casa con el recién nacido, todo el mundo daba por hecho que era normal que se encontrara débil, pero lo suyo no era debilidad, era tristeza.

Con el tiempo se fue haciendo fuerte en su convencimiento de que no volvería a pisar un hospital a no ser que no le quedara más remedio. Por suerte, a pesar de que sus hijos cayeron enfermos muy a menudo, sobre todo Mario, que siempre estaba débil, no tuvo que llevarlos nunca porque su marido siempre se ofrecía a hacerlo. Los niños eran su mundo y él siempre se volcaba para atenderlos.

Al llegar al hospital que tenían concertado, todo estaba preparado y no tuvo que sentarse en la sala de espera, lo cual agradeció. Sabía que no sería nada comparado con las anteriores veces, pero los nervios volvieron a aparecer, aunque fuera por otros motivos. El exceso de luz, los uniformes, los otros pacientes con los que se cruzaba le hacían recordar las veces pasadas, pero todo fue muy rápido: le tomaron la tensión, una muestra de orina y le hicieron un par de pruebas de la vista y el oído. Nada de radiografías, exploraciones ni ningún tipo de test o prueba psicológica.

—El domingo por la mañana cuando tengamos el plan de trabajo y la orden te llamaré para darte la citación. ¡Siento que tenga que ser en domingo, pero ya ves cómo vamos! —dijo el auxiliar mientras dejaban a Laura en su casa.

El coche arrancó y, mientras lo veía alejarse, Laura por fin pudo relajar la cara dando gracias por no haber tenido ningún contratiempo. Todo marchaba como esperaba.

Desde que era muy pequeño, Raúl tenía que hacerlo todo con Jonathan, su amigo del alma. Se pasaban el día juntos, por eso les llamaban «Zipi y Zape». Eran especialistas en escaquearse de las excursiones y los viajes en grupo para quedarse jugando por el barrio a su aire y maquinar travesuras. Cuando se fueron haciendo mayores, por aquello de relacionarse con chicas, empezaron a juntarse de vez en cuando con alguno de los grupos del colegio y pandillas del barrio, pero Raúl, por más que lo intentara, no encajaba. Lo odiaba, no le gustaba demostrar que era el más gallito ni tener que rivalizar por nadie. La mayoría del tiempo pensaba en todo lo que podría estar haciendo en lugar de estar ahí. Él prefería jugar a la consola o a juegos de rol, ver pelis de miedo, montar en monopatín o dar una vuelta por el barrio. Además, odiaba que le obligaran a decidir de qué tribu era, si era mod, rocker, o grunge... Él era él y punto. Resultaba evidente que sus referentes eran los del grunge y grupos de música british, le parecía una gilipollez que por eso ya solo tuviera que llevar ropa de ese estilo y no pudiera ponerse una simple camisa. Muchas veces se vestía con ropa más normal porque no le quedaba otra: o no tenía ropa limpia o le habían obligado en casa, pero no por ello sentía amenazada su identidad, quién era, y nunca entraba al trapo cuando los más *tiraos* del grupo, que al final resultaban ser igual de nazis que los que alardeaban de ello, le recriminaban de manera intransigente que era un «pijo». No le gustaba llevarla pero mucho menos comprobar que le quitaban la libertad de poder hacerlo.

El plan más habitual entre los grupos era ir al centro comercial, sobre todo en invierno. Raúl aborrecía profundamente los centros comerciales: no le apetecía comprarse el helado más barato del McDonald's ni gastarse el dinero en los recreativos teniendo la consola de Jonathan y mucho menos dar una vuelta, que para ellos significaba pasearse delante de las otras diez pandillas amontonadas en el pasillo de entrada al centro y acabar a leches, pero, si querían que las chicas de su clase les siguieran avisando, no tenía otra opción que superarlo. Aunque en realidad ellas lo habrían seguido haciendo porque, pese a que parecían no darse cuenta, Raúl y Jonathan eran realmente guapos: uno más aniñado y el otro con los rasgos más duros. Cualquier niña a quien le gustara la denominada Generación X caía rendida a sus pies.

Por eso, aunque su hostilidad hubiera crecido desde la desaparición de su amigo, los de su clase le seguían avisando para ir. Una vez más Raúl se había negado a acompañarlos, pero, después de lo ocurrido en clase, el centro comercial era su mejor opción: la bestia se había desatado y sabía que tendría serios problemas para controlar sus instintos, más cuando después de seguir a Kirsten por todo el colegio, al llegar a la parada de la ruta escolar vio cómo había un coche esperándola. Al montarse en él desaparecía también la esperanza de repetir la experiencia en el autobús. Entonces recordó su idea de comprar unos dardos y una diana. «Le juro que mi madre sabe que me bajo aquí, me está esperando ella, pero es que me he dejado la nota en clase, se lo juro», le dijo a doña Blanca cuando se opuso en un primer momento a dejarle bajar en la parada del centro comercial.

Al llegar al centro comercial, Raúl entró por la puerta del supermercado para evitar pasar por la entrada principal, donde se ponían las pandillas. Subió la cadena de escaleras mecánicas hasta llegar a la planta de arriba, donde se encontraban los cines, restaurantes y algunas tiendas grandes, como la de bricolaje y productos para la casa y el jardín. Entró en una de ellas y fue directo a la zona donde estaban las mesas de ping-pong y artículos para exterior. Había una diana enorme colgada de exposición con un montón de dardos. Raúl se imaginó cada uno de ellos clavados en la frente de los idiotas del colegio. Pero al mirar el precio comprobó que era inaccesible. Justo al lado, había una mucho más barata, negra y amarilla, de tamaño estándar, que era más que suficiente.

Pagó en la caja, se puso la capucha y salió mirando a todos los lados para no encontrarse con nadie. Pero para su sorpresa no dio con ninguno de aquellos a los que trataba de evitar, sino que vio a Nico.

Nico estaba apoyado en la pared de un pasillo por el que se salía de las salas del cine, justo al lado de la taquilla, donde los adolescentes hacían cola, decidían qué película iban a ver, compraban chucherías en la tienda contigua o, simplemente, merodeaban como él. A Raúl le sorprendió que estuviera solo, apartado del resto, con una gorra como para no llamar la atención. Se notaba que trataba de pasar desapercibido mientras observaba en la distancia. Resultaba realmente siniestro. Tenía la vista puesta en los grupos de chicos y solo la apartaba para seguir con la mirada al que se separaba del resto. A Raúl se le puso la piel de gallina y recordó cuando hacía ya casi un año se encontraron en la calle y Nico se acercó a hablar con él. Volvían a estar en la misma situación: los dos se escondían huyendo de algo, pero esta vez era él quien le había encontrado y no pensaba decirle nada. Solo esperaría a ver qué hacía. Al rato, Nico se acercó a la puerta del cine y se paró en la fila para entrar a ver *El buen hijo*. Raúl quería verla desde que había visto el tráiler en el que se intuía un buen *thriller* con dosis de terror. Sin embargo, tenía una razón de peso por la que todavía no había ido pese a llevar tiempo estrenada: Macaulay Culkin, el protagonista, era igual que Jonathan y, además, estaba acompañado de otro chico de su edad pero moreno, que podría haber sido perfectamente él. Parecían ellos dos hacía unos años. Cuando veía el cartel se acordaba de los cientos de fotos y anécdotas que tenía con su amigo y entonces volvía a encontrarse mal. Bastante tenía con todas las veces vez que ponían *Solo en casa* en la tele, como las pasadas navidades en las que cuando se topó con el momento en el que el niño se echaba las manos a la cara y se ponía a gritar, que tan bien imitaba su amigo, quiso echarse las manos a la cara y gritar también, pero de impotencia. Nico dio su entrada y desapareció entre la gente de camino a la sala. Raúl aguantó hasta que le perdió de vista y se dirigió a la salida con aún más ganas de estrenar su compra.

Cuando Laura abrió la puerta de su casa su corazón seguía a mil por hora, dio la luz de las escaleras y fue hacia su cuarto. Su alegría decrecía conforme subía los escalones. Abrió la puerta de su habitación y quiso echarse a llorar. Tenía tantas ganas de compartir el momento con él. ¿Qué sentido tenía cualquier avance si él no estaba a su lado para compartirlo? Respiró hondo intentando apartar de su mente todo lo que pudiera distraerla del nuevo rol que tan buenos resultados estaba dando. Cogió el teléfono y subió a su habitación mientras marcaba el número de su representante para contárselo todo. La mejor manera de olvidarse de las penas era proyectando sus victorias. Escuchaba los tonos ansiosa porque lo descolgara, pero finalmente saltó el contestador.

—Pepe, soy Laura —hablaba actuando como si él pudiera verla—. Nada, que te llamo porque supongo que estarás esperando a que te diga cómo ha ido todo y la verdad es que… ¡Genial! Me han dicho que estaban prendados desde la primera prueba y que… ¡No te lo vas a creer! ¡El programa se va a llamar *El programa de Laura!* ¿No es maravilloso? Me han dicho que me llamarán para citarme el domingo, pero si quieres hablar para que te lo cuente bien, aunque sea fin de semana, no te preocupes, eh, que yo estaré disponible. Pues eso, ¡buen fin de semana!

Laura colgó el teléfono y se le borró la sonrisa de la cara. Aunque indudablemente contarlo la hacía sentir mejor, se dejó caer en la cama. Tenía tantas ganas de verlo y abrazarlo. Él, él, él. Quería llorar, se sentía una niña indefensa. Se puso boca abajo para intentar enterrar la idea que rondaba su cabeza, pero no pudo controlarse. Solo sería un momento, no podía ser tan malo. Bajó las escaleras corriendo hacia la cocina y cogió la llave del cajón. Nada más abrir el armario, se encontró con él mirándolo sonriente. Ella le devolvió la sonrisa entre lágrimas recordando el día en el que le habían hecho aquel retrato: él llevaba rato encerrado en el baño, afeitándose y engominándose a conciencia. Cuando no podía estar más perfecto, llegó ella por detrás y le revolvió todo el pelo. Él se cagó en todo, pero ella, ajena a los insultos y amenazas, terminó peinándolo como si fuera un niño pequeño, dándole mimos, pegando sus pechos contra él. Aunque se negaba a descolocarse la ropa, porque quería estar impecable y no tenía tiempo, ella consiguió sacarle el miembro y le hizo correrse en su boca. «Por eso sonreía así», pensaba cada vez que miraba la foto. La dejó en su sitio y, pese a que no había vuelto a abrirlo y nada tenía un orden concreto, tuvo la intuición de que no estaba como ella lo había dejado. Cerró el armario y, desconfiada, echó un vistazo por encima a la habitación. No había signos de que nadie hubiera estado ahí. Lo único que le llamó la atención fue una pelusa en su moqueta. La recogió y salió directa a ver a Mario. Recorrió el pasillo a paso decidido, pero, al llegar a la habitación se quedó espiándole desde fuera. Mario estaba sentado en su escritorio haciendo deberes con un libro de texto y un cuaderno abiertos delante de él. Ver a su hijo tan formal le hizo frenar su primer impulso de agarrarlo del pelo para que confesara si él o su hermano habían entrado en la habitación.

—¿Qué haces? —preguntó.

Mario dio un respingo, sabía de sobra que había vuelto, pero siempre le pillaba desprevenido.

—Nada, estoy aquí con los deberes —contestó sin levantar la vista del papel.

—¿Tú has entrado en mi habitación?

Mario se quedó petrificado. Estaba seguro de que lo había dejado todo tal y como lo tenía, pero de pronto ldudó pues temía que le hubiera descubierto.

—¿Que si has entrado en mi habitación? —repitió Laura.

—No, mamá, claro que no —contestó Mario aún sin mirarla.

—¡No me mientas, eh! ¡Y mírame cuando te hablo!

—No te miento —dijo Mario volviéndose hacia ella—. ¿Por qué te iba a mentir?

—Mario, que sé cuándo me estás mintiendo. —El niño la miró encogiendo los hombros—. Entonces ¿por qué coño has tardado tanto en contestar? Has estado en mi habitación, lo sé.

—Te juro que no, mamá, es que estoy con los deberes y no sabía de qué me hablabas. Te juro que yo no entro en tu habitación. ¿Para qué iba a entrar?

Consciente de que Mario siempre respondía ante la presión, hizo un último intento. Si no, ya lo intentaría después con su hermano.

—Mario, sé perfectamente que has entrado en la habitación —dijo Laura enseñando la pelusa.

Mario miró la pelusa y reculó unos segundos. Con cara de no haber roto nunca un plato le dijo:

—Bueno, sí, pero esta mañana solo un segundo para ver si estaban jugando mis amigos en la parte de atrás. Quería disculparme con Felipe por lo que pasó, aunque no tuviera razón, pero como me dijiste que tenía que intentar controlarme…, pero te prometo que miré solo un segundo.

Realmente había acertado con su respuesta. Si solo había entrado a eso no era tan grave y en el fondo la aliviaba que empezara a entrar en razón.

—Pues si quieres ver si están, lo miras desde el cuarto de invitados.

—Pero es que desde ahí no se ve todo el jardín y quería estar seguro.

—Me da igual, no vuelvas a entrar, que sabes que no me gusta. Si quieres saber si están fuera, sales al jardín, pero no entres. ¡No me gusta que entréis ahí! ¿Me oyes? ¡¿Tengo que volver a recordarte las reglas?!

—Por supuesto que no, mamá, tranquila, que no vuelvo a entrar y te prometo que al armario ni me acerco.

Los dos se quedaron en silencio y, tras unos segundos, Mario volvió a sus deberes. Laura se quedó observándolo.

—¿Qué tal lo llevas? —le preguntó desde la puerta.

—Bien, voy bien.

—Mejor. Al menos, saca buenas notas porque ya solo me faltaba que me llamaran también por eso. Como sigas así, vas a acabar como tu hermano.

—No te van a llamar, mamá. Lo llevo bien, como siempre —contestó sin ningún énfasis.

—Así me gusta. Pues, hala, en nada a cenar, que os tengo que dar una buena noticia. ¡Tenemos mucho que celebrar!

Mario la miró intrigado.

—Ahhhh, hasta que no llegue tu hermano, nada, que quiero que estéis los dos para escucharlo.

Mario le sonrió por compromiso sin decir nada, esperando a que saliera. Había faltado muy poco para que le descubriera, pero estaba encantado con la manera en la que había toreado la situación, seguro de sí mismo. Aunque estaba claro que la siguiente vez tendría que ser mucho más cuidadoso. Dejó sus tareas y se sentó sobre la cama mirando hacia la calle. Ya no volvía a tener miedo del hombre que esperaba, lo único que le provocaba era un deseo incontrolable de ser rescatado de la prisión en la que se encontraba y volver a ver a su padre. Diez minutos más tarde, escuchó a su madre gritarle desde la planta de abajo.

—¡Mario, a cenar!

—Pero ¡si aún no ha llegado Raúl! —respondió a voces desde la cama.

—Se lo cuento en cuanto llegue, que estoy muerta de hambre y ya está bien de esperar a que a él le dé la gana volver. En esta casa cenamos a las nueve, como siempre, y no se hable más… Lo que tenía que hacer es dejarle sin cenar, ya verías cómo la próxima vez que fuera a llegar tarde se lo pensaba dos veces. ¡Cómo se nota que no está tu padre!

El comentario cayó como un jarro de agua fría.

—Baja ya, venga —dijo Laura en tono conciliador, intentando recular, antes de volver a meterse en la cocina.

Había conseguido alterar de nuevo a Mario, que solo pensaba en volver al cuarto y chuparse el dedo mirando la fotografía de su padre. Aunque tenía claro que, sin la llave, no merecía la pena arriesgarse a que su madre le descubriera y echar todo por tierra.

—Ya voy, un minuto —respondió mientras se quitaba la idea de la cabeza.

Laura sabía que el comentario sobre su marido habría afectado a Mario y, ahora que el niño parecía entrar en vereda, no quería ser la culpable de que retrocediera en los logros que estaba consiguiendo. Así que abrió el congelador y sacó una de las bolsitas de croquetas que guardaba. Era especialista en hacer croquetas. Gracias a su habilidad para crear esa masa cremosa por dentro y tan crujiente por fuera consiguió que las croquetas se convirtieran en la comida favorita de Mario, pero que no quisiera comer otras que no fueran las suyas. «Mamá, ¿podemos cenar croquetas hoy? Pero de las tuyas», le decía siempre cuando era más pequeño. Laura disfrutaba con el triunfo, consciente de los celos que desataba en su marido, que siempre presumía de ser «el favorito». Por eso una vez al mes hacía un cargamento que dividía en bolsitas que después congelaba y que utilizaba en las ocasiones especiales.

—¡Te he hecho croquetas! —dijo al verlo aparecer.

Mario se quedó parado un instante en el marco de la puerta contemplando la estampa: su madre estaba parada en mitad de la cocina mostrándole la bandeja de croquetas. Había mucho humo de tabaco y la mesa estaba puesta para tres. El sitio de su padre seguía vacío. Mario volvió a experimentar cierta congoja al pasar por su lado. La televisión estaba encendida, pero sin volumen.

—¡Mira lo que te he hecho para celebrar! ¡«Las croquetas de mamá»! —dijo Laura imitando el tono de voz de Mario cuando era más pequeño.

Mario sonrió levemente y se sentó en su sitio.

—Aunque no sé si te las mereces —continuó—. Espero no recibir ninguna llamada más ni que aparezcas con otra notita de un profesor. ¿Me oyes?

Mario puso cara de circunstancias.

—No volverá a pasar, de verdad.

—Así me gusta. Venga, coge una, pero con cuidado, que queman.

Mario se sirvió un par de croquetas y empezó a partirlas en trocitos, como le hacía siempre su padre para que se enfriaran. Mientras, Laura miraba de nuevo la hora, ansiando poder contar la noticia. Mario empezó a comer con más energía que los días anteriores.

—Anda que... ¡quién te ha visto y quién te ve! ¿Te acuerdas cuando tirabas la comida por todos lados para no comer?

Mario comía muy mal desde pequeño, sobre todo cuando su padre trabajaba y no estaba para dársela. Comía muy lento y la mayoría de las cosas no le gustaban. En lugar de tragar, hacía una bola en uno de los lados de la boca y cuando dejaban de vigilarle la escondía debajo de algún mueble, en las macetas o cualquier rincón que encontraba. Justo cuando Mario iba a contestar, Raúl entró por la puerta.

—¡Hombre, qué honor que hayas llegado a cenar con nosotros! ¿Qué es eso? —preguntó nada más ver la bolsa que traía.

—Nada, es una diana.

—¿Una diana? ¿Y dónde piensas colgarla, si se puede saber? —preguntó en tono sarcástico.

Mario observaba sin decir nada.

—En mi habitación.

—Te lo aviso ya, como vea un solo agujero en la pared te hago pintar toda la casa. ¿Me oyes?

—Tranquila, que tengo buena puntería —contestó Raúl desafiante.

—Me alegro. Pues, antes de que preguntéis —dijo cambiando de tema—, la reunión ha ido genial y no les he podido decir que no porque... han puesto mi nombre y todo al programa. ¡Se va a llamar *El programa de Laura!* ¿Qué os parece?

Los dos hermanos la miraban sin terminar de creérselo.

—Yo he cedido por eso —continuó—, aunque tampoco es que me vuelva loca, porque yo...

—... Soy actriz, no presentadora —terminó Raúl la frase en tono mordaz.

—Efectivamente —dijo Laura sin percibir el vacile—. Pero, vamos, que a nadie le amarga un dulce. Aunque voy a tener que pasar mucho tiempo fuera de casa preparando y grabando el programa. Porque vuestra madre... ¡va a salir en la tele todos los días! Así que preparaos.

Los dos sonrieron sin demasiado énfasis, deseando que empezara el programa para librarse de ella. Raúl cenó muy rápido y, en cuanto pudo, se subió a su cuarto. Sacó la diana, fue a por un martillo y un par de clavos y la colgó en la pared. Agarró los dardos y fue lanzándolos uno a uno, muy concentrado. Su puntería era mejorable, pero de momento ninguno se había salido fuera. El discurso de su madre resultaba de lo más inspirador.

Mario, a su vez, se preparaba para dormir solo su segunda noche. Miró en todos los rincones y tras cerciorarse de que no había nadie más en la habitación, volvió a su cama. Desde ahí, erguido, observaba la calle, deseando que el hombre que esperaba pudiera escuchar sus súplicas. ¿Seguiría queriendo entrar? Enchufó la estufa de aire caliente y abrió la ventana. Subió a la cama y se quedó de pie, recto, mirando fijamente hacia afuera. Era su manera de hacerle saber que estaba dispuesto a ayudarle.

Una planta más abajo, Laura se encendió otro cigarrillo y volvió a pensar en su habitación, en el armario y en la corazonada de que alguien había estado ahí. Abrió el cajón donde guardaba la cajetilla con la llave, y al ir apartando el montón de papeles y tiques que disimulaban el escondite, vio una nota mal doblada en la que sobresalía la letra de su marido. La desdobló y al leerla sintió un puñal clavándose hasta el fondo de su pecho. «Pasa buen día, rubia. No sabes qué guapa estás cuando duermes». La nota debía de tener casi ocho años y resultaba más efectiva que en el momento en que la leyó por primera vez. Aquella tarde no lo recibió de manera romántica cuando llegó a casa o le dijo cuánto le había gustado el detalle. Simplemente follaron, como siempre. No lo valoraba. Tantos años después se arrepentía de no haberle demostrado que en realidad ese simple detalle era suficiente para que estuviera contenta. La nota la había pillado tan de sorpresa que no sabía si tirarla o esconderla. Ese maldito papel le hacía darse cuenta de que efectivamente aún no estaba bien. Todo el discurso que tenía preparado y que utilizaba con ella misma y con los demás era falso. No estaba curada. El programa era una segunda oportunidad, que le daba fuerzas para seguir adelante, pero era pura supervivencia. No era lo que había elegido, nunca lo habría hecho si él no la hubiera abandonado. Una vez más habían decidido por ella, pero ¿qué iba a hacer si su realidad solo tenía sentido si a él le importaba? Sin él, sus méritos no tenían ningún valor. ¿Qué estaría haciendo en ese instante? ¿No quería tanto a sus hijitos? Pues, ¿por qué coño se los había dejado a ella? Estaba convencida de que estaría descolocado porque no hubiera llamado a su familia ni a su oficina para dar con él. Tenía muy claro que, por mal que se encontrara y por muchas ganas que tuviera de llamar, no iba a darle el gusto de dar señales que lo evidenciaran. Era mejor que pensara que no quería dar con él, eso le mantendría intrigado. Le conocía, sabía que no aguantaría sin saber por qué no iba en su búsqueda y ya lo terminaría de rematar cuando empezara a verla en todos lados. No estaba dispuesta a parar hasta que se arrepintiera. Su dolor sería su consuelo. Aunque tardara en volver, la ayudaba pensar que también lo estaría pasando mal. Por eso, allá donde estuviera, esperaba que pagara su condena. Que se arrepintiera pronto y la necesitara más que nunca, consciente de su error. Soñaba con el momento en el que él volviera con las orejas gachas pidiendo perdón. Y para cuando eso ocurriera, ella ya tendría su programa y habría tomado las riendas.

«Ven como eres, como eras, como yo quiero que seas. Como un amigo, como un amigo, como un viejo enemigo…». La voz ronca de Kurt Cobain sonaba fuerte, pero a lo lejos. Raúl soñaba que estaba en el concierto de su grupo favorito. Escuchaba sus letras como si estuviera en primera fila, pero se encontraba al fondo del todo de la sala. Por más que intentara llegar al escenario este nunca aparecía. Andaba y andaba intentando alcanzarlo. Había tanta gente que parecía que les tenían amontonados para que un gancho cayera del cielo y se fuera llevando a todos, como juguetes, uno a uno, al igual que las máquinas en las que se echaban cien pesetas y, si había suerte, agarraba alguna baratija de plástico.

El ruido era ensordecedor, la gente hablaba muy alto y gritaba con la misma intensidad que la música: «Tómate tu tiempo, date prisa, la elección es tuya, no te retrases. Coge un descanso, como un amigo, como un viejo recuerdo, recuerdo...». Raúl seguía caminando sorteando empujones y codazos, pero al llegar al enorme escenario del sueño, no había nadie. Estaba completamente vacío. No había ningún músico, ni siquiera instrumentos. Nada. Sin embargo, los gritos y la música continuaban. El público saltaba excitado a punto de alcanzar el clímax del directo. Solo entre la multitud, con su flequillo en la cara y los oídos a punto de estallar, trataba de aguantar el ruido ensordecedor que taladraba sus tímpanos. Pero no movía los brazos ni intentaba taparse los oídos, como haría normalmente, simplemente trataba de aguantar. Hasta que en un momento reaccionó y, abriéndose paso como podía, se dirigió hacia uno de los pasillos que rodeaban el recinto, huyendo de la multitud. Tenía que conseguir llegar rápido o sus tímpanos explotarían. Ahora era él quien daba los codazos y empujones, bañado en el alcohol que se caía de los minis al darse con la gente. Cuando por fin llegó al enorme pasillo, se quedó impresionado: parecía que hubiera hecho un viaje de horas para alcanzar ese túnel tan blanco y brillante, más propio del escenario de *La naranja mecánica, 2001: Una odisea del espacio* o cualquier película futurista que de una sala de conciertos. Aunque sonara lejano, el bullicio le recordaba que aún seguía ahí. Empezó a sentir que su cuerpo pesaba el doble y la luz blanquecina le cegaba, cuando inesperadamente el murmullo paró de golpe. Solo se escuchaba la última estrofa de la canción «Come as you are», pero los instrumentos habían desaparecido también y la letra se transformaba en susurro: «Juro que no tengo un revólver, yo no tengo ningún revólver, yo no tengo ningún revólver...». Raúl la escuchaba solo embelesado. De pronto, una mano se posó en su hombro. Aunque no lo esperaba, no se sobresaltó. Hacía tiempo que no recibía un gesto tan cálido. Sus ojos se abrieron como platos al girarse y descubrir que era Kurt Cobain quien le tocaba. Su cantante favorito, su ídolo, la persona con la que creía compartir más cosas en el mundo, le sonreía cómplice haciéndole ver que él también le conocía. «Yo no tengo ningún revólver, yo no tengo ningún revólver», seguía susurrando.

Mientras tanto, el sonido de las sirenas de las ambulancias y de los coches de policía volvió a despertar a Nico en mitad de la noche. Subió las escaleras todavía aturdido hasta llegar a la puerta de la entrada, desde donde vio a un montón de vecinos agolpados en mitad de la calle. Salió de su casa desconcertado por las luces blancas y amarillas de las sirenas de policía. Nunca había visto tanto revuelo en aquella pequeña calle de chalets adosados. Varias ambulancias, coches de policía, vecinos y curiosos aguardaban en la puerta de la casa de Raúl y su familia. Nico tuvo la sensación de que ya había vivido aquel momento, de que sabía lo que llegaría a continuación, aunque no se acordara. Contrariado, empezó a alarmarse. La policía había cercado la zona y no daba ningún tipo de información. Su corazón palpitaba a mil por hora. «Por favor, que no le haya pasado nada», suplicaba. Tenía que saber qué había ocurrido. Entonces, de entre toda la gente que esperaba, un policía se volvió hacia él mirándolo fijamente. Nico se quedó congelado, ya había vivido esa situación con anterioridad, ahora sí que lo tenía claro. No era la primera vez que veía a ese hombre. Tras unos segundos la puerta principal de la casa de Raúl se abrió. Nico miró instintivamente al policía, y este comenzó a negar con la cabeza. No entendía qué quería decirle, pero el hombre abría más los ojos y seguía negando. Su gesto resultaba terrorífico. El revuelo se hizo aún mayor cuando los enfermeros del SAMUR, con ayuda de los policías, empezaron a apartar a la gente para que nadie se acercara y hacer espacio para poder llegar hasta las ambulancias. Nico dejó de mirar al hombre y se centró en la puerta por la que, a los pocos segundos, apareció la primera camilla con un cuerpo cubierto por una tela blanca. No podía creer lo que veía hasta que, a los pocos segundos, asomó una segunda camilla, con un hilo de sangre descendiendo por uno de sus laterales. Una de las vecinas no pudo contener un grito de terror al ver la escalofriante imagen. Un grito que presagiaba que aún quedaba mucha noche y todavía mucho por ver

Sábado, 9 de abril de 1994
Un día antes de los hechos

L a luz de la mañana despertó a Laura, que, cuando miró el reloj de la mesilla de noche, no podía creer que hubiera dormido hasta las nueve del tirón. Se giró hacia el otro lado de la cama y echó de menos los días en los que sus hijos todavía no habían nacido y su marido y ella se permitían quedarse horas y horas tumbados disfrutando el uno del otro. Los días en los que se colaba bajo la colcha hasta que conseguía desperezarlo del todo o hasta que acababa empotrada contra el armario que ahora permanecía cerrado a conciencia. Se puso en pie, venciendo las tentaciones de olisquear en búsqueda de algún rastro de su olor, y se dirigió al lavabo. El espejo le devolvía una imagen bastante recompuesta comparada con la de las mañanas anteriores. Era buena señal, pero no terminaba de verse con su nueva imagen: le hacía la cara más redonda y le dulcificaba los rasgos. Abrió uno de los cajones y sacó varios productos, de las marcas más caras, para empezar su ritual. Se extendió distintas cremas y tónicos por toda la cara, se puso corrector para disimular las rojeces e imperfecciones, se perfiló las cejas con su lápiz marrón y dio un toque de color en los labios. Una vez que su cara tenía un aspecto más que bueno para la hora que era, se puso a probar las posibilidades que el nuevo corte de pelo le ofrecía. Sacó un secador, para dar una forma parecida a la que le habían dado en el programa de la que casi no quedaba rastro después de los sudores de la noche, y un cepillo redondo para marcar el flequillo, pero, al ir a cogerlo, se topó con la maquinilla de afeitar de su marido. La soltó rápidamente, antes siquiera de poder reaccionar, cerró de golpe el cajón y se quedó unos segundos con la mirada perdida. Al caer en su reflejo comprobó que volvía a tener el gesto de hacía días, como si no hubiera dado ningún paso hacia delante. Algo en su interior le recordaba que estaba más frágil que nunca y que la caída podía volver a producirse en cualquier momento. Tenía que salir de esas cuatro paredes y crear ella misma lo que esperaba de su nuevo día o caería en picado. Se miró fijamente a los ojos y corrigió la expresión de hastío hasta hacerla desaparecer. «Mañana será otro día», se dijo. Encendió la radio para animarse y salió por el pasillo dispuesta a despertar a sus hijos. Al llegar a la puerta de la habitación de Mario, vio que el niño estaba ya despierto, sentado sobre su cama, hablando consigo mismo en voz alta, mirando por la ventana. Intentó pegarse lo más que pudo a la puerta para entender lo que decía, pero era imposible, solo acertaba a ver que actuaba como si hablara con alguien, a pesar de encontrarse solo. Aquella imagen le traía infinidad de recuerdos que quería olvidar y le hizo sentir muy incómoda. Cambió de idea y se fue a despertar a Raúl.

Cuando Raúl se despertó por su madre, no podía imaginar que la noticia que recibiría en pocos minutos cambiaría el resto de sus días.

—Vamos, guapito, que hoy te toca limpiar —dijo Laura mientras encendía la luz de su habitación—. Y ventila, que aquí no hay quien entre.

Cualquier sábado se habría puesto en pie de golpe y habría empezado sus tareas, sin desayunar incluso, con tal de no escucharla más pero aquella mañana se levantó con una tristeza similar a la que sintió la mañana del día siguiente a que desapareciera Jonathan, después de que la noche anterior tocaran el telefonillo de su casa para saber si estaba con él o si sabía algo. No pudo volver a dormir en toda la noche, ni en las siguientes, hasta meses después. Intentaba pensar por qué volvía a sentirse así, pero era algo muy hondo y abstracto, totalmente irracional. A su cabeza vinieron flashes del sueño que había tenido durante la noche: Kurt Cobain junto a él, la multitud y algo parecido a haber encontrado por fin un mentor cercano a lo espiritual, pero, en lugar de sentirse calmado, la tristeza se volvía a adueñar de él sin razón aparente. Se levantó y separó las contraventanas.

Como suponía, el día había amanecido tan gris como su ánimo. Abrió las ventanas para ventilar, bajó a la cocina y bebió un vaso de leche. Cuando subió a su habitación, su madre le había dejado la aspiradora y demás artículos de limpieza preparados.

«Les recordamos que hoy se cumple un año de la desaparición del joven Jonathan García. Durante el día tendremos testimonios de policías, profesores y más gente que nos ayudarán a entender las claves de este caso sin resolver, que se expande en el tiempo como una pesadilla».

Ahí tenía la respuesta. Llevaba días sin pensarlo pero debía de tenerlo grabado en el subconsciente. Era el aniversario, ya había pasado un año y las cosas no habían hecho más que empeorar. «Ojalá hubiera podido huir contigo», pensó mientras ponía música muy alta en su loro para evitar escuchar todo el morbo que fabricaban a costa de su amigo. Tenía ganas de ponerse a gritar enfurecido, era lo único que podía paliar su impotencia, pero su madre tardó menos de un minuto en entrar en la habitación y apagar el aparato sin avisar.

—Estoy intentando escuchar la radio. Gracias —le dijo con sarcasmo.

—Ya y yo de escuchar música mientras paso la aspiradora un sábado por la mañana en lugar de estudiar, por ejemplo, que es lo que debería estar haciendo —respondió Raúl con ironía.

—Claro, como que ibas a estar estudiando ahora mismo. No me hagas reír. Mira, si tienes suerte quizá entre noticia y noticia te cae una canción. De todas maneras me voy a ir en nada, que tengo que comprar cosas y prepararme para el programa, así que os sacáis algo del congelador para comer y te pones la música todo lo alto que quieras —dijo zanjando el tema—. Por cierto —añadió volviendo a entrar por la puerta—, probablemente en el programa me pidan que vayáis un día para que os conozcan, vamos, lo normal. Así que te pido, por favor, que como tarde esta semana te cortes las greñas esas.

—No me voy a cortar el pelo.

—Es que te van a llamar de todo. Y más ahora que sale en todos lados que los cabeza rapada esos no paran de dar palizas por tener el pelo largo...

—Skinheads —interrumpió Raúl.

—Esos —continuó su madre— y no es que lo justifique, ni mucho menos, pero, vamos, muy normal llevar el pelo así no es.

—Claro, es mucho más normal llevarlo al cero y tatuarse símbolos nazis, ¿no?

—Mira, haz lo que te dé la gana, pero te cortas esos pelos. ¡Que pareces una niña!

—Ah, y pasar la aspiradora y el plumero no es de niñas, ¿verdad? Igual hasta me llevo la cofia al programa; si me quieren conocer, que me conozcan con todo, ¿no?

—No te lo voy a repetir más veces —dijo Laura tajante al tiempo que desaparecía.

Raúl soltó la aspiradora de golpe, cogió un par de dardos y los lanzó con rabia.

—Yo no soy tu chacha —exclamó enfurecido.

Se recompuso y volvió a coger la aspiradora, cuando el presentador dio paso por fin a una canción:

«Y una mañana como esta también nos despertamos con otra triste noticia», Raúl apagó la aspiradora de golpe cuando le pareció escuchar de fondo los acordes de Nirvana.

«Kurt Cobain, líder del grupo Nirvana, se ha suicidado de un disparo en la cabeza a los veintisiete años de edad —continuó el locutor—. El cuerpo sin vida del icono del grunge fue encontrado por un electricista que trabajaba en su casa de Seattle, según fuentes de la policía del estado de Washington, que también informan de que el cantante dejó una nota de suicidio que todavía no se ha hecho pública. Según han informado, la muerte se podría haber producido el pasado miércoles».

Raúl sintió de nuevo un fuerte golpe en la cabeza, con la misma intensidad que cuando soñó que se pegaba un tiro. ¿Cuándo había sido? Trató de hacer memoria, fue el miércoles, efectivamente. Dejó caer la aspiradora y se quedó de rodillas mirando al suelo. Mientras, el locutor seguía dando datos de la biografía de su ídolo, acompañándolos de sus frases más célebres.

«"¿Qué haremos si un chaval de doce años se mete una bala en la cabeza en una granja de Nebraska después de escuchar nuestro disco?", le preguntó el pasado año el bajista del grupo Chris Novoselic, alarmado por el cada vez más público instinto suicida del cantante».

Raúl se lamentaba desde el suelo. Volvía a revivir la sensación de cercanía que le produjo Kurt al tocarlo en su sueño. «Yo no tengo ningún revólver, yo no tengo ningún revólver», susurrado en su oído. Tuvo que apretar sus facciones con fuerza para reprimir el llanto. No lloraba porque su ídolo se hubiera quitado la vida. Eso era algo que llegaba incluso a entender, y que de alguna manera ya había pasado cuando murió River Phoenix. Era porque realmente sentía que había perdido a un amigo, otro más. El único que le quedaba y le entendía. Las dos únicas personas con las que se había identificado en su vida estaban muertas y la tercera seguía desaparecida y probablemente también estuviera muerta. Algo tenía que significar. No pudo contenerse más y rompió a llorar como un niño. Nunca antes había llorado así, ni cuando le daban los berrinches de bebé. No podía parar para pensar y asimilar. Sus lágrimas caían a borbotones, como sus mocos, que se deslizaban a la par, tanto que no podía abrir los ojos y comenzó a gemir y emitir sonidos incontrolables. Su madre o su hermano podían verlo, pero a Raúl le daba igual. No tenía consciencia ni del momento ni de quién era. Ya nada importaba, realmente ese disparo no era más que el anuncio de que el fin estaba por llegar.

—Raúl, termina de pasar la aspiradora, que la has tenido que pasar por encima porque solo te he escuchado un segundito —dijo su madre mientras recorría el pasillo, con la suerte de que pasó de largo de su habitación sin ver el percal, y continuó—: Me voy. Tenéis comida en el congelador, yo vendré ya por la tarde, así que os sacáis algo y os lo hacéis. Y ni se os ocurra entrar en mi habitación.

Laura fue hasta la habitación de Mario para inspeccionar qué estaba haciendo. Al llegar a la puerta, se encontró con que el niño estaba metido en la cama tapado completamente con la colcha. Tuvo la tentación de pasar para despertarlo, pero prefirió ahorrarse las explicaciones y dio marcha atrás. En cuanto sus tacones delataron que empezaba a bajar las escaleras, Mario apartó la colcha y asomó la cabeza.

Raúl se incorporó, puso el casete que Nico le había regalado y mientras Kurt cantaba con su voz rota, cogió esta vez todo el puñado de dardos y empezó a lanzarlos cada vez con más rabia. Más y más fuerte, hasta que comenzó a perder el control y fueron rebotando y clavándose fuera de la diana. En un momento la pared estaba repleta de cicatrices. Agarró el último dardo que le quedaba y deslizó la punta por su brazo una y otra vez, apretando cada vez más, hasta que se la introdujo en la piel y empezó a sangrar. Raúl paró en seco y se chupó la sangre que brotaba tratando de impedir que sangrara más. Entró en el cuarto de baño y puso el dedo bajo el grifo de agua fría. No sentía dolor, estaba anestesiado. Volvió en sí y se encontró con su reflejo. Su imagen le recordaba claramente a la de su ídolo, lo que le llenaba de orgullo y de tristeza a partes iguales. ¿Le estaría haciendo ver que la clave estaba en desaparecer a tiempo?

Nico llevaba tres cafés encima cuando Raúl llamó al telefonillo de su casa, pero todavía le costaba mantenerse en pie. Sabía que no iba a ser un día fácil. Se había pasado la noche entera abrazando a Bunny sin pegar ojo, dando vueltas a la pesadilla que tuvo y que resultaba más real que muchas de sus vivencias. Todavía se le ponía la piel de gallina al visualizar las camillas saliendo en fila de la casa de Raúl, pero no era el día de echar más leña al fuego. Cuando salió de la ducha, nada más levantarse, se miró en el espejo e intentó recordar cómo era su vida hacía un año. En su memoria los recuerdos resultaban tan lejanos que parecían fragmentos de películas.

Nico subió las escaleras hasta el hall. Su madre llevaba encerrada en el salón con la televisión puesta desde que había llegado de trabajar el jueves por la noche. No había vuelto a dar señales de vida. Él había hecho algún intento de llevarle algo de comer para saber si estaba bien, pero ella le había respondido con bufidos y se había dado por vencido. Su padre, por el contrario, seguía con su dinámica de pasar cada vez menos tiempo en casa y, desde bien temprano, había salido a correr y a nadar. El ejercicio era su medicina y también su válvula de escape. Su corazón dio un vuelco al escuchar al otro lado a Raúl. No entendía por qué llamaba cuando le había dejado bien claro que las visitas estaban prohibidas en fin de semana y no porque sus padres necesitaran descansar y pudiera despertarlos, como le había dicho; sino porque, en realidad, bajo ningún concepto, sus padres podían verlo en casa y menos aquel día. Sin embargo, y a pesar de que no quería tener más problemas con ellos, el poder que ejercía Raúl sobre él era tan fuerte que abrió la puerta antes de que volviera a llamar.

—Baja corriendo, que está mi madre en el salón y no quiero que te vea —le dijo nada más abrir la puerta.

Antes de que llegara a las escaleras, su madre ya preguntaba quién era.

—Nadie, mamá, se han equivocado, preguntaban por Mayte —contestó Nico mientras hacía un gesto a Raúl para que bajara en silencio.

Bajaron sin hacer ruido. Nico cerró la puerta y se encontró a Raúl, parado en el centro de la habitación, mirándolo con los ojos llorosos. Nunca le había visto así, ni el día en el que le invitó a casa por primera vez. Sus miradas lo decían todo. Nico observaba con ternura cómo un Raúl desconocido dejaba aflorar su fragilidad, aquella que a él le atrapaba. Hasta que, cuando estaba a punto de romperse del todo, el chico se puso las manos en la cara y empezó a disculparse.

—Perdona, es que hoy… todo… es muy difícil.

—Sí, sí lo es —contestó Nico también emocionado.

—No estoy bien.

—Ya, yo tampoco.

—Es que es mucho.

—Mucho.

—Demasiado —dijo Raúl mientras se sentaba en el sofá frente a la consola.

Ahora era Nico el que se esforzaba por construirse un caparazón. No sabía qué era peor: si los remordimientos que le acechaban, los recuerdos en forma de pesadilla o verlo tan sumamente frágil sin poder ayudarle.

—No he podido dormir nada —continuó Raúl.

—Yo tampoco.

—¿Pesadillas también?

Nico no dijo nada, no quería entrar en el tema. ¿Cómo le explicaría a Raúl lo que había visto y la mezcla de sensaciones que ello le provocaba? Pero su silencio fue interpretado como un sí.

—¿Te imaginas que hubiéramos soñado lo mismo?

Nico sonrió con cara de circunstancias, intentando disimular su creciente incomodidad.

—No creo que hayamos soñado lo mismo, la verdad.

«Si no, estarías acojonado», pensó Nico sin llegar a decirlo.

—No, no lo creo, pero, ¿has soñado alguna vez algo que a la mañana siguiente, incluso días después, se mantiene en tu memoria con más consistencia que ninguno de tus recuerdos reales?

Nico tragó saliva mientras escuchaba a Raúl.

—Porque últimamente estoy soñando de una manera que resulta más real que la propia vida —continuó contando, muy metido en su narración—. El miércoles por la noche soñé que había matado a alguien, no así, tal cual, pero que encontraba restos de alguien muerto y sabía que yo lo había hecho. Sentía que no había vuelta atrás, que era culpable, que todo el mundo sabría por fin quién era en realidad y me señalarían con el dedo.

Nico se quedó petrificado al escucharlo: «Que le señalarían con el dedo». El hombre que le señalaba volvía a su recuerdo, como la duda de si estaba intentando delatarle delante de todos o tratando de prevenirle, avisándole de lo que podía llegar a hacer. Aunque entendiera bien de lo que hablaba su amigo, se sentía aún más confuso.

—Y como no podía soportarlo, me pegaba un tiro en la cabeza —terminó Raúl.

Nico lo seguía mirando, ahora con ternura.

—¿Sabes que dicen que Kurt Cobain se disparó en la cabeza el miércoles? El día en el que yo soñé que me disparaba. Sé que suena muy loco pero ¿y si mi cuerpo o mi mente me estaba avisando de lo que iba a pasar, o de lo que estaba pasando…, y si de alguna manera estamos conectados con lo que más queremos y el universo nos avisa para estar preparados?

Nico lo observaba atónito, con un nudo en la garganta, sin decir nada. Normalmente habría quitado hierro al sueño y se habría reído de la locura del chaval. Sin embargo, la narración no hacía más que sumar rareza a sus propios temores. Solo deseaba que todo fuera una borrasca que pasara en cuanto acabara el día. Pero, si le estaban avisando, ¿por qué no lo habían hecho hacía un año? ¿Por qué nadie le dio esa oportunidad al menos? No quería creer en lo que le decía o estarían perdidos. Sin embargo, Raúl seguía hablando, como nunca antes.

—Igual me he pasado de místico. ¡Si yo no soy así! Yo no creo en el karma ni nada de eso, aunque ¿cómo es posible que justo anoche soñara con Kurt Cobain? Soñé que estaba en un concierto y me apartaba de la multitud muy nervioso, hasta que alguien me ponía la mano en el hombro y me calmaba de inmediato. Me giré para ver de quién se trataba y era Kurt, Kurt Cobain. Yo no podía creerlo, pero él estaba parado delante de mí sonriéndome con complicidad, como solo lo hace un amigo. Como me sonreía Jonathan.

—Raúl dejó un silencio antes de continuar ante la atenta mirada de Nico, que trataba de contener la emoción—: Nos mantuvimos así, mirándonos de una forma muy sincera, sin decir nada. Sus ojos me decían: «Te entiendo, Raúl». Y solo con eso yo era feliz. Solo necesitaba sentir que por fin alguien me conocía de verdad y me entendía. Como si hubiera sido testigo de todo cuanto he vivido estos años, de todo lo que odio y me perturba, y de lo que he perdido y no puedo prescindir. Tenía ganas de abrazarlo con todas mis fuerzas y hacerle sentir que yo también le conocía a él y necesitaba ese abrazo.

Nico le escuchaba con los ojos empañados en lágrimas.

—Y en lugar de despertarme —continuó— contento con la sensación de paz que me daba sentir que la persona a la que más admiraba en el mundo me quería y me conocía tal como era, estaba triste, incluso antes de enterarme de la noticia. Porque había algo en mí que sabía que no duraría. Y esta mañana lo escucho en la radio y me duele porque pienso que se estaba despidiendo de mí, y vuelvo a sentir que he perdido a otro amigo, porque ha pasado un año ya y me da miedo pensar que… —Raúl se interrumpió antes de terminar la frase, miró a Nico y reculó—. Tenías razón, no creo que hayamos soñado lo mismo. —Nico sonrió con cara de circunstancias, visiblemente afectado—. ¿No me vas a contar tu sueño? —preguntó Raúl para desviar la atención.

Nico bajó la mirada, sin contestar.

—No creo que fuera peor que lo que te acabo de contar —añadió Raúl insistente.

Nico estaba tan tenso que no era capaz ni de disimular inventándose cualquier tontería, víctima del dilema interno de si debía contárselo en el caso de que creyera en las premoniciones de las que hablaban, o si sería mejor callar por riesgo de empeorar todo aún más. Como cada vez que se ponía nervioso, miró a todos lados buscando a Bunny.

—Está ahí —dijo Raúl señalando una de las esquinas en la penumbra—. No ha abierto la puerta y se ha escapado, no. ¿No me lo vas a contar?

El silencio de Nico, que seguía sin responder, solo podía ser interpretado como una negativa.

—Da igual, déjalo. Si al final tenía razón. Me tengo que ir, ¿quieres quedar esta tarde-noche para dar un vuelta y airearte un poco?

—No puedo, esta tarde tengo que estar pronto en un sitio —respondió Nico, fastidiado por no poder hacer las dos cosas y pasar más tiempo juntos, ahora que empezaba a resultar alcanzable.

Entonces Raúl se acordó de la tarde anterior, cuando lo descubrió observando oculto a los chavales antes de entrar solo en el cine.

—¿Ayer ya estabas mal?

—¿Cómo? —preguntó Nico, sorprendido por la pregunta repentina.

—Que digo que… ¿qué hiciste ayer?

Nico seguía mirándolo sin entender.

—Nada, ayer estuve aquí todo el día, no hice nada.

Raúl sabía de sobra que estaba mintiendo, él mismo lo vio con sus propios ojos. ¿Por qué se lo ocultaba? Acababa de sincerarse y lo que recibía era una mentira. Se sentía estúpido. Se levantó de golpe y se dirigió hacia la puerta sin decir nada más. Nico lo vio desaparecer desde la planta de abajo. Se odiaba a sí mismo por tener que ser él quien pusiera límite a la sinceridad y a la cercanía que llevaba intentando ganarse desde hacía meses, pero no podía contarle la verdad. ¿Qué habría hecho él en su caso? ¿Le habría contado su sueño? ¿Cómo se podría contar algo así sin parecer un desquiciado? Más incluso después de haberle explicado lo que pensaba sobre los sueños. Quedaría enterrado junto a tantas otras cosas que no podía compartir con nadie.

Nada más salir su hermano de casa, Mario repitió la misma rutina que la tarde anterior, pero con la tranquilidad de que sabía que su madre tardaría en volver y de que conocía el protocolo para no cometer ningún error esta vez. Llevaba más de una hora con el armario abierto, redescubriendo objetos de su padre hasta que encontró una fotografía que no recordaba. En ella aparecía él con cuatro o cinco años, subido a un asiento de una cabina del teleférico de la Casa de Campo, señalando como loco por la ventana. Su padre también salía sujetándole por la cintura para que no se cayera. No se veía a su madre ni a su hermano, pero recordaba que estaba sentados enfrente de él. Era un domingo de noviembre y hacía muchísimo frío. Él quería haber esperado a Navidad para que estuviera nevado, pero su madre se negó en rotundo porque «en Navidad no hay quien se acerque al centro». Mario llevaba el plumas rojo y negro que siempre se ponía. El mismo que tenía su hermano. Su hermano y él iban casi siempre igual vestidos, como aquella tarde. A Mario le daba igual, pero Raúl siempre se quejaba y daba gracias por no haber tenido una hermana y haber acabado cubierto de lacitos. En la fotografía se veía el cielo muy gris, lo que le recordó cómo, conforme tomaban altura, la niebla se iba haciendo más intensa, hasta que llegó un momento en el que lo único que veían era a ellos mismos, unos enfrente de los otros, encerrados. No lograba acordarse bien, pero tenía idea de que antes de ir había ocurrido algo con su padre y su hermano. Solo sabía que casi no habían intercambiado palabra. Lo que no sospechaba en aquel momento, parado frente a la imagen, es que esa sería la primera y única vez que toda la familia montaría en un teleférico.

A pesar de todos los años que tenía, la chaqueta de su marido seguía dando el pego, sobre todo cuando pasaba por la tintorería. A primera vista aparentaba ser una chaqueta clásica de cuadritos con coderas casi nueva, «de las de fondo de armario que nunca pasan de moda», como repetía la vendedora mientras se la probaba. Sin embargo, en cuanto te acercabas un poco las taras se hacían más notables: la tela estaba desgastada por alguna parte, había tenido que intercalar algún botón distinto porque se le había caído alguno de los originales y empezaban a acumularse las pelotillas.

—Parece otra, ¿verdad? —le decía el señor de la tintorería cada vez que iba a recogerla y todos los imperfectos quedaban perfectamente disimulados.

Pero Laura casi nunca le decía nada. Como mucho sonreía por compromiso, al ver que una vez más la legendaria prenda volvía a salvarse de la criba.

—El secreto para que dure más años es hacer un arreglo de vez en cuando —continuó el hombre mientras la guardaba en un portatrajes de plástico.

Laura se quedó un instante pensativa. ¿Era eso mismo lo que necesitaba su relación? Quizá todo lo que estaba ocurriendo serviría para afianzar más su vínculo y volver a estar juntos como al principio, como si no hubieran pasado los años. Después de pagar, se dirigía hacia el parking con la americana en la mano, cuando pasó por el sitio donde se hacía la manicura y se visualizó con las uñas de porcelana más largas aún. Se acercó y preguntó si le harían hueco de un día para otro, en el caso de que consiguiera que le dejaran ponérselas y, ya de paso, les contó que iba a tener su propio programa todas las tardes. En pocos minutos, un montón de señoras formaron un corrillo alrededor de ella tratando de retener todos los detalles acerca de eso que llamaba «talk show», para ser las primeras en contárselo a sus amigas. Laura disfrutó del momento tanto como de todos los piropos sobre su nuevo look. Se despidió con un: «Ya vendréis de invitadas al programa» y salió triunfal. Se vino tan arriba que después no pudo evitar acercarse a su boutique favorita. La ropa era carísima pero quería encontrar prendas que le quedaran aún mejor que las que habían elegido, para que, al verla, la estilista tomara ideas. Si le sentaba realmente bien no podría negarse y acabaría llevándosela aún más a su terreno. «Tengo que causar buena impresión en los ensayos y el look es muy importante», dijo al descolgar la primera prenda de una percha. Por supuesto, después tuvo que explicar orgullosa de qué ensayos se trataban, para qué tipo de programa y el nombre que iba a llevar. En cinco minutos volvió a acaparar la atención de todos los que estaban en la tienda. Cuatro tiendas después, con apenas un zumo de naranja en el cuerpo y dos visitas al baño, entraba en el parking del centro comercial cargada de bolsas y con la americana aún en la mano. Pero el subidón de adrenalina se evaporó al llegar al lugar donde pensaba que había dejado el coche y comprobar que no estaba. Se dio media vuelta y buscó en el lado de la derecha y después en el de la izquierda. En los números pares y en los impares, pero nada. «No puede ser verdad, no puede ser verdad», se repetía mientras su maquillaje empezaba a gotear por su frente mezclado con el sudor.

Una hora más tarde había revisado casi tres de las cuatro plantas, pero aún seguía sin dar con su coche. No era posible, sus manos estaban hinchadas de sujetar las bolsas. Estaba tan desesperaba que estuvo a punto de arrojarlas al suelo. Era tan sumamente ridículo que no apareciera que le parecía como si le estuvieran gastando una broma de cámara oculta. Volvía a intentar hacerse un mapa mental y rebobinar en su cabeza: ¿Qué era lo que había visto al salir? ¿Qué le sonaba y que no? No recordaba nada, solo que creía que estaba en una de las dos plantas, que había comprobado primero, pero estaba metida en un bucle que ya no era capaz de distinguir. Se enfadaba consigo misma por ir siempre tan acelerada a todos los sitios, estando pero sin estar. En el rato que estuvo en el centro comercial le habían tenido que recordar dos veces que se dejaba la tarjeta de crédito al pagar. La angustia creciente multiplicaba el miedo que le entraba al pensar en los directos que le esperaban. El pánico a no acordarse de los textos, nombres y todo lo que tendría que memorizar. Él siempre se acordaba del número de plaza, de los pagos de los recibos, de las citas con los médicos, de todo. Ella era la bala y él era su seguro, el que la mantenía siempre en la tierra. Apunto de echarse a llorar notaba su ausencia más que nunca. Empezó a dar vueltas de ciento ochenta grados en todas las direcciones. Cientos de coches se difuminaban al girar, hasta que de pronto se encontró con su marido parado frente a ella.

—Anda, que como no me acuerde yo, podemos estar toda la tarde buscando el coche —le dijo en tono seductor.

Laura se quedó temblando, mientras el recuerdo de su marido se evaporaba, sin poder evitar que la americana se resbalara de la percha y se cayera al suelo.

Aunque Raúl trataba de no pensar que estaba a punto de cumplirse un año de la desaparición de Jonathan y que sin su amigo, nada había vuelto a ser igual, al abrirse paso entre los matorrales para entrar al descampado, no pudo evitar acordarse de la primera vez que puso un pie en él. Jonathan y él habían estado jugando con los monopatines que los dos pidieron por Reyes. Normalmente jugaban a saltar bordillos y a coger carrerilla por la calle desértica en la que vivían, pero aquella tarde, cansados del mismo juego, decidieron tirarse carretera abajo y darle un poco de emoción al asunto. Era fin de semana y no pasaban muchos coches, hasta que en una de esas, uno casi se llevó por delante a su amigo. Pasado el susto, volvían a casa subiendo la cuesta con los monopatines en la mano cuando vieron a un gato meterse en los matorrales del acceso al descampado. No hizo falta que ninguno dijera nada, se miraron y, como si fuera el conejo de *Alicia en el país de las maravillas*, fueron detrás de él. Su primera impresión fue que era el escenario perfecto para historias como la de *Jennifer 8*, una de sus películas favoritas. Nada que ver con lo corriente que le parecía ahora. Los dos chicos estaban fascinados y aterrados a partes iguales. Siguieron adentrándose con mucha prudencia ante lo que podrían descubrir. Sin embargo, lo que hallaron fue basura, principalmente.

—¿Te imaginas que ahora nos encontráramos con un cadáver enrollado en un plástico? —le dijo Raúl a su amigo fantaseando.

—Sí, el de Laura Palmer. ¡No te fastidia!

Lo cierto es que Raúl estaba obsesionado con *Twin Peaks* desde que la habían estrenado semanas antes en Tele 5, una de las nuevas cadenas. Le gustaba muchísimo, pero a la vez le daba tanto miedo que llegó a agradecer que su madre le prohibiera ver el final del capítulo de la semana anterior. No podía dormir de la ansiedad que le provocaban las dudas a partir de las imágenes que se repetían en su cabeza: el manco, el bosque, la lechuza y aquel hombre de pelo largo. Se había convertido en su pasión y en su pesadilla al mismo tiempo, como la de todos los que le rodeaban, que tenían que soportar sus referencias día y noche, salvo Jonathan, que también lo disfrutaba y con quien le encantaba divagar sobre quién habría matado a Laura Palmer.

Casi cuatro años después, en el mismo lugar, Raúl esperaba a que Kirsten apareciera en una de las ventanas. Al ser sábado, probablemente pasaría más tiempo en casa y las probabilidades de verla serían mayores. Eso sería lo único que conseguiría hacerle olvidar. Trataba de prestar atención, pero su mente se iba a Jonathan y sus recuerdos juntos, al sueño con Kurt y a la rabia e impotencia profunda que le producían lo que él consideraba «injusticias». Después de un rato, decidió volverse a casa, no tenía cuerpo para nada más. Salió a paso decidido hasta que, a punto de llegar a la salida, tuvo que recular y esconderse un poco porque justo pasaba una chica de su edad paseando a un golden terrier.

—Vamos, Lara —dijo la chica ignorando que Raúl esperaba escondido como si fuera un delincuente.

Aún en el parking, Laura, a punto de tirar la toalla y llamar a un taxi, se relajó y, desesperanzada, lanzó una última mirada. Ahí estaba, como tantas otras veces lo había tenido todo el tiempo delante de ella y no había sido capaz de verlo. El camino de vuelta lo hizo sin música y con gesto serio. Cuando giró en la curva para subir hacia su calle, le dio un vuelco al corazón al ver a alguien saliendo del descampado de una manera extraña. ¿Sería él? ¿Habría vuelto? Se le puso la piel de gallina solo de pensar que pudiera esconderse ahí dentro. Aunque prácticamente no había luz, decidió bajar la velocidad hasta pararse a lo lejos y comprobar si era él. Sin embargo, cuando el hombre salió a la acera del todo, pudo distinguir, decepcionada, que no era su marido, ni siquiera era un hombre como había creído en un principio, sino Raúl. «¡Ahora sé de dónde cojones traías toda esa tierra!», pensó mientras aceleraba para llegar a casa antes que él.

Raúl entró en su casa y se encontró a su madre apoyada en la encimera de la cocina fumando con la puerta abierta. Laura lo miraba de una forma extraña, con una ligera sonrisa que no lograba descifrar.

—Hola —dijo Raúl, tratando de evitar broncas.

Laura no contestó, simplemente le observaba. Raúl no se acobardó y entró en la cocina para coger un pellizco de la barra de pan. Justo cuando fue a agarrarla, su madre le dio un golpe en la mano que le frenó de golpe.

—Digo yo que te irás a lavar las manos, ¿no?

Raúl se quedó de piedra. No entendía el porqué de aquella guardia ni el extraño brillo de su mirada alejado del cabreo habitual. Aun así, fue a la pila y se lavó las manos.

—Y Mario, ¿ha cenado ya? —preguntó manteniendo la calma.

—No. Acabo de entrar, pero, vamos, que sabiendo que llegas cuando te da la gana tendría que haber cenado, sí.

—Hoy no he llegado tarde.

—¿No piensas explicarme nunca adónde vas? ¿Dónde has estado?

Raúl tragó saliva. Su madre era mucho más peligrosa cuando hablaba así de tajante que cuando se ponía agresiva. Aun así, volvió a por el pan, como si no tuviera nada que ocultar.

—¿No me vas a contestar? —insistió su madre—. ¿No me piensas decir dónde has estado? ¡Vuelvo a casa y me encuentro con que tu hermano lleva todo el día solo porque tú en vez de estar aquí, que es lo que tienes que hacer, estabas por ahí…!

—¿Y dónde estabas tú para dejarlo solo estando como está?

— Y ¿cómo está? —preguntó retadora.

Raúl reculó viendo que así no iba a ningún lado.

—Nos han mandado varios trabajos en grupo y teníamos que hacerlos, ya está.

—¿Dónde? ¿En el descampado?

Raúl palideció de inmediato. No podía creer que en una casa en la que nunca se hablaba de nada tuviera que tener precisamente esa conversación.

—Verás, es que discutimos porque no nos poníamos de acuerdo con los temas y… —se justificó, entre balbuceos, sin saber bien qué decir.

—Tranquilo, no voy a decirte nada. Es normal a tu edad, todos lo hemos hecho alguna vez.

Raúl atónito, siguió comiendo en silencio con la cabeza gacha, mientras tanteaba cómo escaparse de aquel atolladero.

—Lo único que quiero que sepas es que no hace falta que paséis frío por ahí.

Raúl levantó la cabeza y la miró escéptico.

—Te propongo un trato. Te dejo que la traigas a casa y estéis tranquilos en la parte de abajo, siempre y cuando me la presentes y me prometas que no le contarás nada de lo que ha pasado en esta casa. Tienes que prometerme que no mencionarás a tu padre, ni nada de lo ocurrido. Que sabes que no hay necesidad de que los vecinos sepan nuestras vidas y menos de que te vean entrando y saliendo de ahí como si fueras un violador de esos que salen en la televisión a todas horas. Tú, si ella te pregunta por tu padre, le dices que está de viaje…, que viaja mucho y ya está. ¿De acuerdo?

Raúl no daba crédito. Su madre pretendía resultar amable, pero sus ojos se habían encendido y sus palabras sonaban como si hablara de un asunto de seguridad nacional. Mantenía la calma, fría en apariencia, pero era evidente que estaba desbordada por dentro.

—De acuerdo —dijo agradeciendo su suerte.

—¿La conozco?

Raúl negó con la cabeza de inmediato.

—No, no que va, vive más abajo.

—¿En el bloque?

—Sí. Pero no creo que vengamos, solo estábamos dando una vuelta. No hace falta, de verdad. Realmente quedamos en el descampado porque tiene un perro y lo suele sacar por ahí. —Laura lo miraba analizando cada palabra—. Un golden muy bonito —continuó.

—¿Y le saca ella sola con todo lo que pasa hoy en día? No creo que un descampado sea el sitio más indicado para pasear al perro sola, la verdad —incidió.

—Por eso la he acompañado.

Laura se asomó a la puerta y gritó a Mario para que bajara a cenar, mientras empezaba a preparar los platos.

—Ve poniendo la mesa y no te lo vuelvo a repetir: piensa un día para traerla y me avisas, que quiero conocerla, pero ya sabes con qué condición.

Y enfrentándose de nuevo a la mirada inquisitiva de su madre, Raúl, dijo:

—Ya te he dicho que puedes estar tranquila, ni hemos hablado de papá ni lo vamos a hacer.

—Más te vale, y ya puedes rezar para que no encuentre ni una piedrecita en casa, ¿estamos?

Raúl asintió con la cabeza. Laura le hizo un gesto señalando a la mesa y él, captando el mensaje, empezó a sacar los platos y los vasos en silencio.

Cuando Mario bajó a la cocina parecía que la conversación anterior nunca hubiera existido. Su madre y su hermano estaban en silencio sentados a la mesa con la televisión encendida.

—¿Ahora vamos a tener que esperarte a ti? —dijo su madre al verlo aparecer.

Mario no dijo nada y se sentó junto a su hermano. Fue a partir la tortilla francesa que tenía en el plato, pero Raúl tenía los codos tan abiertos que no tenía margen de maniobra. Así que hizo un poco de presión con el suyo, poca pero la suficiente como para que su hermano se diera cuenta de que le molestaba. Sin embargo, Raúl, en lugar de quitarlos, como siempre, los abrió más.

—Mamá, que no puedo partir la comida si Raúl... —Antes de que terminara la frase su madre le mandó callar—. ¡Shhh! —dijo al tiempo que subía el volumen del televisor.

Raúl sonrió a Mario victorioso antes de que las palabras del presentador favorito de su madre llamaran su atención.

«Buenas noches, queridos amigos y amigas que nos seguís siempre fieles. Esta noche, en el especial de fin de semana, tenemos preparado uno de los programas más duros a los que nos hemos enfrentado hasta la fecha y es que esta noche, en escasos minutos, se cumplirá un año desde que el joven Jonathan García saliera de su casa a sacar a su perro y no regresara nunca más».

—¡Putos hipócritas, son capaces de tenerle ellos encerrado con tal de seguir teniendo carroña para su mierda de programa! —interrumpió Raúl perdiendo los papeles.

«... Y nos acompaña en el plató por primera vez Nicolás García, el único hermano de Jonathan. Buenas noches, Nicolás», continuó el presentador.

Raúl soltó el cubierto cuando vio a Nico sentado en el programa. No podía creer lo que veían sus ojos. Nico, arreglado, daba las buenas noches con su eterno gesto de tristeza.

«En primer lugar, queremos agradecerle que haya tenido la consideración de acompañarnos en un día tan duro para su familia. Durante este año hemos intentado ayudar aportando todos los datos, todos los testimonios y posibilidades para poder dar con el paradero de Jonathan. ¿Cómo está su familia un año después? ¿Siguen manteniendo la esperanza de que la policía encuentre a su hermano?».

Nico tardó unos segundos en contestar intimidado por los focos y el público, que lo miraba expectante.

«Por supuesto que tengo esperanza, tenemos, quiero decir. La policía ha estado volcada con nosotros desde el primer momento y lo agradecemos. Pero es cierto que en los últimos meses los avances han sido menores, pese a que la búsqueda continúe».

«Tendremos en unos minutos también el testimonio de uno de los policías encargado del caso de su hermano para respondernos a lo que usted plantea».

«En cualquier caso, yo no pierdo la esperanza y trato de que Jonathan esté siempre conmigo de la manera que sea. Por eso estoy hoy aquí, para pedir que se haga todo lo posible para saber qué le ha ocurrido a mi hermano».

«Faltaría más —dijo el presentador amablemente—. También aprovecho para recordar a los espectadores el teléfono al que pueden llamar en el caso de que sepan algo relacionado con la desaparición del joven Jonathan García de la que esta misma noche se cumple un año. Durante el programa abordaremos los detalles de aquella noche, pero antes permítame trasladarle una pregunta que la gente nos hace continuamente: ¿Por qué hasta hoy no ha salido en los medios para hacer este llamamiento?».

—Pues porque algo ocultará —interrumpió Laura—. No me fío nada, vamos. No me gusta un pelo.

Raúl miró con dureza a su madre, tanta que por primera vez fue Laura la que apartó la mirada. Raúl se levantó de la mesa y se fue subiendo los escalones de la escalera de dos en dos.

La presencia de Nico en el programa le llenaba de dudas. ¿Por qué un año después acudía a los medios? ¿El aniversario le había hecho darse cuenta de la gravedad real y había perdido la esperanza? ¿O las visitas de la policía le habían hecho cambiar de opinión? ¿Qué era lo que no le había querido contar por la tarde? ¿Por qué tanto miedo a no hablar sobre un sueño y por qué le había mentido ocultándole que había ido al centro comercial? ¿Qué era lo que le ocultaba? Ya en su habitación, empezó a lanzar los dardos uno detrás de otro, casi sin esperar a que se clavara el anterior, enfadado porque realmente era cierto el poso que había dejado su sueño: ya no podía confiar en nadie. Exhausto lanzó un último dardo y miró por la ventana. La vista era la misma que desde la habitación de su hermano aunque con distinta perspectiva. Raúl contemplaba la calle, por una vez infinita, intentando imaginarse qué podía haber ocurrido aquella noche. Jonathan odiaba a ese chucho y nunca le sacaba y mucho menos por la noche. ¿Por qué no le había avisado desde la calle para que se asomara a la ventana y lo acompañara? Su madre no le dejaba salir nunca después de cenar entre semana, porque siempre decía que no eran horas de estar en la calle, pero, si hubiera sabido lo que iba a ocurrir, habría peleado con quien hubiera hecho falta para poder acompañarle. Esa era su mayor pena. Y no menguaba con el tiempo.

Cerró las contraventanas y subió a la buhardilla. Tenía la cabeza a punto de estallar. Aunque se hubiera desfogado con la diana, necesitaba abstraerse. Buscó entre los VHS algo para ver, pero, cuando estaba en ese estado, entraba en un bucle en el que le era imposible decidir. Tenía peros para todasd las películas. Porque lo que necesitaba claramente no era una película. Dejó de buscar, con todas las cintas esparcidas a su alrededor, y decidió poner *Cuenta conmigo* que, junto con *Los Goonies,* era la película favorita de Jonathan y la habían visto cientos de veces juntos. Había llegado el momento de dejar de bloquear lo que inevitablemente tenía que salir a la superficie.

Mario terminó de cenar enseguida, no quería seguir escuchando detalles sobre lo que podría haber ocurrido en la calle que observaba cada noche. Llevó sus cosas a la pila, les echó agua y, antes de subir a su cuarto, lo metió todo en el lavaplatos. Su madre prestaba atención al repaso que seguían dando al caso de Jonathan en televisión. Fumando sin parar, con la vista perdida, viajando más allá de lo que planteaban en el programa.

Después de mirar en todos los rincones, Mario encendió la estufa y se sentó en su cama. Ya no volvería a tener miedo de que el hombre que esperaba pudiera llevárselo porque, por malo que fuera lo que pudiera pasarle, nunca sería peor que lo que le ocurría dentro de esas cuatro paredes. Volvió a ponerse de pie y se quedó quieto muy recto mirando hacia donde esperaba el hombre. Quería que le quedara claro que si lo que deseaba era entrar, él estaba dispuesto a ayudarle, cualquier cosa con tal de impedir que su madre y su hermano siguieran sin dejar que volviera su padre.

Después de un buen rato en la misma postura, empezó a hablar imaginando que su padre podía escucharlo:

—Me gustaría que estuvieras aquí calentito, papá… No te preocupes porque me gusta, así podremos hablar mejor. Ya sé a lo que se refería con su historia pero ahora parece que estamos haciendo un concurso a ver quién aguanta más tiempo callado… Ella tiene la culpa de que te fueras. ¡Ya sé dónde están tus cosas y cómo recuperarlas para cuando vuelvas! —Antes de que terminara de hablar, un grito ensordecedor le interrumpió. Era su hermano chillando desde la planta de arriba.

Raúl seguía viendo *Cuenta conmigo* en la buhardilla. Se la sabía de memoria, pero disfrutaba como si fuera la primera vez. Llevaba bastante película cuando empezó la parte en la que el grupo de amigos cruzaba el pequeño pantano y al llegar al otro lado descubrían que tenían sanguijuelas pegadas por todo el cuerpo. Era asqueroso, pero a Raúl le encantaba, sobre todo cuando, casi al final de la secuencia, el protagonista descubría que le quedaba una última por dentro del calzoncillo y, al sacar la mano, la sanguijuela estaba llena de sangre y se desmayaba. Cada vez que llegaba el momento en el que descubrían la primera detrás de la oreja de uno de ellos,

Raúl no podía evitar sonreír sabiendo todo lo que venía después. Pero justo antes, cuando empezaban a quitarse toda la ropa mojada para acabar en calzoncillos, la cinta empezó a rayarse de nuevo, impidiendo que pudiera ver nada.

—¡Mario, te voy a matar! —gritó fuera de sí Raúl cuando vio que hasta que no terminó la secuencia la cinta no volvía a verse bien.

Bajó las escaleras enloquecido, dio un golpe apartando la puerta y fue hasta donde estaba su hermano que esperaba de pie, sin comprender.

—Como vuelvas a joderme otra de mis cintas, te abro la cabeza, ¿me oyes? ¡Te mato! —gritaba Raúl lleno de rabia mientras agarraba por el cuello a su hermano.

—Pero si yo no subo a la buhardilla, que me da miedo y, además, ¿cómo voy a grabar con el vídeo si no me habéis enseñado?

—¡Pues por eso!

—¡Que yo no he sido, te lo juro!

—Ya. ¿Y entonces quién ha sido?

Laura salió enseguida de la cocina alertada por los gritos de Raúl. Mario volvía a negar que él hubiera hecho algo y, de pronto, Laura lo vio claro. Sus sospechas se confirmaron. Todo encajaba.

—He sido yo. ¿Qué pasa? —exclamó desde el hueco de la escalera.

Los dos chicos se quedaron de piedra, no esperaban en absoluto que su madre interviniera y menos para asumir la culpa. Era evidente que no había sido ella cuando día sí, día no, se quejaba de que también le pasaba.

—¿Me habéis escuchado? —dijo Laura.

—Sí —contestó Mario.

—Raúl, no te oigo.

—¡Que sí! —dijo Raúl cabreado.

—Pues ya está, deja a tu hermano en paz, que no os vuelva a oír a ninguno de los dos discutir por eso porque ya sabéis quién ha sido —exclamó, dando el tema por zanjado.

Al entrar de nuevo en la cocina, estaban poniendo el anuncio de otro de sus programas favoritos, *La máquina de la verdad*. Laura, todavía pensativa, se quedó viendo la ráfaga de primeros planos de los invitados que habían ido al programa y aparcó sus pensamientos para imaginarse a ella misma sentada en la silla con todos los aparatos conectados. Muy concentrada, intentando sortear la infinidad de preguntas a las que sería sometida. ¿Sería realmente capaz aquella máquina de demostrar cuándo mentía y cuándo no?

Domingo, 10 de abril de 1994
Día en el que ocurrieron los hechos

L a mañana del 10 de abril de 1994, Laura, Raúl y Mario se despertaron casi a la misma hora. Sin embargo, cada uno hizo lo posible por aguardar para no coincidir con el resto. Al igual que los condenados a muerte en el día de su ejecución, sabían que sus vidas cambiarían para siempre y no querían continuar con toda esa farsa.

Laura abrió los ojos totalmente desorientada, luchando para que sus párpados no se volvieran a cerrar. Miró el reloj de la mesilla y dio un brinco. Eran las doce de la mañana, había vuelto a tomar sus pastillas para dormir y no había escuchado el despertador. La luz del contestador parpadeaba sin parar. Dio al *play* para escuchar los mensajes, se incorporó y fue a mirarse en el espejo. El primer mensaje iluminó su cara: era del programa, pero, para su sorpresa, no era la voz del auxiliar la que se dirigía a ella, sino la del productor. Laura volvió corriendo y se quedó mirando el contestador sonriendo.

—Buenos días, Laura, soy Enrique Laguardia, el productor del programa. Te he llamado temprano y te pido disculpas por las horas, pero quería hablar contigo cuanto antes. Verás, nos han llegado los resultados del reconocimiento médico. —Laura se quedó helada—. Como te dije no eran algo importante para nosotros, pero nos hemos encontrado con algo con lo que no contábamos. He llamado a Pepe también porque me parece un tema delicado, pero no he podido hablar con él porque solo tengo el teléfono de la oficina, no el de su casa. Así que siento tener que decírtelo así, pero ya sabes cómo vamos. —Hizo una pequeña pausa antes de continuar—. Laura, estás embarazada. Perdona por ser yo el que te dé la noticia de esta manera, porque supongo que si lo hubieras sabido nos lo habrías comentado. En primer lugar, enhorabuena, pero —ahí volvía a estar el dichoso «pero»—… vamos a tener que prescindir de ti. No es solo una decisión que me atañe a mí, sino a un grupo grande de directivos y productores que en ningún caso tolerarían arrancar un programa diario con una presentadora que vaya a engordar por días y nos acabe dejando tirados en unos meses para dar a luz. Y después la posterior baja de maternidad, etcétera… Al menos, no en tu caso; si fueras una artista conocida, todavía podría haber cierto morbo en ver el desarrollo del embarazo, incluso después se podría hacer un especial de «Di a luz y enseguida empecé a trabajar» en el que fueras la protagonista. Si te hubiera pasado dentro de unos meses, cuando ya fueras popular y la gente te hubiera cogido cariño, se podría defender, pero ahora no supone más que un problema. Te podrás imaginar que los primeros afectados somos nosotros, que por supuesto preferiríamos que las cosas fueran de otra manera. Con todo esto, te reitero mi enhorabuena, espero que podamos reencontrarnos en futuros proyectos. ¡Por supuesto, puedes venir de invitada si quieres! Y no le des mucha vuelta al asunto, que un accidente así lo puede tener cualquiera. Un abrazo.

Volvió el silencio a la habitación. ¿Accidente? Laura no pudo soportarlo y se desplomó de rodillas en el suelo con todo su cuerpo hacia delante. Le faltaba el aire, no podía reaccionar. Sacó la cabeza de entre sus rodillas y se vio junto a él, la tarde en la que todo se precipitó, justo antes de que se fuera. Regresó a su última discusión, cuando le dio la noticia y posteriormente, mirándolo a los ojos, le dijo que prefería estar muerta antes que tener ese niño. Cuando él trató de sustituir los empujones por caricias para convencerla de que no cumpliera sus amenazas, antes de que se plantara y le dijera todo lo que tenía que haberle dicho hacía tiempo. Ese niño que les separó y que ahora impedía que él la volviera a ver. Si no iba a salir en televisión, no tendría manera de hacerle saber que no lo había hecho, que todavía lo llevaba dentro, como él tanto deseaba, y que le estaban esperando. Él mejor que nadie conocía la cara que se le ponía cuando estaba embarazada y no habría podido resistirse a no volver. Pero ya no había esperanza. Quedaba enterrada de nuevo en esas cuatro paredes, sin la oportunidad de hablar con él y contárselo ella misma. Todo se evaporaba al igual que su esencia. Su pecho empezó a acelerarse, su garganta se estrechaba y notaba cómo un calor asfixiante se expandía por su cabeza. Se puso de pie con los brazos en jarra aspirando y echando el aire por la boca concienzudamente para tratar de relajarse. Sin embargo, la ansiedad crecía y crecía. Tenía que salir de ahí o cogería unas tijeras y se las clavaría en el vientre, en el suyo y en el de sus hijos. Salió corriendo de su habitación y bajó rápidamente antes de que alguno de sus hijos la viera. Sacó su abrigo de visón del armario de la entrada y antes de salir por la puerta exclamó:

—¡Niños, me voy que me han llamado porque me necesitan para un tema del programa! ¡Haceos algo para comer!

Sin esperar ninguna respuesta salió a la calle y cerró la puerta.

Mario detestaba los domingos, sobre todo conforme la tarde avanzaba e iba quedando menos para volver al colegio. Le entraba una morriña horrorosa, como si se fuera a distanciar de su padre por meses cuando solo serían horas. Sin embargo, ese domingo Mario se levantó con la determinación de que ocurriría lo contrario. Lleno de alegría contemplaba de pie la calle contando los minutos para que su padre volviera. Escuchó a su madre por el pasillo y después del «¡Niños, me voy que me han llamado porque me necesitan para un tema del programa! ¡Haceos algo para comer!», la vio salir a la calle. Iba muy despeinada y le extrañó que saliera sin arreglar, pero seguramente era porque la maquillarían en el programa. También era raro que no hubiera ningún coche en la puerta como la otra vez, pero, al verla caminar hacia el final de la calle, pensó que la estarían esperando a la vuelta. Lo importante es que se había ido de casa bien temprano, lo que a él le daba gran ventaja para lograr sus objetivos. Ahora solo faltaba que Raúl se fuera también cuanto antes y poder continuar con lo que tenía planeado.

Al abrir los ojos, comprobó que todos los sentimientos que habían aflorado el día anterior permanecían instalados de una manera aún más sólida. Todo estaba cambiando, y a peor. ¿Tan diferentes eran ahora sus padres y su entorno? ¿O era él, que lo veía con otros ojos? Deseaba seguir siendo ciego y obviar cuanto le rodeaba. Tener la fuerza necesaria para olvidar que Jonathan existió alguna vez y alejar la pena y la impotencia que le impedían seguir hacia delante. ¿Por qué no podía ser inmune a las cosas, como todos pensaban, y dejar de atormentarse de aquella manera? ¿O es que había llegado el momento de hacerse con el control y acabar con toda la mierda que le oprimía, que era lo que de verdad quería hacer? Al fin y al cabo, no tenía nada que perder, ya ni siquiera sentía que su cuarto fuera su espacio, le habían arrebatado hasta eso. Ahora sí, ahora no, como con todo. Pues ahora era él quien decía que no.

Cuando era pequeño la situación con sus padres era muy distinta, lo notaba cuando observaba a Mario enfadarse porque no quería separarse de su padre. Le recordaba mucho a él a su edad, antes de que todo cambiara. Lo mucho que sufrió viendo *El imperio del sol,* en la que el niño protagonista se pasaba toda la película tratando de reencontrarse con sus padres. Raúl lo vivió como si le estuviera pasando a él de verdad. Como cuando le llevaron a ver *Batman* y, pese a su obsesión por el superhéroe, fue incapaz de disfrutar la película porque nada más empezar asesinaban a los padres en un callejón. A la salida del cine, se pasó todo el camino hasta el coche dándose la vuelta para comprobar que nadie les seguía por las oscuras calles de la zona de Bravo Murillo. A partir de ese momento, cada vez que salían por la noche, rezaba para que no les pasara nada y, cuando iba con ellos, se esforzaba en distinguir bien el rostro de los transeúntes que se cruzaban a su paso, tratando de diferenciar los que le resultaban peligrosos de los que no. Pero hacía mucho tiempo ya de eso, tanto que le resultaba igual de lejano que aquellas películas que no había vuelto a ver por evitar los recuerdos. ¿Cómo era posible que aquella dependencia se hubiera transformado en un odio tan profundo? ¿Que las ganas de estar con todos ellos hubieran dado paso a querer perderlos de vista para siempre? Prácticamente no había rastro de aquel niño miedoso en el adolescente que era. Tumbado en la cama de su habitación, no era capaz de recordar la última vez que se había sentido así. Por fin podría ejecutar su plan y desaparecer del mapa. Cuando llamaran para decir que había faltado a clase, no habría nadie para coger el teléfono y él ya se habría largado para siempre. Cogió la silla de su escritorio y se subió encima para abrir la parte de arriba de su armario. Agarró la mochila grande de deporte y la escondió debajo de la cama.

—¡Mario, me voy! —gritó Raúl desde el hall de la casa antes de cerrar la puerta.

Se fue sin probar bocado, no tenía paciencia ni para freírse un huevo, quería solucionar las cosas pendientes y preparar todo para que nada fallara.

Mario, por el contrario, estaba deseando bajar a comer, pero no quería encontrarse con su hermano y esperaba en su habitación. Nunca se habría imaginado que llegaría el momento en el que ansiara tanto que Raúl desapareciera para poder estar solo. Quería comer tranquilo con su padre y hacer su visita al armario. Al oír cómo se cerró la puerta, dio un salto de la cama y bajó las escaleras.

—Vamos, Mimi —exclamó.

El día estaba tan gris que encendió la luz al entrar en la cocina y, con una alegría insólita, puso la mesa para su padre y para él. Encendió el horno y metió una de las pizzas del congelador. Le encantaba ver cómo se iba haciendo poco a poco hasta que el jamón se tostaba y el queso empezaba a levantarse en ampollas. Aunque no tanto como cuando, al abrirlo, el calor excesivo le sacudía de golpe. Pese a que su cuerpo se apartaba como acto reflejo, no podía evitar fantasear con meter el brazo entero, sin guante. «¿Qué pasará si lo hago? ¿Me tendrán que cortar el brazo? ¿Me moriré?», se preguntaba mientras lanzaba miradas al sitio de su padre.

Mario sacó la pizza y se sentó a la mesa. Tenía tanta hambre que la cortó corriendo, justo cuando iba a meterse la primera porción hirviendo en la boca, escuchó a su padre decirle:

—Te vas a abrasar.

Mario miró hacia su sitio y le dedicó una tierna sonrisa, pero, aun sabiendo las consecuencias, se metió el trozo directamente a la garganta para que no se le quemara el paladar, como siempre le pasaba. Cuanto antes comiera, antes podría subir y más tiempo podría estar con el armario abierto.

Cuando Raúl abrió la puerta de su casa, una corriente de aire frío le golpeó en la cara. A pesar de que habían bajado mucho las temperaturas, él se sentía inmune. Salió hasta la calle y se paró en el centro de la carretera. «¡¿Dónde cojones estás?!», quiso gritar. Pero, en lugar de eso, se quedó quieto contemplando la nada que imperaba en el barrio, hasta que un coche apareció por el extremo de la calle y tuvo que apartarse para dejarlo pasar. Quería llamar al telefonillo de la casa de Nico, pero era la hora de comer y había más riesgo de que contestara alguno de sus padres y le dijeran que no estaba. Así que trató de hacer tiempo dando un par de vueltas, subiendo y bajando el bordillo, calle arriba, calle abajo, pero evitando acercarse al descampado. Quería seguir el orden planeado. Después de un buen rato, sus manos empezaban a estar heladas y, desafiando las reglas, estiró la derecha para llamar, pero, para su sorpresa, la puerta se abrió justo antes de que apretara el botón.

Nico llevaba toda la mañana en la cocina pendiente de que apareciera Raúl. Sabía que le habría visto en el programa y que aquello no le habría dejado impasible. Así que hizo guardia para evitar que sonara el telefonillo y tener que asumir las consecuencias si se enteraban sus padres. Cuando se acercó le mandó pasar haciendo un gesto con la mano. Bajaron las escaleras en silencio y, en cuanto pasaron a la habitación, Nico cerró la puerta y dijo:

—Tenía miedo de que ya no volvieras.

—¿Por qué? ¿Porque ayer fueras al programa o porque me hayas mentido? —preguntó Raúl desafiante.

—No te mentí, tenía mis dudas sobre si ir o no y hasta el último momento no me decidí.

Raúl miraba serio a Nico.

—Da igual, déjalo.

—No, no lo dejo. Ha pasado ya un año y seguimos sin saber nada, no quiero que la gente se olvide.

—Pero ¡cómo se van a olvidar si no paran de hablar de él como si fuera un premio que sortean en uno de esos programas de mierda!

—Mis padres han perdido la esperanza, y si tengo que hacerme cargo, lo haré.

—Mira, da igual, no hablaba de eso. Además, haz lo que quieras, por lo menos así sales de este zulo. —Raúl fue hacia la puerta, pero frenó en seco y, tras una larga pausa, dijo—: ¿Sabes que mi padre se ha ido de casa? Se supone que no debo contárselo a nadie porque si mi madre se entera nos mata, literalmente, pero me la suda. ¡Nos iba a hacer un favor! Se merece que lo colguemos de un cartel en la fachada: «Mi padre nos ha abandonado», y ser yo el que me la cargue a ella por hija de puta. Así sí que íbamos a ser todos famosos. Ya es lo que nos faltaba, porque no sé si sabes que la hija de puta de mi madre encima va a presentar un programa en la televisión todas las tardes. A lo mejor tienes suerte y, con lo que le gustan todas las mierdas y el morbo, te lleva para que los dos podáis cebaros a costa de Jonathan.

—Te estás pasando, Raúl. Para.

—¡Uy, perdón! —dijo con sorna.

Pero, al encontrarse con la mirada de Nico, se calmó un poco y empezó a moverse por la habitación, parándose y fijándose en cada detalle, como si quisiera retenerlos en su memoria.

—¿Sabes que cuando era pequeño no podía despegarme de mis padres? El verano de cuarto me mandaron a una granja escuela. Tú no te acordarás, porque fui solo. Jonathan no vino y me pasé las dos semanas que duraba llamando a lágrima viva a todas horas pidiéndoles que vinieran a buscarme. No podía vivir fuera de casa, alejado de ellos y de mi amigo. Aun así, dio igual; por mucho que llorara, mi madre no dejó que mi padre viniera a buscarme..., y no pasó nada, yo seguía queriéndolos porque no veía cómo eran las cosas.

Raúl se paró frente a las cintas de VHS y se empezó a fijar en los títulos escritos mientras seguía hablando.

—Cuando era pequeño me obsesioné con que mis padres se iban a morir, y no paraba de sufrir pensando en que les iban a hacer algo. Y mira ahora... —dijo cogiendo la cinta de *El imperio del sol.*

—Yo lo pasé muy mal también con esa película y eso que era más mayor cuando la vi —dijo Nico conciliador, agradeciendo la sinceridad con la que le hablaba.

—Ahora lo único que quiero es verlos muertos y acabar con toda esta mierda de una vez. Se acabó. Estoy hasta los huevos de mi madre, de su mala hostia y de que nos trate como a mierdas. Se acabó —repetía para sí—. La vida son dos días y aquí me estoy pudriendo por dentro. ¡Tengo tantas ganas de irme lejos y que le den por culo a todo!

Nico se sintió amenazado ante la idea de perderlo a él también. Levantó la vista en busca de Bunny, pero esta vez el perro estaba tumbado a sus pies.

—Raúl, eres muy joven aún, anda que no te queda… Te entiendo totalmente, mira cómo estoy yo…, cómo está todo en esta casa. Sigo en casa de mis padres, que más que padres son dos zombies que ni me miran a la cara, intentando sacarme una oposición de por vida y luchando por encontrar a Jonathan.

—Yo aquí no pinto nada, si mi mejor amigo era Kurt Cobain… y ahora también está muerto.

Los dos se quedaron en silencio. En cualquier otra ocasión Raúl habría tratado de rectificar corrigiendo el «también», pero era verdad que a efectos prácticos sus dos mejores amigos lo estaban. Aunque quería zarandearlo y gritarle que su hermano seguía vivo, Nico sabía que eso no les llevaría a ningún lado más allá de la impotencia que ya sentían y siguió hablándole de una manera calmada.

—Claro que pintas. Aquí estamos tu hermano Mario y yo, los dos nos preocupamos por ti. Yo soy tu amigo.

—Eso es mentira, estoy harto del cuento de que vosotros os preocupáis por mí, de cargar con esa culpa. ¡Porque es mentira! Mi hermano no me necesita a mí, necesita un padre, a mi padre. ¡Y yo no soy su padre! Me niego a serlo, porque ¡no me corresponde! y porque es mentira. Si estuviera mi padre aquí, a mí no me harían ni puto caso, como pasaba siempre, así que no me vengas con que mi hermano me necesita porque ojalá se pudriera en el infierno con los otros dos.

Raúl estaba fuera de sí, con los ojos inyectados en sangre.

—Y tú, ¿tanto te importo? ¿eh? —continuó—. Tú eres igual que todos, que cuando te preocupas por mí es porque me necesitas, pero no te engañes, no vas a recuperar antes a tu hermano porque yo esté aquí. Tú quieres que vuelva tu hermano, no yo, pero ¡yo no soy tu hermano, entérate! Y lo peor de todo es que si él estuviera aquí seguirías ignorándome como has hecho toda la puta vida y te dedicarías a él, o no, igual no. —Raúl ahora se dirigía a Nico, que se encogía conforme se acercaba lentamente a él enrabietado—. Igual pasarías olímpicamente de él. ¿Es eso? ¿Por eso estás así? ¿Porque no le hiciste el caso suficiente cuando podías? ¿Qué coño estabas haciendo tú mientras se llevaban a tu hermano? ¿Por qué cojones no fuiste tú el que sacaste a ese puto chucho si tanto te importaba?

Nico caminaba hacia atrás, intentando huir de los reproches de Raúl, hasta que se quedó pegado a la pared y, sin poder contener la emoción, rompió a llorar.

—¿Qué hiciste? No, no me lo digas, pero no soy gilipollas y no me vas a seguir contando mentiras. No quiero saber lo que sabes y no dices, ni por qué me mientes diciéndome que estás en tu casa cuando te vas a centros comerciales de incógnito a hacer Dios sabe qué. —Nico intentó replicar entre lágrimas, pero Raúl llevaba tal carrerilla que no le dejó intervenir—. Me da igual lo que hagas pero ¡que te quede claro una cosa: yo no soy tu hermano! Yo no tengo la culpa de que no le hicieras ni caso y ahora busques el perdón jodiéndome a mí. ¡Pues que sepas que el mío no lo tienes! Tu hermano se ha ido, mentalízate de una puta vez, se ha ido para siempre y no va a volver a verlo en tu vida. Tu hermanito, al que tanto querías, se ha esfumado y no va a volver.

Raúl frenó de golpe, reconociendo en su discurso las mismas palabras que utilizó su madre cuando hablaba con Mario de Mimi, su gato. Parecía una pesadilla: se daba cuenta de que por mucho que la odiara y tratara de escapar de los conflictos que le causaban tanto dolor, tarde o temprano, acabaría siendo igual que ella. Lo llevaba en la sangre. Era lo peor que le podía pasar y solo había una manera de impedir que eso ocurriera. Miró a Nico acorralado y le dijo:

—Adiós.

Nico no paraba de llorar, pero, al escuchar su despedida, abrió inmediatamente los ojos. Raúl salió de la habitación y subió las escaleras apresuradamente. Nico fue detrás de él, para verlo desaparecer, preguntándose si esa sería la última vez que lo vería.

Laura llevaba sentada en un banco del parque desde que salió corriendo sin pensar adónde. Cada vez bajaba más la temperatura y ni el poderoso abrigo de pieles evitaba que el frío se le metiera en los huesos. Con el pelo aún más alborotado por el viento y sin más maquillaje que los restos de dolor, dejaba pasar las horas mirando al frente, con la mirada perdida. No había ni un alma. Nadie sacando al perro, jugando al balón o en los columpios. Solo ella, sin noción del tiempo que llevaba sentada pero con la claridad de que ya no había marcha atrás. No podía contactar con él y el dinero empezaba a escasear. Podría hacer alguna publicidad, pero primero tendrían que cogerla y… ¿de dónde iba a sacar la energía necesaria para enfrentar la ardua tarea de volver al mercado? Y, aunque tuviera suerte, los anuncios se cobraban en tres meses. Todos los caminos se estrechaban asfixiándola aún más. ¿Qué iba a hacer ahora? ¿Dónde quedaba la imagen de mujer independiente que había proyectado de sí misma dirigiendo su propio programa, pudiendo permitirse mandar a sus hijos lo más lejos posible con el pretexto de que era por su educación? Su esperanza se desvanecía y no encontraba la fuerza para volver a su casa y seguir esperando pasivamente, sin ningún plan. Cada vez que veía la luz, alguno de sus hijos la empujaba hasta el fondo del hoyo, pero esa vez era el hijo que no había nacido el que traía algo aún peor que los anteriores.

—Malditos seáis —maldecía entre susurros.

Sus rodillas empezaban a temblar por el frío, pero se resistía a volver a la jaula en la que quedaba recluida. Una semana después del silencio todo volvía a ser tenebroso y se le venía encima. Prefería esperar ahí mientras tomaba la determinación de actuar de una vez por todas. Ya nada se lo impedía, no tenía nada que perder. Además, había llegado a un punto en el que le daba igual lo que pensaran Maribel y el resto de vecinos, no tenía miedo de que la vieran de aquella manera. Le daba igual todo, por fin sabrían de qué pasta estaba hecha. ¿Y si vendiera la casa? Podría empezar de cero ella sola, sin los chicos. Compraría algo más pequeño, en un nuevo barrio en el que nadie la conociera. ¿Reaccionaría él de una vez si se enteraba de que la había puesto a la venta? ¿Cómo se tomaría que la fuera a vender sin consultárselo? Desde el terror que le entraba al recordar lo que su marido era capaz de hacer cuando se enfadaba, tomó la decisión, asumiendo todos los riesgos.

Mario, vestido con una enorme camisa de cuadros, se miraba fijamente en el espejo de la habitación de sus padres. Le sobraba tela por todos lados: los hombros le colgaban y sus manos desaparecían bajo las enormes mangas. Con la ropa de su padre parecía más pequeño de lo que era, como antes de dar el último y tan comentado estirón. Con uno de sus puros en la boca, se movía haciendo gestos y muecas tratando de imitar a su progenitor, como cuando veía la tele y él lo observaba ensimismado, tratando de buscar parecido entre ambos. Cuando su padre se daba cuenta, jugaba a hacer gestos que él tenía que imitar. Siempre acababan muertos de risa y, entonces, aprovechaba para hacerle cosquillas hasta que Mario, entre lágrimas, le suplicaba que parara. Con su ropa el parecido era todavía mayor, pero, aun así, Mario seguía esforzándose de manera obsesiva en buscar las similitudes al detalle. Cuánto le molestaba cuando alguien veía a Raúl después de cierto tiempo y le decía que se parecía a su padre. Era mentira y además muy injusto. Su hermano no le entendía y le deseaba lo peor, igual que haría ella. Su madre y su hermano eran iguales en todo. Si cerraba los ojos, metido en él, sentía que estaba ahí mismo, que había vuelto y le decía: «Mario, quítate eso, hombre, no hagas el tonto», y le acariciaba revolviéndole el pelo. Le encantaba que lo hiciera y le dejara despeluchado porque después siempre lo miraba sonriendo y le decía con ternura: «Pareces un pollito».

Un rato después, vestido todavía con la ropa de su padre, bajó hasta la cocina, abrió el primer cajón y sacó las tijeras grandes de su madre.

Caía la tarde y Raúl aguardaba parado en mitad del descampado. Daba la bienvenida a la noche sin prisa, de pie, con los brazos colgando, relajados, sin resistencia. Ya no tenía por qué disimular, estaba decidido. Podían gritarle o abofetearle, que nada cambiaría lo que estaba por venir. Su mirada recorría el edificio, saboreando cada ladrillo por última vez. Ningún detalle se le pasaba por alto, lo conocía tan bien que podría ganarse la vida como el portero de la finca. A lo tonto dominaba casi todos los rostros, horarios y hábitos de los vecinos que vivían ahí. Les conocía mejor que a su propia familia. Sabía qué cara ponían cuando escondían algo, cuando llegaban cansados, alegres o estaban recién levantados de la siesta. En breve, el vecino del segundo derecha se fumaría su cigarro a escondidas antes de que llegara su pareja; le encantaba la inmediatez y la expresión con la que lo lanzaba cuando advertía el peligro. La chica del séptimo y su novio ya estaban en las escaleras, sus siluetas a contraluz les delataban. En el cuarto derecha, el ejecutivo que vivía solo acababa de entrar y se quitaba el traje mientras se movía alegremente al ritmo de una música que Raúl intuía. ¿Estaría su padre así en ese momento, llegando a casa solo y libre? ¿Llegaría él alguna vez a poder estar de esa manera cuando se deshiciera de todo? No podía permitirse ningún fallo y después solo tendría que largarse rápido y muy lejos, pero antes quería ver por última vez a Kirsten, su ángel caído. ¿Tendría que esperar al día siguiente para hacerlo? Estaba en manos del destino que apareciera esa noche, pero él se negaba en rotundo a retrasarlo todo un día más. «Esta es la noche», pensaba mientras se rozaba por encima del pantalón suplicando volver a ver su pelo de fuego. Entonces vino a su mente la leyenda de Lilith, la primera mujer de Adán. La que se convirtió en musa de los vampiros, cuando decidió abandonar el Paraíso antes de ser sometida y renunciar a sí misma y que después juró matar a los hijos de Adán y a sus madres durante los partos, en venganza por todo su dolor. ¿Sería Kirsten una de sus descendientes? Raúl se frotaba más fuerte mientras recordaba cómo lo miraba de reojo cuando le pilló masturbándose en clase. Todo el deseo que escondía bajo el candor que le sedujo desde el primer momento. Mientras tanto, en el quinto, la familia que parecía del Opus ya estaba sentada a la mesa. El padre y los cinco hijos, arreglados como pimpollos, esperaban a que la madre, enjoyada de pies a cabeza y muy sonriente, terminara de servirles uno a uno. Raúl se sentía amenazado al presenciar cómo le devolvían la sonrisa orgullosos, como si estuvieran empeñados en restregarle por la cara lo mucho que disfrutaban todos juntos en su enorme salón, parecía que lo hacían aposta. Tanta perfección impostada le irritaba hasta límites insospechados y le entraban ganas de coger una piedra y lanzársela. Le costaba creer que alguien pudiera ser tan feliz. «¡Que os jodan!», exclamaba para sus adentros mientras se pajeaba delante de ellos por última vez. Quería que lo vieran para que se les atragantara tanta felicidad.

—¡Que os jodan a todos! —gritó esta vez—. ¡Que os jodaaaaaaaaaan! —continuó al tiempo que luchaba contra las miles de imágenes familiares que bombardeaban su cabeza.

Tenía que expulsarlas de una vez para que se quedaran esparcidas por ahí para siempre. Con las venas hinchadas y palpitantes, se apretaba más y más fuerte, preso de la rabia que le producía la imagen.

—¡Que os jodan, que os jodan! —repetía con distintos ritmos y volúmenes, según el placer—. ¡Que os jodan! —sentenció mientras se deslizaba la última gota de su semen.

«Hasta nunca», pensó mientras se subía los pantalones para irse. Echó una última mirada al descampado. Salió y, al toparse con los contenedores de la entrada, se hizo la misma pregunta que se había hecho durante el último año: ¿Habría llegado Jonathan a echar la basura aquella noche o lo habría hecho alguien por él después de hacerle desaparecer? Raúl caminó de vuelta hasta que, al llegar a la puerta de su casa su casa, se encontró con un enorme cartel que ponía «Se vende».

«Se vende precioso chalet adosado de cuatro plantas. Primera planta: cocina, baño de servicio, despacho y salón. Segunda planta: tres habitaciones. Una *suite* con baño y dos individuales, despacho y cuarto de baño. Planta baja: salón, garaje y patio privado. La casa está equipada con gas natural individual, antena parabólica, puertas blindadas, terraza de 25 metros con acceso desde la última planta, donde se encuentra también una sala abuhardillada. Buena orientación, con jardín y piscina comunitaria».

Laura dejó el boli sobre la mesa de la cocina, sin saber qué más poner, consciente de que si estuviera su marido, seguramente puntualizaría o añadiría algún detalle importante que ella hubiera olvidado. Volvió a leerlo, sin encontrar nada que modificar. Al día siguiente llamaría a primera hora para que publicaran el anuncio y pronto empezaría la vorágine de recibir llamadas, enseñar la casa y el tira y afloja de las negociaciones. No pensaba desgastarse poniéndolo muy difícil, no tenía fuerzas. Quería irse pronto de ahí y algo le decía que así sería. Se levantó y salió de la cocina, corriendo escaleras abajo, hasta el garaje. Con las prisas no había dado la luz y, al adentrarse en la inmensa oscuridad, pudo entender que los miedos de Mario no hubieran desaparecido. ¿Y si entraba sin avisar y la esperaba en una esquina para llevársela? Realmente podría haberlo hecho, no había cambiado la cerradura y nadie se lo impedía. Aceleró el paso hasta llegar a la puerta. Una vez dentro del garaje fue hasta el fondo. Junto a la leña para la chimenea, que nunca usaban, había un montón de cajas de cartón donde su marido guardaba botes de pinturas, pinceles y herramientas de todo tipo que utilizaba para pintar y barnizar la zona de la depuradora después de los arreglos que iba haciendo. Buscó la más grande y arrancó uno de sus laterales. Subió las escaleras, esta vez con la luz encendida, y volvió a entrar en la cocina. Abrió el tercer cajón y sacó un rotulador negro muy gordo, cinta adhesiva muy resistente y unas tijeras.

Cinco minutos más tarde Laura pegaba el cartón en la puerta de la valla de su casa. Después de reforzar las tiras con varias capas de cinta, comprobó que se leía suficientemente claro el «Se vende» acompañado del teléfono de su casa.

El silencio predominó durante la última cena que pasaron juntos. Los tres permanecieron sentados a la mesa comiendo sin decir nada y sin prestar atención a la televisión de fondo, sin volumen. El silencio había vuelto para quedarse y ya nadie se esforzaba en disimularlo.

«Un accidente así lo puede tener cualquiera». Las palabras del productor volvían a la mente de Laura mientras contemplaba seria a sus dos hijos, que comían ajenos a los oscuros pensamientos que llenaban sus fantasías. Raúl imaginaba lo lejos que quedaría todo esto en cuestión de horas mientras introducía el filo de su cuchillo en uno de los filetes de cinta de lomo que había frito su madre. Levantó la vista del plato y sus ojos enrojecidos coincidieron con la frialdad que transmitían los de Laura, clavados en él. Los dos se observaron un instante fijamente, sin ocultar sus pensamientos ni intenciones, sin miedo a que el otro pudiera leer su mente. Mario alzó también la vista en ese momento y se encontró con sus dos mayores enfrentados. Su madre tenía el codo sobre la mesa y sujetaba un cigarro con la mano. Mario se quedó mirando el anillo de bodas que todavía llevaba puesto. Laura dejó de mirar a Raúl para mirar a ambos y dijo las únicas palabras que pensaba pronunciar en aquella última cena.

—Voy a vender el chalet, ya he puesto el cartel.

Los chicos se quedaron mirándola perplejos. Su madre acababa de soltar el detonador y no mostraba ninguna culpa, ni intención de dialogar para darles alguna explicación. Mario tragó saliva y controlando sus verdaderos pensamientos dijo:

—¿Estás nerviosa por el programa de mañana?

Laura se quedó de hielo al escuchar la amabilidad con la que su hijo hizo la pregunta en lugar del pataleo que esperaba. Sus hijos la miraban sin pestañear. Podía vislumbrar en sus retinas el odio y la decepción que sentían hacia ella, como si supieran todo lo que no les había contado y estuvieran poniéndola a prueba. Tomó aire y contestó finalmente.

—Mucho —dijo sin ningún énfasis.

Raúl, ajeno al momento, se concentraba en escuchar la música de Nirvana muy fuerte en su cabeza. Observaba a su madre preso del odio, pero, después, a ritmo de los acordes, fue fijándose por última vez en cada detalle de la cocina hasta terminar centrando la vista en su hermano, que comía con su cara de pena y la mirada perdida al frente. Lo que él no sabía es que Mario no estaba pensativo ni triste, como aparentaba, sino que tenía la vista clavada en el cuenco que había encima del microondas, donde su madre dejaba siempre las llaves de la casa.

Raúl había metido en la bolsa de deporte lo básico para sobrevivir, pero, con la cremallera en la mano, a punto de cerrarla, trataba de caer en si se dejaba algo realmente necesario. ¿Llevaba lo suficiente como para empezar una nueva vida sin echar nada en falta? Oía la radio en el loro, con el volumen muy bajo, para escuchar si su madre o su hermano salían al pasillo y esconder la bolsa. Tenía la esperanza de poder grabar para el viaje «Park Life», el primer single del nuevo disco de Blur, que salía a finales de mes. Por eso estaba muy cerca el aparato, casi con el dedo preparado para darle al *rec* corriendo y perderse lo mínimo de canción, esperando que el locutor no se enrollara mucho en la presentación. La otra mano la tenía metida dentro del pijama, se estaba sobando el glande. Estaba nervioso y cuando entraba en ese estado ya no podía frenar. A la mañana siguiente comenzaba la aventura y tenía que ultimar bien los detalles para no dejar pistas y que no le encontraran. Se largaría fuera de España, por supuesto. Su intención era viajar a Seattle y visitar la tumba de Kurt Cobain. Nadie se imaginaría que estaba ahí, pero por desgracia sus bolsillos de momento no le permitían saltar el charco. Aunque siempre podía visitar la tumba de Jim Morrison, en el cementerio de Père Lachaise, en París. Le gustaba Francia, pero tenía que ser algo más barato. No necesitaba lujos, su experiencia le demostraba que no servía de nada tener tantas cosas si luego seguía sin estar bien. Ese mismo año habían sacado las siete zonas distintas de Interrail, y su plan era perderse libremente por Europa, quedándose en cada sitio más o menos tiempo según las oportunidades. Moviéndose mucho, sobre todo los primeros meses, para que, aunque empezaran a buscarlo como a Jonathan, no le encontraran. Con suerte pensarían que había corrido el mismo destino incierto o que se había fugado con él, pero sabía que la segunda opción no le favorecía y daba vueltas a si sería buena idea hacerse un corte y dejar alguna prenda rota con restos de su sangre en la entrada al descampado o algo similar. Eso alejaría las sospechas y le garantizaría mayor margen de movimiento. En cualquier caso, tiraría de gorras, gafas y si era necesario se raparía el pelo con tal de que nadie le identificara. Ansiaba disfrutar de libertad: tener sus tiempos, andar y andar descubriendo cosas nuevas y poder observar lo que le diera la gana sin límites ni presiones. No necesitaba a nadie más. Por fin habría justicia y podría ser quien realmente era. En cuanto pusiera el pie en el tren, cada vez que le preguntaran, diría que tocaba la guitarra en algún grupo, pero que viajaba en busca de inspiración para componer. Seguramente, por su pinta nadie lo dudaría. Cuando le presentaban a alguien, casi siempre le decían que se parecía a algún cantante o le preguntaban si tocaba algún instrumento. Era el momento de sacarle provecho. Habría matado por poder ser músico, pero estaba claro que no era lo suyo, no tenía oído. Las matemáticas tampoco lo eran. Ni la literatura, ni la historia. «¿Qué coño es lo mío?», se preguntaba muchas veces, apretando el gesto de pura rabia. Tenía que irse y descubrir quién era cuando estuviera solo, sin condicionantes, solo así lo sabría. Tampoco es que tuviera demasiadas expectativas de encontrar aquello que fuera para él. Solo quería estar bien, vivir tranquilo aunque fuera con un trabajo de mierda. Había llegado el momento de que la prioridad fuese él y no pensar en ellos para alejarles de una vez por todas. No quería volver a pisar esa casa, ya no pasaría frío ni volvería a tener miedo. Raúl sonreía mientras se imaginaba a su madre encerrada para siempre, cumpliendo su condena. La cuenta atrás había comenzado. Sacó de debajo de unas bufandas un pasamontañas y miró al pasillo para vigilar que no había nadie que frustrara su plan. Lo dejó al lado de la mochila y extendió el uniforme del colegio y una cazadora encima para que quedara oculto. Por último se tumbó en la cama contando los segundos.

Nico no podía quitarse de la cabeza la discusión con Raúl. Le entristecía de tal modo que no era capaz de hacer otra cosa más que rebobinar en su mente una y otra vez cada frase de las que le dijo. Se arrepentía de no haber sabido reaccionar de una manera más adulta y haberle ayudado como lo habría hecho un padre o un hermano mayor, que era lo que realmente necesitaba, pero no fue capaz. No sin derrumbarse. ¿Qué pensaba que hacía en el centro comercial aquella tarde? Llevaba todo el día luchando contra la necesidad de ver a Jonathan. Le echaba tanto de menos. Intentaba apartarlo de su mente estudiando, pero había días en los que el dolor era tan fuerte que es imposible de combatir. Se sentía débil. Por eso, pese a que se había propuesto no caer, se puso su gorra cubriéndose casi los ojos que delataban su estado y decidió ir al centro comercial a ver *El buen hijo*. Macaulay Culkin se parecía tanto a él…, tenía la mirada menos dulce, pero por momentos le parecía estar viendo a su hermano. Mientras esperaba a que empezara la película no pudo evitar apartarse y observar a los chicos de las pandillas pensando en que cualquiera de ellos podría ser Jonathan. ¿Por qué Jonathan y no cualquiera de ellos? Consolándose, se engañaba con que quizá, con suerte, él estuviera en algún centro comercial disfrutando también con un grupo de amigos. ¿Eso era lo que Raúl quería que le dijera? ¿Que observaba a esos chicos deseándoles lo peor: deseando que desaparecieran, que se los llevaran a cambio de que su hermano volviera? No era fácil aceptar sus miserias y reconocer que los miraba pensando en su hermano porque ya era lo único que le quedaba, porque cuando él no iba a verlo todo se le venía encima. Desde que se fue no se había movido de su escritorio. Se dejó caer en la silla y, con los codos sobre la mesa, apoyó su cara entre las palmas de sus manos. Aguantó todas esas horas, parado con la mirada perdida y los ojos vidriosos, hasta que escuchó a Bunny haciendo gemidos lastimeros para llamar su atención. Cuando Nico reaccionó se encontró con que el animal estaba plantado al lado de él mirándolo con cara triste, como siempre decía su madre: «Este perro parece que habla». «Ojalá pudiera hablar y decirnos qué o quién se cruzó en el camino de mi hermano Jonathan aquella noche», pensaba siempre él. Con lo ocurrido se le había pasado sacarle a la calle y el animal estaba a punto de estallar. Nico subió hasta la entrada, le puso la correa y los dos salieron. Nada más pisar la acera, Bunny levantó la pata y meó en una de las farolas. Mientras, Nico se quedó obnubilado mirando la acera donde se encontró por primera vez sentado solo a Raúl. Volvía a tener la misma sensación de vacío que aquella noche, cuando acababa de desaparecer su hermano y sus padres se pasaban el día de programa en programa dando gritos de atención para que alguien pudiera dar alguna pista sobre el paradero de su hijo. Nico, por el contrario, se pasaba la mayor parte del día encerrado, devorado por la incertidumbre y la culpa. La tarde del día en que desapareció Jonathan, Nico tenía que haber ido a buscar a su hermano al colegio para llevarle al oculista. Cada vez veía menos y era muy probable que le tuvieran que poner gafas, pero, la noche antes, Nico le dijo a sus padres que no podía llevar a su hermano porque le habían puesto una tutoría importante de la oposición, cuando en realidad no tenía nada que hacer. Simplemente quería librarse de tener que aparcar, esperar y traerlo de vuelta. Fue su madre la que finalmente tuvo que ir a buscarlo a mediodía al colegio y resolverlo en la hora de comida. Jonathan acabó volviendo a casa, como cada día, con Raúl y Mario en la ruta del colegio. Entretanto, Nico se fue al centro comercial a pasar la tarde y, como tenía que mantener su coartada, se metió al cine a ver la película más larga de la sesión de las ocho. «Ves, al final se ha alargado muchísimo. No habría podido llevarle aunque hubiera querido», pensaba decirle a su madre al llegar a casa ya de noche, pero cuando bajó del autobús se encontró a su padre que subía calle arriba muy alterado.

—Papá, ¿qué pasa? —preguntó Nico extrañado por las horas y la cara de susto que llevaba.

—Tu hermano. Como no llegabas, ha sacado a Bunny a la calle y todavía no ha vuelto.

Aquella noche, como cada noche, era él quien debía estar sacando al perro y no Jonathan. Por eso llevaba todo el día llorando cuando se encontró a Raúl sentado en esa misma acera: por la culpabilidad e impotencia tan grande que sentía. Cada día estaba más solo viendo cómo sus padres se alejaban, culpándole en silencio, reprochándole que no fuera él quien no estuviera.

Aquella primera noche con Raúl, pudo ver en sus ojos que, por mucho que él hubiera estado llorando, su tristeza no era menor a la de él.

—¿Está todo bien? —preguntó retóricamente.

Aunque nunca hubieran intercambiado más de dos palabras, el hecho de haber estado todo el día pegado a Jonathan hacía que le recordara muchísimo a él. Le resultaba muy familiar, le hacía sentir como en casa.

—Ojalá yo pudiera llorar —le dijo Raúl cuando al levantar la mirada se fijó en sus ojos enrojecidos.

—Las lágrimas no curan el dolor —le contestó él.

Recordaba perfectamente cómo los dos se quedaron mirándose en silencio, sin forzar nada, simplemente estando, encontrando en el otro la comprensión que necesitaban. Esa noche fue la primera vez que Raúl fue a su casa para estar con él y no con su hermano.

Nico no podía quitarse el nudo que le provocaba pensar que la discusión realmente había sido su despedida y que podía perderlo a él también. Tiró de la correa para que Bunny le siguiera y acercarse hasta la casa de Raúl. Era tarde, pero quizá tuviera suerte y lo viera en la cocina o en la ventana de su habitación. Ojalá se asomara y pudiera ver en sus ojos que sí se preocupaba por él, que era el único aliento que le quedaba. Pero al llegar a la altura de su chalet se topó de frente con el cartón de «Se vende». Volvió a leerlo una y otra vez, sin poder creerlo. Estaba aterrorizado ante la idea de que de una manera o de otra fuera a acabar alejándose de él, pero fue aún peor cuando Nico de repente se descubrió a sí mismo plantado frente a la puerta de su casa, mirando, como en su pesadilla. Aunque no hubiera ambulancias, policías ni vecinos alrededor, no podía evitar estremecerse y empezar a llorar al recordar las camillas saliendo con los cuerpos cubiertos por sábanas bañadas en sangre.

Laura seguía en la cocina viendo otro de sus programas fetiche: *Lo que necesitas es amor,* en el que Isabel Gemio, la presentadora, abordaba historias reales de parejas con problemas. En cada relato, uno de los miembros acudía como invitado al programa para ser entrevistado y conseguir, mediante una carta, que su pareja fuera también y le perdonara en directo. En un primer momento pensó en cambiar de canal, no estaba en condiciones de soportar más golpes, pero no pudo aguantar el morbo de ver cómo empezaba el primer caso y acabó pegada a la pantalla, como siempre. La primera historia era sobre una mujer de un pueblo de Andalucía que se negaba en rotundo a volver con su marido. Laura estaba conquistada por el temple firme que mantenía al explicar sus razones a la presentadora, que volvía a rebuscar entre los orígenes de la relación y los problemas que acabaron con el matrimonio. La envidiaba profundamente, consciente de su debilidad. Conforme daban más detalles los iba comparando con los suyos, pero ¿en qué posición estaba ella? ¿Sería la que tendría que reclamar su vuelta en busca del perdón o la que debería perdonar? Al escuchar los testimonios se daba cuenta, enfadada, de que su visión del programa había cambiado desde la última semana. No entendía por qué todo lo mostraban como si fuera blanco o negro, cuando al fin y al cabo las relaciones siempre eran cosa de dos. «¡Aquí no hay buenos y malos!», le entraban ganas de gritarle.

«¿Crees que es posible enamorarse en una primera cita? ¿Cómo fue la vuestra?», preguntó la presentadora en busca de más detalles.

Su primera cita. Laura exhaló lentamente el humo mientras su mirada perdida atravesaba el televisor. Su mente volvió a la primera vez que se vieron, cuando aún no se conocían, después de que él le hablara y ella, enfundada en sus botazas rojas, le llamara «princeso» para acabar plantando a sus amigas y pasar la tarde con él. Nunca había sentido tantas ganas de volver a ver a un chico como aquella tarde al despedirse, pero, precisamente por eso, se encargó, muy en su estilo, de que pareciera todo lo contrario. Cuando él le pidió el teléfono, hizo una pausa como si se lo pensara, finalmente se lo dio y se despidió con una leve sonrisa. El que se convertiría en su marido la había calado desde el minuto uno y en poco tiempo sería el único que conseguiría darle la vuelta a sus jueguecitos. Sin embargo, le costó Dios y ayuda conseguir una cita. Ella era una experta en el tira y afloja y se hizo la dura. Aunque se moría de ganas de quedar con él, disfrutaba haciéndolo sufrir, manteniéndolo en vilo. «¿Para qué vamos a quedar si yo no soy mucho de ir a cenar y tú no de ir al cine? Creo que somos bastante incompatibles», le dijo la primera vez que llamó a casa de sus padres para intentar quedar con ella. Una semana más tarde fueron a cenar a un sitio vasco de pinchos que su futuro suegro les había recomendado. Todo estaba delicioso, como su lengua cuando pudo catarla en el beso de tornillo de despedida, después de haber ido al cine, por supuesto. Desde luego que era posible enamorarse en una primera cita, no tenía la menor duda.

Laura se secó las lágrimas que descendían por sus mejillas, luchando contra el deseo irrefrenable de querer regresar a aquellos días y evitar que todo lo demás llegara. Se habría sacrificado a no dejarse penetrar con tal de que no hubiesen llegado los niños y haberse quedado ellos dos solos. Apagó el televisor y subió las escaleras a oscuras, disfrutando del aire frío que descendía desde el techo. Caminó con cuidado por el pasillo y se asomó por el hueco de la puerta entreabierta de la habitación de Raúl, aprovechando que a oscuras su hijo no podía golpearla con su mirada. Se parecían tanto que en realidad era el único que llegaba a conocerla. A él no podría engañarle y eso la violentaba, sobre todo, al imaginarse cómo sería tener que pasarse el día huyendo de él. Como en ese momento en el que, al escuchar que se movía, se apartó de golpe de la puerta temiendo que estuviera despierto. Dio unos pasos más hasta llegar a la habitación de Mario. A diferencia de la de Raúl, las contraventanas abiertas dejaban ver toda la estancia en la que su hijo pequeño dormía profundamente. Laura lo observaba en silencio. Por mucho que los rasgos angelicales del niño se incrementaran cuando dormía, no conseguían despertar en ella ningún tipo de compasión. Cuanto más inocente, más rabia le daba, porque contra eso no podía competir. Laura apartó la mirada y se fijó en las marcas de la cama de Raúl, que asomaban por un lado de la alfombra. La cama que ella misma arrastró y colocó ahí para que Mario dejara de robar la atención de su marido.

Llovía sin parar la tarde en la que llevó la cama de Raúl a esa habitación. Sentada en la esquina de su cama, Laura contemplaba las gotas de lluvia caer a ritmo acelerado, con los ojos hinchados de tanto llorar. No podía derramar ni una lágrima más, estaba seca. Solo quería que pasara y olvidarse de la bronca que había tenido. Comenzó a mover su mano, girándola lentamente hacia ambos lados. Aunque no había sido nada, estaba asustada. Por primera vez se habían hecho daño de verdad, pero no lloraba por el empujón, al fin y al cabo ella le había empujado primero, aunque no esperaba que se lo devolviera con tanta fuerza como para hacerla caer al suelo, sino porque no habían terminado como siempre hacían. Nunca antes su lenguaje corporal había fallado, y se sentía rechazada. Eso era lo peor de todo. Había pasado más de una hora y, de repente, fue consciente del tiempo que llevaba ahí tirada. Pese a que sentía su cuerpo más pesado que nunca, se levantó poco a poco y salió al pasillo para ver qué estaba haciendo él. Tenía la esperanza de que todavía no fuera tarde para acabar en condiciones. Al salir no vio ninguna luz dada ni ruido que le indicara en qué planta estaba o lo que hacía. Fue andando por el pasillo, al llegar a la habitación de Raúl abrió la puerta y comprobó que como siempre no estaba en casa. Cerró la puerta otra vez y avanzó hasta llegar a la de la habitación de Mario. Dos años después, asomada en la misma puerta, podía verse a sí misma esperando al otro lado, escuchando las risitas y el posterior silencio que rompió cuando abrió la puerta de golpe, sin avisar. Su marido y Mario dieron un salto sorprendidos por la interrupción. Estaban metidos en la cama y el niño no llevaba nada de ropa. Laura miró a su marido y por su mirada lo supo todo, no necesitaba nada más. Él se quedó congelado sin saber qué decir, hasta que Mario le sacó del trance.

—Papá y yo estamos echándonos la siesta y jugando a las cosquillas, porque yo tenía miedo —dijo sin ser consciente de la gravedad de la situación.

Sin mediar palabra, Laura salió escopeteada a la habitación de Raúl. Abrió la puerta de golpe y agarró la cama como pudo. En lo que tardó en sacarla fuera, su marido y Mario habían salido al pasillo, desde donde presenciaron cómo Laura arrastraba la cama endemoniada. El niño estaba muy asustado y no podía parar de llorar. En ese momento volvía de la calle Raúl, que, al subir las escaleras, se encontró con el panorama de frente.

—Se acabó. Si tanto miedo tienes, no te preocupes, que tu hermano el gallito te va proteger pero bien —balbuceaba llena de rabia al verlo aparecer.

Ninguno de los tres se atrevió a decir nada. Laura, fuera de sí, siguió escupiendo todo lo que pensaba mientras colocaba la cama en el sitio que ocuparía los siguientes dos años. Su marido intentó ayudarla, pero le lanzó una mirada que le hizo abandonar la idea de inmediato.

—No me gusta que os encerréis en vuestro cuarto. Quiero que dejéis la puerta siempre entreabierta, que yo pueda ver lo que estáis haciendo —les dijo imperativamente.

—Pero si no vamos a hacer nada malo —replicó Mario mientras su hermano enfadado salía escaleras abajo.

—Pues por eso no habrá problema en dejarlas abiertas, ¿verdad? A partir de ahora nadie cerrará ninguna puerta en esta casa. Solo se cerrará la nuestra. ¿Estamos? Esto también va por ti —le dijo a su marido al pasar junto a él.

Su mente viajaba a mil por hora, saltando de recuerdo en recuerdo, hasta que volvió al día en el que decidió guardar todas sus cosas en el armario, al momento en el que, mientras vaciaba los cajones de su mesilla, encontró un montón de fotos: instantáneas de Mario y Raúl de pequeños en la bañera que no sabía ni que existían, o a todas las veces que viendo una película grabada, aparecía algún niño y la cinta se rayaba. No quería detenerse en ninguno de esos recuerdos para no perder el control y siguió observando cómo el pecho de su hijo se abultaba al respirar, pero su subconsciente era más fuerte que ella y volvió a verse tirada en la moqueta de su habitación el día en el que se marchó, momentos después de arañarlo con todas sus fuerzas y por fin reunir el valor para decirle que no estaba dispuesta a tener el niño que esperaba.

—¿Qué te crees, que voy a tener otro niño para que te metas en la cama con él y le hagas lo que te dé la gana mientras a mí me tratas como a un trapo? —le dijo poseída por la rabia.

—No digas tonterías, no serás capaz de hacer algo así.

—¿El qué? ¿Matarlo?

—No lo permitiré.

—¿Qué vas a hacer? Ahora ya no me puedes tocar más o sí, igual quieres ahorrarme el tener que ir a abortar yo solita.

Su marido fue hacia ella enfurecido y la agarró del cuello, apretándola con fuerza.

—Ve pensando lo que le vas a contar a la policía —amenazó Laura como pudo.

—No te atreverás —dijo él, mientras la soltaba de golpe.

—Antes os llevo a todos por delante que permitir que siga ocurriendo esto —gritó con la cabeza entre las rodillas, mientras su marido la miraba por última vez antes de irse.

Entonces vino el silencio, la calma que presagiaba la tormenta. No lo veía pero la manera en que todo se congeló le hizo saber que nada de lo que vendría sería mejor. Laura extendió la mano derecha para intentar retenerlo, pero su marido ya había salido escaleras abajo. Todo eso era pasado y tenía que dejarlo atrás de una vez por todas. Miró por última vez a su hijo, volvió a su cuarto y, sin ni siquiera pasar por el baño, se metió directamente en la cama. El piloto del contestador parpadeaba. Laura apretó el *play* para escuchar el mensaje, pensando en que probablemente era la pesada de Maribel, pero no se escuchaba nada. Parecía que no había nada grabado, nadie hablaba. Tan solo se oía un ruido de ambiente, bastante suave e imperceptible y una respiración que aparecía y desaparecía. ¿Sería él? ¿Qué era lo que intentaba decirle con aquel mensaje? ¿Habría visto ya el cartel? ¿Era una amenaza o simplemente una manera de seguir marcando territorio? Fuera como fuere, sacó del cajón de su mesilla una caja de orfidal y se tomó dos pastillas que tragó sin necesidad de agua. Se metió en la cama y empezó a jugar con su anillo de bodas, tratando de manejar la mezcla de excitación, miedo y deseo que la invadía. Si su intuición no le fallaba, volverían a verse mucho antes de lo previsto.

En cuanto Mario sintió que su madre se alejaba por el pasillo, abrió los ojos y se incorporó invadido por la adrenalina. Su madre se encerraría en su habitación y por fin bajaría la guardia. Tenía que estar atento a la señal, miró hacia la ventana y se encontró con una estampa que le dejó sin respiración: no veía la farola ni el chalet de enfrente, como esperaba, sino el suyo. La fachada de su casa, con las contraventanas abiertas y a él mismo asomado mirándose desde arriba, como si estuviera en la piel del hombre que esperaba. La misma imagen que en el sueño que tuvo en su clase y, al igual que aquella vez, la visión se esfumó enseguida y volvió ver la imagen habitual. Mario parpadeó varias veces extrañado. Era como si por un momento hubiera podido meterse en la mente del hombre que esperaba y pudiera sentirlo con más intensidad que nunca. En ese momento, pasó por la calle una señora mayor caminando con un perro hacia donde esperaba el hombre. Mario lo observaba muy atento a través del cristal. El perro caminaba a buen ritmo por delante, mientras ella iba mirando las fachadas y jardines de los chalets. Nunca antes los había visto. Al llegar a la altura de donde estaba el hombre, el animal se bajó de la acera y comenzó a ladrar al lado de la farola, acelerando el paso para evitarlo, como si también notara su presencia. Mario observó atónito cómo la mujer le mandaba callar, pero el perro seguía con la cabeza girada hacia la farola. La mujer se agachó para calmar al animal cuando de manera inesperada miró hacia la ventana. Mario se quedó de piedra cuando coincidieron sus miradas. La mujer volvió a mirar hacia la calle y siguió andando con su perro detrás hasta desaparecer. Mario saltó de la cama, fue hasta la puerta y, con mucho cuidado, la abrió lo justo para asomarse. No había nadie en el pasillo, no escuchaba nada más que el ventilador dando vueltas. Apretó los puños y fue pasando sigilosamente por delante de todas las habitaciones, venciendo su miedo. Fue bajando poco a poco los escalones, cada vez más excitado. Al llegar al hall, se pegó a la puerta de la entrada y abrió los puños. Cogió las llaves que llevaba en el derecho y abrió la puerta con delicadeza.

Raúl estaba medio dormido, parado en el jardín de su urbanización. Aunque reconocía el espacio —la piscina, la zona del césped, los arbustos y la zona apartada de la depuradora—, no podía evitar mirar a todos los lados desubicado. Había algo extraño en el espacio-tiempo. De pronto escuchó unas risas, miró hacia un lado y vio a su hermano y a su padre jugando con Bunny, el perro de Jonathan y Nico, pero Bunny era un cachorro y era suyo, no de sus amigos. Su padre le lanzaba una pelota de tenis y el animal iba y venía, esquivando bancos, setos y arbustos a su paso, aprovechando para olfatear el terreno que pisaba por primera vez. Los dos veían felices cómo, pese a lo pequeño que era, obedecía y les traía la pelota sin problema. Nadie parecía notar la presencia de Raúl que los miraba con nostalgia. Ahí estaban jugando con el cachorro, como si nada hubiera pasado. Su padre volvió a lanzarle la pelota y Bunny salió disparado detrás de ella.

La pelota llevaba tanta fuerza que se metió en el jardín de uno de los chalets. Raúl podía verla desde fuera, porque el terreno estaba en alto y la verja no tenía enredadera ni valla que la tapara. El perro corrió detrás de ella, como loco. Se coló entre las rejas y empezó a olisquear entre la hierba. La pelota estaba a solo unos centímetros de él, pero el animal olfateaba con ímpetu hacia otra dirección hasta que empezó a escarbar en un punto del jardín. Sin esperarlo, su padre se giró hacia él.

—Raúl, ve a por ella, vamos —le dijo con firmeza.

Raúl se asustó cuando su padre lo miró de golpe. Estaba tan serio que carecía de expresión. Mario, sin embargo, parecía no enterarse y seguía con la vista puesta en el perro.

—¡Eh, Bunny, deja de…, oye! ¡No! ¡Eso no, ven aquí! —exclamó Raúl obediente, mientras iba hacia él.

Su padre y su hermano se quedaron atrás mirando en silencio. Cuando llegó a la verja, vio que la puerta estaba abierta. Había un olor agrio muy fuerte. Bunny no paraba de ladrar y Raúl trató de calmarlo con la vista clavada en la pelota, que se había frenado por un montón de tierra. Al llegar a ella, el olor era aún más intenso. Raúl se agachó y estiró el brazo para cogerla cuando vio que del montón asomaba una mano con sangre seca y hormigas recorriéndola. De repente escuchó un grito quebrado que parecía proceder de una realidad diferente al universo en el que se encontraba. Estaba tan impactado que se quedó clavado viendo cómo los insectos se movían por los dedos, sin poder reaccionar. Se miró la camiseta y las manos, como si hubiera caído en la cuenta de algo, y descubrió que las tenía llenas de sangre.

—¡Vamos! ¡Vamos! —exclamó su padre haciéndole un gesto para que siguiera.

Raúl se dio la vuelta, de rodillas, y vio que su padre estaba muy exaltado. Volvió a girarse hacia la mano y se topó con alguien parado frente a él. Fue alzando la vista poco a poco hasta que descubrió la silueta de un hombre vestido todo de negro. Raúl abrió bien los ojos, tratando de entender por qué, pese a estar a menos de un palmo del hombre, no conseguía ver su cara, solo su silueta. Entonces supo quién era: era el hombre de su historia, el que esperaba fuera y lo miraba fijamente. Raúl empezó a gritar descontroladamente hasta que se despertó en su cama empapado en sudor. Todo estaba a oscuras, solo se veían los números del despertador de la mesilla que marcaban las tres de la madrugada. Tenía un fuerte sentimiento de culpa anclado en el estómago. Un golpe al otro lado del pasillo le alertó de nuevo. ¿Seguía soñando? Aún aturdido, permaneció pendiente. Su corazón latía más y más fuerte conforme pasaban los segundos. No era normal escuchar algo a esas horas de la madrugada. No desde que su padre se fue, pero, aun así, quiso pensar que lo había soñado y cerró los ojos intentando calmarse. A los pocos segundos oyó el grito más desgarrado que había escuchado nunca. Llevaba años oyendo gritar a su madre, pero nunca de una manera tan desbocada. Unas pisadas rápidas por el pasillo le hicieron incorporarse de golpe como por acto reflejo. Agarrado a las sábanas, rezaba para que nadie entrara mientras miraba expectante la ranura de la puerta, pero no escuchaba nada ¿Habría entrado alguien? ¿Seguía dentro de la casa? Salió de la cama de un brinco y lentamente fue hacia la puerta de su cuarto, deseando con todas sus fuerzas que siguiera en el sueño. Se acercó a la ranura poco a poco e intentó ver a través de ella, pero todo estaba muy oscuro. Solo veía las siluetas de la barandilla de la escalera, las puertas medio abiertas y la luz de la calle que salía del cuarto de Mario. Una arcada fuerte que venía de la habitación de sus padres le hizo estremecerse, pero ¿y si había sido un gemido? Por un momento le pareció que estaba en cualquiera de las tardes en las que sus padres se estaban peleando y él no había conseguido escaparse a tiempo. Aquellas batallas que siempre acababan con su madre gimiendo de esa manera para que no hubiera ninguna duda de lo que hacía. ¿Habría vuelto su padre? Abrió la puerta y salió al pasillo. Las aspas del ventilador habían dejado de girar en lo alto, eso sí que era extraño. Se quedó parado contemplando como por primera vez al objeto sin vida, pero enseguida siguió andando hacia la habitación, pendiente de que no hubiera nadie en ninguna de las puertas. Al llegar a la de sus padres y descubrir que la suya estaba abierta, supo que algo no iba bien. Aunque tenía el corazón a mil por hora, entró sigilosamente, temiendo lo que podía encontrarse. La puerta del pasillo y del baño estaban abiertas dejando toda la oscuridad a sus espaldas. Las persianas también estaban dejando pasar la luz que le permitía esquivar el río de objetos que había tirados por el suelo: papeles, calcetines, gemelos, trozos de fotos y restos de sangre. Todas las cosas de su padre inundaban el espacio. Raúl tragó saliva, sintiendo una fuerte presión en el pecho. Siguió avanzando lento, conteniendo la respiración, como queriendo retrasar lo que estaba por ver, pero, al girar la esquina, se encontró con una estampa que nada tenía que envidiar al gore que tanto admiraba, la más terrorífica que vería en su vida: su madre estaba tumbada boca arriba, sobre su cama deshecha. Le habían sacado las órbitas de los ojos, solo quedaban los huecos y la sangre que fluía de ellos. Tenía las piernas abiertas al igual que el brazo derecho, mientras que el izquierdo descansaba sobre su pecho haciendo fácilmente perceptible que le faltaba el dedo anular, donde llevaba el anillo de bodas. Toda ella estaba cubierta de sangre, había tanta que parecía bañada en ella. La sangre procedía de una enorme raja que le cruzaba todo el tórax. El corte era profundo y desgarrado, como si hubieran insistido en abrirlo, en quitar parte de la piel, dejando visibles los órganos que asomaban. Encima de ella, había cientos de trozos de fotos bañados en sangre que la cubrían casi por completo. Su marido, sobre ella, hasta el último momento. Sus ojos sobre sus pechos, su sonrisa en su estómago, sus manos en su cuello. Aquellas fotos que se había obstinado en guardar, se habían rebelado finalmente. Raúl dio un paso hacia atrás de la impresión, era demasiado. El tiempo se paró de golpe y no podía dejar de fijarse en todos los detalles. Miró hacia atrás, la puerta seguía abierta. No había escuchado nada más desde el último grito. Fuera quién fuera, seguía ahí. Ese pensamiento le aterró y se pegó aún más contra la pared. Todo estaba sucediendo demasiado rápido. Su madre soltó una especie de gemido, intentando decir algo, pero Raúl dio un paso hacia atrás rechazando cualquier intento de ayudarla. Laura Valverde Fernández moría segundos después, a las tres y nueve minutos de la madrugada. Raúl presenció el último aliento de su madre cuando un pensamiento vino como una flecha clavado a su frente. ¡Mario! Salió corriendo de la habitación, sin pensarlo. «Que esté bien, que esté bien», suplicaba mientras cruzaba el pasillo, pendiente de las escaleras, hasta llegar a su antiguo cuarto. Al llegar a la habitación, empujó la puerta temiéndose lo peor. La cama de su hermano estaba deshecha pero ni rastro de él. Compungido, dio un paso para tratar de encontrarlo cuando lo vio tirado en la esquina, casi junto a él. Mario estaba en estado de shock sentado en el suelo, encorvado abrazándose las rodillas con una mano y chupándose el dedo de la otra. Tenía la cabeza casi hundida en ellas. Raúl, aliviado, se acercó dejando a su espalda la puerta abierta con la inmensa oscuridad del pasillo.

—Mario, ¿estás bien?

Sin apenas moverse, Mario alzó un poco la cara temblando y muy pausado le dijo:

—Ha entrado.

Raúl respiraba con intervalos cada vez más cortos.

—¿Quién? ¿Quién ha entrado?

—El hombre.

Raúl miraba atónito sin comprender.

—El hombre que espera fuera ha estado aquí —continuó.

—¿El hombre? ¿Qué hombre, Mario? ¿Quién ha estado aquí?

—Ahora está ahí fuera, mirándonos fijamente, junto a la farola, mira.

Mario señaló a la ventana y observó cómo Raúl iba hacia ella. Conforme se acercaba, la silueta se iba haciendo nítida. Ya pegado al cristal pudo ver con claridad, que la escena era tal y como él la describía en su historia. Delante de él estaba la farola de siempre, pero con la cara del retrato de su padre recortada, a modo de cabeza, con los ojos y la boca sonriente huecos. Parecía una persona. La imagen era tan marciana como escalofriante. Raúl tragó saliva, abriendo más los ojos sin dar crédito, cuando Mario apareció por su espalda, subido a la cama, y le propinó tres puñaladas en la nuca. Raúl se desplomó antes de poder volverse hacia él. Una vez en el suelo, su hermano le giró y le apuñaló otras cuatro veces en el vientre. Raúl Arestegui Valverde murió a las tres y cuarto de la madrugada. Su hermano, Mario Arestegui Valverde, levantó la cara y comprobó que ya no respiraba. Se puso de pie, fue hacia la ventana y aplastó la cara contra el cristal. Desde ahí miró a su padre fijamente, sonriéndole como nunca, sin poder contener su inmensa felicidad.

Un año antes

Jonathan García nunca quiso tener animales, no le gustaban. Cuando era más pequeño le habían comprado un montón de peces y todavía recordaba la presión a la que le sometieron sus padres para que los cuidara y les diera de comer. «Si quieres animales, tienes que ocuparte de ellos, que son muy delicados», le decían. Así que, cuando al poco tiempo no quedaba ninguno, decidió que no quería tener ningún animal más. Hasta que un día su hermano apareció con Bunny. «Los cocker spaniel son muy bonitos, pero dicen que se vuelven todos locos», dijo su madre nada más verlo. Aunque finalmente ninguno fue capaz de resistirse a los encantos del cachorro, salvo Jonathan, que le cogió manía enseguida. El perro no paraba quieto y cada vez que volvía del colegio se encontraba con que le había roto algo o se había hecho caca en su cuarto. «Me niego a sacarlo, yo no quería un perro, que lo saque Nico, que para eso es suyo», decía Jonathan con contundencia cada vez que le intentaban liar para que lo hiciera. Pero la noche en la que desapareció para siempre, nadie tuvo que insistirle. Su hermano dijo que tenía una reunión por algo de su oposición y no había vuelto a casa. Eran las once de la noche y, como estaba de buen humor, porque esa tarde le habían dicho que no tenía que usar gafas, cuando Bunny se puso a arañar la puerta de su cuarto entre llantos, no le echó una buena bronca para hacerle callar, como normalmente habría hecho. En lugar de eso, cuando al abrir la puerta se encontró al animal mirándolo con cara de lástima, soltando una especie de lamento, decidió ceder por una vez.

—Venga, va —dijo, cogió una sudadera y bajó las escaleras seguido del animal.

—¡Mamá salgo un segundo a la calle a sacar a Bunny, que si no lo voy a tener que asesinar!

Su madre estaba tan concentrada viendo la tele en el sofá del salón que no le dio mayor importancia.

—¡Llévate la basura ya de paso! —exclamó.

Jonathan sacó la bolsa del cubo y la agarró con la mano que tenía libre. Al salir no había nadie en la calle. Quiso abrigarse, pero con la correa del perro en la otra mano no le quedaba ninguna libre. Giró la esquina y bajó hasta llegar a los contenedores junto al descampado. Al depositar la bolsa sintió un escalofrío al encontrarse la oscuridad del descampado junto a él y recordar todas las historias de miedo que le había contado Raúl estando dentro. Se dio la vuelta para volver a casa cuando vio la silueta de alguien parado frente a él. Por un momento quiso echar a correr pero enseguida pudo distinguir que el hombre que lo miraba fijamente era el padre de Raúl con una bolsa de basura en la mano.

—Pero, bueno ¡qué sorpresa! ¿Qué haces aquí solo? —dijo el hombre, lanzando la bolsa al contenedor.

—Es que he venido también a echar la basura, ya volvía —dijo el chaval.

El hombre se le quedó mirando un instante y dijo:

—Pero ¿tus padres saben que estás aquí?

—Sí, es que normalmente es mi hermano el que saca a Bunny y se lleva la basura, pero todavía no ha llegado y me daba pena.

—Claro —dijo el hombre acariciando al animal—. Qué casualidad — continuó—: Porque precisamente Raúl me estaba contando antes de venir que había encontrado una cosa que te iba a encantar justo ahí —dijo señalando el descampado—. ¿Quieres verla?

Víctor Arestegui Sánchez le hizo un gesto para que lo acompañara. Jonathan dudó un instante, pero el padre de su amigo le sonreía desde la entrada y acabó por seguirlo. Mientras todo esto ocurría, una silueta asomada a una de las ventanas de los chalets de su urbanización los observaba. Laura, pegada al cristal de su cuarto, presenció cómo su marido se introducía entre los arbustos seguido del adolescente, hasta que los perdió de vista por completo.

El 25 de septiembre de 1996 la comunidad de vecinos tuvo que arreglar la depuradora de la piscina. Al intervenir los técnicos descubrieron restos de huesos humanos que habían hecho que se atascara. Después de ser analizados, se pudo constatar que, aunque muchos de ellos estaban deteriorados por el tiempo y por las mordeduras de las ratas, pertenecían a Jonathan García, el joven desaparecido hacía más de dos años en los alrededores de la urbanización.

Este libro
se terminó de imprimir
en el mes
de mayo de 2017